LOB FÜR TAMMY L. GRACE

»Ich hatte geplant, früh zu Bett zu gehen, aber ich konnte dieses Buch nicht aus der Hand legen, bis ich es gegen 3 Uhr morgens beendet hatte. Wie ihre anderen Bücher zeichnet sich auch dieses durch faszinierende Charaktere und eine Handlung aus, die das wahre Leben auf die beste Weise nachahmt. Meine Empfehlung: Es ist an der Zeit, alle Bücher von Tammy L. Grace zu lesen.«

– Carolyn, Rezension von Beach Haven

»Dieses Buch ist eine saubere, einfache Romanze mit einer Hintergrundgeschichte, die den Werken von Debbie Macomber sehr ähnlich ist. Wenn Sie Macombers Bücher mögen, werden Sie auch dieses mögen. Eine Urlaubsgeschichte voller Hunde, Urlaubsspaß und der Freude am Schenken wird Ihr Herz erwärmen.«

– Avid Mystery Reader, Rezension von A Season for Hope: A Christmas Novella

»Dieses Buch war genauso bezaubernd wie die anderen. Harte Zeiten mit der Liebe einer besonderen Gruppe von Freunden. Ich empfehle die Serie als Pflichtlektüre. Ich habe jeden spannenden Moment geliebt. Eine neue Autorin für mich. Sie ist fabelhaft.«

– *Maggie! Rezension von Pieces of Home: Ein Hometown-Harbor-Roman (Buch 4)*

»Tammy ist eine erstaunliche Autorin, sie erinnert mich an Debbie Macomber … Entzückend, herzerwärmend … einfach bodenständig.«

– *Plee, Rezension von A Promise of Home: Ein Hometown-Harbor-Roman (Buch 3)*

»Dies war ein unterhaltsamer und entspannender Roman. Tammy Grace hat eine einfache, aber fesselnde Art, den Leser in das Leben ihrer Figuren zu ziehen. Es war ein Vergnügen, eine Geschichte zu lesen, die nicht auf theatralische Tricks, unrealistische Ereignisse oder heiße Sexszenen angewiesen war, um die Seiten zu füllen. Ihre Charaktere und die Handlung waren stark genug, um das Interesse des Lesers zu halten.«

– *MrsQ125, Rezension zu Finding Home: Ein Hometown-Harbor-Roman (Buch 1)*

»Dies ist eine wunderschön geschriebene Geschichte über Verlust, Trauer, Vergebung und Heilung. Ich glaube, jeder kann sich mit den hier geschilderten Situationen und Gefühlen identifizieren. Es ist eine Lektüre, die einen noch lange nach dem Ende des Buches begleiten wird.«

– Cassidy Hop, Rezension von Finally Home: Ein Hometown-Harbor-Roman (Buch 5)

»*Mörderische Musik* ist ein kluger und gut durchdachter Krimi. Die lebendigen und farbenfrohen Charaktere glänzen, während die Autorin nach und nach ihre verborgenen Geheimnisse enthüllt – eine fesselnde Lektüre, die einem das Wasser im Munde zusammenlaufen lässt.«

– Jason Deas, Bestsellerautor von Pushed und Birdsongs

»Ich konnte dieses Buch nicht aus der Hand legen! Es war so gut geschrieben und eine spannende Lektüre! Dies ist definitiv eine 5-Sterne-Geschichte! Ich hoffe, dass es eine Fortsetzung geben wird!«

– Colleen, Rezension von Mörderische Musik

»Dies ist das bisher beste Buch dieser Autorin. Die Handlung war gut durchdacht mit einem unerwarteten Ende. Ich versuche gerne, vorauszuspringen und zu sehen, ob ich das Ergebnis richtig erraten kann. Ich war in der Lage, einen Teil der Handlung vorherzusagen, aber nicht die tatsächlichen Details, was das Lesen der letzten Kapitel sehr fesselnd machte.«

-0001PW, Rezension von Tödliche Verbindung

KALTER MÖRDER: DIE HOCH GELOBTE DETEKTIVSERIE MIT UNMENGEN AN TWISTS

KALTER MÖRDER: DIE HOCH GELOBTE DETEKTIVSERIE MIT UNMENGEN AN TWISTS

DETECTIVE COOPER HARRINGTON BUCH 4

TAMMY L. GRACE

LONE MOUNTAIN PRESS

Kalter Mörder
Ein Roman von
Tammy L. Grace

Kalter Mörder ist ein Werk der Fiktion. Namen, Personen, Orte und Begebenheiten sind entweder Produkte der Phantasie des Autors oder werden fiktiv verwendet. Jegliche Ähnlichkeit mit tatsächlichen Ereignissen, Orten, Einrichtungen oder Personen, ob lebend oder tot, ist rein zufällig.

COLD KILLER Copyright © 2021 von Tammy L. Grace

Alle Rechte vorbehalten. Kein Teil dieses Buches darf in irgendeiner Form oder mit irgendwelchen Mitteln, elektronisch oder mechanisch, einschließlich Fotokopien, Aufzeichnungen oder Informationsspeicher- und -abrufsystemen, ohne die schriftliche Genehmigung des Autors vervielfältigt oder übertragen werden, mit Ausnahme der Verwendung kurzer Zitate in einer Buchbesprechung. Für Genehmigungen wenden Sie sich bitte direkt an den Autor per elektronischer Post: tammy@tammylgrace.com

www.tammylgrace.com

Facebook: https://www.facebook.com/tammylgrace.books

Twitter: @TammyLGrace

Veröffentlicht in den Vereinigten Staaten von Lone Mountain Press, P.O. Box 5384, Fallon, NV 89407

ISBN 9781945591501 (eBook) 9781945591556 (paperback)

Umschlag von Elizabeth Mackey Graphic Design

Gedruckt in den Vereinigten Staaten von Amerika

WEITERE BÜCHER VON TAMMY L. GRACE

Deutsche Fassung:

Cooper-Harrington-Detektivgeschichten

Mörderische Musik
Tödliche Verbindung
Tödlicher Fehler
Kalter Mörder

Englische Romane:

Hometown-Harbor-Reihe

Hometown Harbor: The Beginning
Finding Home
A Promise of Home
Pieces of Home
Finally Home
Forever Home
Follow Me Home

Weihnachtsgeschichten

A Season for Hope: Christmas in Silver Falls Book 1
The Magic of the Season: Christmas in Silver Falls Book 2
Christmas in Snow Valley: A Hometown Christmas Novella

One Forgettable Christmas: A Hometown Christmas Novella
Christmas Sisters: Soul Sisters at Cedar Mountain Lodge
Christmas Wishes: Soul Sisters at Cedar Mountain Lodge
Christmas Surprises: Soul Sisters at Cedar Mountain Lodge
Christmas Shelter: Soul Sisters at Cedar Mountain Lodge

Glass-Beaches-Cottage-Reihe

Beach Haven
Moonlight Beach
Beach Dreams

The-Wishing-Tree-Reihe

The Wishing Tree
Wish Again
Overdue Wishes

Sisters-of-the-Heart-Reihe

Greetings from Lavender Valley
Pathway to Lavender Valley

Bücher von Casey Wilson:

A Dog's Hope
A Dog's Chance

*Hoffnung ist das Ding mit den Federn, das in der Seele hockt –
und die Melodien ohne Worte singt – und überhaupt nicht aufhört.*

KAPITEL EINS

Johnny setzte seine Baseballmütze auf, rückte seinen Rucksack zurecht und strich mit der Hand über das Fahrrad, das an den rostigen und verblichenen *Winnebago* gelehnt war, den er in den letzten Monaten sein Zuhause genannt hatte. Heute befand er sich am Rande einer kleinen Stadt in Georgia, nicht weit von Chattanooga entfernt. Für einige Wochen war er überall in Mississippi, Alabama und Georgia gewesen, aber bald würde er wieder in Tennessee sein. Das Leben der Schausteller – oder Carnies, wie sie genannt wurden – gefiel ihm nicht, und Johnny war froh, dass seine Zeit auf der Straße bald zu Ende wäre.

Johnny nickte dem jungen Mann zu, den er erst vor wenigen Stunden kennengelernt hatte, und reichte ihm die Schlüssel für das Wohnmobil. »Pass gut auf sie auf, Nate!«

Der magere Junge mit dem wasserstoffblonden Haar lächelte und schnappte sich eine Zigarette aus der Schachtel, die Johnny ihm zuvor gegeben hatte, als er vor seinem alten *Winnebago* gesessen hatte. Nate war auf der Suche nach dem Boss des Jahrmarkts in das Lager gelaufen und hatte Johnny getroffen. Nate hatte gesagt, dass er Arbeit suchte, und bat Johnny, ihn an den zuständigen Mann zu verweisen.

Nate war etwa in Johnnys Alter und hatte ein paar Jahre als Mechaniker gearbeitet, aber das Nomadenleben eines Schaustellers hatte ihn auf das Feld am Stadtrand gezogen. Er war auf der Suche nach einem kleinen Abenteuer in seinem Job. Die Idee kam Johnny in wenigen Augenblicken, als er Nate zuhörte. Er bot ihm das alte Wohnmobil samt Inventar an, zusammen mit den Zigaretten, die er nicht mehr brauchte, weil er sie nur noch rauchte, um sich in die Pausengespräche der Arbeiter einzumischen.

»Du findest ein paar saubere Arbeitshemden im Schrank und ich lasse dir dieses hier.« Er rümpfte die Nase, als er an seiner Achselhöhle schnupperte. »Aber du wirst es waschen müssen.« Johnny schlüpfte aus dem blauen Hemd, das er trug und auf dessen Brusttasche das charakteristische Emblem des *Royal Amusement* aufgestickt war. Er strich das T-Shirt, das er darunter trug, glatt. »Ich hätte es fast vergessen und wäre damit abgehauen.« Er reichte es Nate.

»Denk daran, warte ein paar Stunden, damit ich Zeit habe, von hier zu verschwinden, und klopfe dann an Rex' Wohnwagen. Sag ihm, dass du mein Cousin bist und dass ich wegmusste, aber ich habe mich für dich verbürgt und dir meinen Wohnwagen gegeben. Du nimmst meinen Job. Du hast viel mehr Erfahrung in der Mechanik, und er wird die Hilfe dringend brauchen, da ich ihm nicht gesagt habe, dass ich verschwinde, und der Jahrmarkt morgen beginnt.«

Nate grinste und schüttelte Johnnys Hand. »Ich weiß das wirklich zu schätzen. Ich kann nicht glauben, dass du mir einfach so diesen Wohnwagen schenkst, plus dein Motorrad und alles. Das ist wirklich nett von dir.«

Johnny betrachtete die schlaksige Statur und dachte, dass sie als Brüder durchgehen könnten, außer dass Nate aussah, als könnte er ein paar herzhafte Mahlzeiten gebrauchen, um ein wenig Fleisch auf seine mageren Knochen zu bekommen. »Du hast Glück, denn ich habe gerade die Schränke aufgefüllt, also iss etwas und ruh dich aus und warte, bis ich in der Stadt bin. Sprich mit niemandem!«

Damit machte sich Johnny auf den Weg über den hinteren Teil des leeren Feldes zur Straße, die in die Stadt führte. Johnny hatte die Absicht, unbemerkt zu verschwinden, ähnlich wie bei seiner Ankunft. Er brauchte niemanden, der ihn bemerkte.

Als er die Straße entlangging und die tiefstehende, heiße Sonne auf seinen Rücken schien, fühlte sich sein Herz zum ersten Mal leichter an, seit er Nashville vor Monaten verlassen hatte. Er hatte die Antworten und die Beweise oder zumindest genug, um sie seinem Vater zu zeigen, der dem Ganzen auf den Grund gehen konnte.

Er schmunzelte vor sich hin und erinnerte sich daran, wie Nates Augen aufgeleuchtet hatten, als hätte er im Lotto gewonnen, als Johnny ihm das Wohnmobil angeboten hatte. Der Gedanke, dass ein alter Wohnwagen und ein schlecht bezahlter Job jemandem so viel Glück bringen konnten, ließ etwas tief in Johnnys Innerem schmerzen. Er hatte einen neuen Respekt und eine neue Wertschätzung für die Schausteller entwickelt. Sie hatten nicht viel, aber sie waren wirklich glücklich und halfen sich gegenseitig. Es war eine eklektische Gemeinschaft, in der der Alkohol manchmal zu leicht floss und die Hygiene fragwürdig war, aber im Grunde hatten die meisten von ihnen ein gutes Herz.

Es hatte mehr als zwei Monate gedauert, bis Johnny herausgefunden hatte, was in der *Royal Amusement Company* vor sich ging, aber jetzt hatte er endlich den Beweis und konnte es kaum erwarten, ihn seinem Vater zu zeigen. Frank Covington, der Besitzer des Unternehmens und sein Vater, hatte keine Ahnung, dass sein Sohn den Jahrmarkt infiltriert und sich als Gelegenheitsarbeiter ausgegeben hatte, um den schrecklichen Unfällen auf den Grund zu gehen, die Anfang des Jahres fünf Kindern das Leben gekostet hatten.

Im Gegensatz zu einem der kleinen Wanderjahrmärkte, in dem sich alle kannten und wie eine kleine Familie waren, war das *Royal* riesig. Der Teil, zu dem Johnny gehört hatte, bestand aus mehr als fünfzig Leuten, die gemeinsam von Stadt zu Stadt zogen und die Fahrgeschäfte und Spiele aufbauten. Es war harte, schmutzige Arbeit, nichts, was Johnny beruflich gerne machen würde, aber er war fasziniert gewesen von den Mitgliedern der Abteilung, die dieses Leben liebten und die Freiheit genossen, die es bot.

Johnny war erleichtert gewesen, dass ihm niemand einen zweiten Blick schenkte, und Rex, der Schaustellerboss, hatte keine Notiz von ihm genommen, als Johnny ihn Anfang des Sommers um einen Job angesprochen hatte. Rex brauchte Arbeiter, und außer dass er Johnny dazu brachte, seinen Namen in eine Zeile in ein Notizbuch einzutragen, stellte er keine Fragen. Keine Formulare und keine Nachfragen, dafür aber das Versprechen, jede Woche in bar bezahlt zu werden, mit einem kleinen Vorschuss für die erste Woche. Mit nicht mehr als einem Blick und einem Händedruck wurden Johnny und sein altes, verrostetes Wohnmobil von Sechsundsiebzig in die Gruppe ungewöhnlicher Persönlichkeiten aufgenommen, die die größte Abteilung des *Royal* bildeten.

Es war nicht gerade ein herzlicher Empfang gewesen. Die Arbeiter, die schon lange zusammen lebten, waren nicht so schnell bereit, mit den Neuankömmlingen Kontakte zu knüpfen oder Small Talk zu führen. Gelegenheitsarbeiter kamen und gingen wie eine schwüle Brise im Sommer, und die meisten der alten Hasen machten sich nicht die Mühe, ihre Namen zu lernen. Johnny war für die Autoscooter eingeteilt gewesen und hatte die Gespräche mit den Betreibern der großen Fahrgeschäfte – den gefährlichen Fahrgeschäften – zu führen. Das war der einzige Grund gewesen, warum er dort gewesen war.

Neben dem tragischen Verlust von fünf Kindern und drei weiteren Schwerverletzten bei zwei verschiedenen Unfällen Anfang des Jahres hatte Johnny auch seine Mutter verloren. Nach dem letzten Vorfall war sie verzweifelt und depressiv geworden. Die unvorstellbaren Tragödien hatten seinen Vater getroffen, aber sie hatten seine Mutter in eine Million winziger Teile zerrissen, und egal, was sie taten, sie konnten sie nicht wieder zusammensetzen. Eines Nachmittags nahm sie einen tödlichen Cocktail aus Tabletten und Wodka und war nicht mehr aufgewacht.

Johnny war untröstlich gewesen, hatte den Verlust seiner Mutter nicht verkraften können und Schwierigkeiten, sich auf sein Studium zu konzentrieren. Er hatte etwas tun müssen. Das Einzige, was ihm eingefallen war, war, undercover auf dem Rummel mitzumachen. Sein Vater hatte jede wache Minute im Büro verbracht und die Betreuung von Johnnys kleiner Schwester Lindsay einem Kindermädchen oder den Müttern ihrer Schulfreunde überlassen. Johnny hatte sein Bestes getan, um seine Kurse an der Vanderbilt zu besuchen, und war nur an den Wochenenden nach Hause gekommen, um Lindsay zu trösten.

Als Johnny das Frühjahrssemester beendet hatte, nutzte er sein großzügiges Taschengeld und die Kreditkarte, die sein Vater ohne zu fragen bezahlte, und begab sich auf seine sommerliche Spürnasenmission. Johnny hatte seinen Plan nicht verraten, da er befürchtete, sein Vater würde Einwände erheben. Er hatte ihm nur erzählt, dass er den Sommer mit

Freunden verbringen und das Land bereisen würde, woraufhin er nur zustimmend genickt und seinem Sohn gesagt hatte, Geld wäre kein Thema.

Johnny hatte es gehasst, Lindsay zu verlassen, aber auch gewusst, dass er nicht eher ruhen würde, bis er herausgefunden hatte, was bei den Fahrgeschäften schiefgelaufen war, die diesen unschuldigen Kindern das Leben genommen und ihn seiner Mutter beraubt hatten.

Gestern war Johnny mit seinem Fahrrad ein paar Kilometer die Straße hinunter zu einem Gebrauchtwagenhändler gefahren, wo er mit dem Geld, das er gespart hatte, ein gebrauchtes Motorrad gekauft hatte. Der Autohändler war einer von denen, bei denen nur mit Bargeld Geschäfte gemacht wurden, und als Johnny gesagt hatte, dass er keinen Ausweis dabei hätte, hatte der Händler nicht einmal mit der Wimper gezuckt und die Verkaufsformulare ausgefüllt. Heute würde Johnny das Motorrad und den Helm abholen und sich auf den Weg zurück nach Nashville machen. Unterwegs würde er in einem Hotel einen Stopp einlegen und sich eine richtige Dusche gönnen.

Wenn er nach Hause käme, würde er sich überlegen, was mit den Motorradpapieren zu machen war, die auf seinen falschen Namen lauteten. Er hatte nicht gewollt, dass jemand ihn mit seinem Vater oder mit *Royal Amusement* in Verbindung brachte, während er versuchte, unauffällig zu bleiben, bis er wieder in Nashville war. Schließlich bog er von der Straße auf den Parkplatz von *Abe's Used Cars* ab, während ihm der Schweiß über den Rücken und die Stirn rann.

Als er die Bürotür öffnete, begrüßte ihn kühle Luft von der am Fenster montierten Klimaanlage. Er ignorierte den feuchten und muffigen Geruch im Inneren, nahm sich einen

Schluck Wasser aus dem Wasserspender, setzte sich auf einen Stuhl vor dem Büro des Verkäufers und ließ sich die kühle Luft über seine Haut wehen. Johnny entdeckte das Münztelefon direkt vor der Tür und spielte mit dem Gedanken, seinen Vater noch einmal anzurufen.

Er hatte ihn gestern angerufen, musste aber eine Nachricht auf seinem Anrufbeantworter hinterlassen. Er hatte seinem Vater erzählt, dass er außerhalb von Rome, Georgia, unterwegs wäre und sich den Sommer über unter dem Namen Johnny Green als Schausteller ausgegeben und den Grund für das Scheitern der Fahrgeschäfte herausgefunden hatte. Er hatte seinem Vater mitgeteilt, Beweise zu haben, aber seine Hilfe zu benötigen, um sie zu sichern, da alles darauf hindeutete, dass das Problem in der Unternehmenszentrale und nicht vor Ort lag. Er versprach, in ein oder zwei Tagen zu Hause zu sein. Er hatte jedoch keine Zeit mehr gehabt, noch mehr zu sagen, bevor der Anrufbeantworter ihn unterbrochen hatte.

Nach einigen Minuten kam der Verkäufer mit dem dicken Schnauzbart aus seinem Büro, drückte seinem neuesten Kunden die Hand und beglückwünschte ihn zu seinem klugen Kauf. Er zwinkerte Johnny zu und versprach, die Motorradschlüssel zu holen, damit Johnny loskonnte.

Johnny bemerkte einen Verkaufsautomaten in der Ecke. Eine kalte Cola wäre jetzt genau das Richtige. Er kramte in seiner Hosentasche nach ein paar Münzen, die er in den Automaten steckte, und legte sich eine kühle Dose in den Nacken, bevor er sie öffnete und die Hälfte in einem Schluck trank.

Er ging nach draußen zur Telefonzelle und griff, nachdem er die Münzen für das Getränk ausgegeben hatte, in seine Gesäßtasche und dann in die andere. Er biss die Zähne zusammen und unterdrückte ein böses Wort. Er hatte seine Geldbörse vergessen. Von all den Dingen, die er im Wohnmobil zurücklassen musste … Er würde sich beeilen müssen, um sie zu holen. Er hoffte, dass niemand, vor allem nicht Rex, ihn beim Wegfahren sehen würde, aber er konnte seinen richtigen Ausweis nicht dort zurücklassen.

Während Johnny über sich selbst schimpfte, kam der Verkäufer mit seinen Schlüsseln an und teilte Johnny mit, dass das Motorrad abfahrbereit wäre. Er zeigte auf das Motorrad, das am Eingang parkte, sauber und glänzend, mit einem vorläufigen Nummernschild und einem vollen Benzintank. Johnny schüttelte ihm zum Dank die Hand und beeilte sich, auf das Motorrad zu steigen, wobei er den Rest seines kalten Getränks hinunterschlang, bevor er den Motor startete.

Er fuhr auf die zweispurige Straße und genoss den Fahrtwind, der zwar nicht kühl war, aber zumindest den Schweiß auf seinem Körper trocknete.

Als er um die letzte Kurve der Straße fuhr, sah er eine schwarze Rauchwolke vom Rummelplatz aufsteigen. Er verlangsamte und fuhr nicht direkt die Straße hinunter, sondern am Feld entlang, das das Gelände begrenzte. Als er näher kam, schnappte er nach Luft.

Der Wind trug den beißenden Geruch von Rauch mit sich, der seine Nase füllte und seiner Kehle zusetzte. Schwarze Rauchwolken strömten aus seinem Wohnmobil, das ein Inferno war und völlig in Flammen stand. Sein Puls pochte in seiner Kehle, als er seine Optionen abwog. »Nate«, flüsterte er, sein Herz setzte aus und er hoffte, dass er sich nicht im Wohnmobil befunden hatte.

Seine Brieftasche war verloren, und es ergab keinen Sinn, weiterzufahren. Er brauchte weder die Fragen noch die Aufmerksamkeit der örtlichen Behörden. Er wendete das

Motorrad und fuhr auf den Highway, der ihn in ein paar Stunden nach Chattanooga bringen würde.

Er wollte unbedingt nach Hause und mit seinem Vater sprechen, war aber hin- und hergerissen zwischen dem Wunsch, seine Familie zu sehen, und dem Bedürfnis, zu erfahren, was mit seinem Wohnmobil passiert war. Er war noch nicht einmal zwei Stunden weg gewesen und konnte sich nicht vorstellen, was auf dem Platz geschehen war. Er wollte es herausfinden, war sich aber nicht sicher, wie er es anstellen sollte, ohne Aufmerksamkeit auf sich zu ziehen.

Er hatte nicht viel gegessen und hatte unterwegs etwas zu sich nehmen wollen, aber die Hitze und seine Benommenheit erforderten ein schnelleres Handeln. Er sah das Schild eines Drive-in-Restaurants vor sich und fuhr von der Straße ab und auf einen der schattigen Parkplätze. Er hatte etwas Bargeld in seinem Rucksack und kramte in der Innentasche, holte es heraus, während er die Speisekarte überflog.

Eine junge Frau mit blauen Augen und dichten Wimpern, die ihn an die von Lindsay erinnerten, nahm seine Bestellung auf, und er machte sich auf den Weg zur Toilette, um sich die Hände zu waschen. Auf dem Rückweg entdeckte er zwei Hilfssheriffs, die an einem der Tische im Freien direkt neben seinem Platz saßen. Sein Herz schlug schneller, weil er befürchtete, sie würden ihn nach seinem Ausweis oder den Papieren für das Motorrad fragen. Er atmete ein paar Mal tief durch und versuchte, seine Nerven zu beruhigen, während er sich sagte, dass sie keinen Grund hätten, ihn etwas zu fragen. Er sah aus wie ein ganz normaler Mann, der eine Spritztour mit seinem neuen Motorrad machte und eine Pause einlegte, um etwas zu essen. Er ging lässig an ihnen vorbei und hörte, dass sie über das Feuer auf dem Jahrmarkt sprachen.

Die Kellnerin brachte ihm sein Essen auf einem Tablett, und da er kein Fenster hatte, an dem man das Tablett anhängen konnte, schlug sie ihm vor, dass er sich an den kleinen Tisch hinter den Beamten setzen könnte. Er bedankte sich bei ihr und nahm einen großen Schluck von dem orangefarbenen Slushy, den er bestellt hatte. Während er seinen doppelten Cheeseburger und die Pommes frites verschlang, hörte er den Beamten weiter zu, in der Hoffnung, noch weitere Infos aufschnappen zu können.

Derjenige, der mit dem Rücken zu Johnny saß, sagte: »Der Sarge sagt, sie haben den Doc an den Tatort gerufen. Ich meine, offensichtlich ist der Kerl tot, knusprig verbrannt, aber sie brauchen seine offizielle Unterschrift. Der Feuerwehrchief sagte, es sah so aus, als hätte er geschlafen und das Ding wäre explodiert, wahrscheinlich durch eine defekte Zündflamme am Herd oder am Wasserboiler. Diese alten Wohnmobile haben eben nicht alle Sicherheitsvorkehrungen wie die neuen. Wenn die Zündflamme ausgefallen ist, braucht es nicht viel, um das Innere mit Propangas zu füllen.«

Der andere Sheriff ergriff das Wort. »Das ist eine Schande. Noch ein betrunkener Schausteller, schätze ich. Der Sarge hat gesagt, dass sie die Überreste einer Brieftasche gefunden haben, also wenn sie nicht zu sehr beschädigt ist, sollten sie bald eine Identifikation haben.«

Johnnys Hoffnungen sanken, und der Burger fühlte sich an wie ein schwerer Ziegelstein in seinem Bauch. Nate war tot. Mit dem Wohnmobil war alles in Ordnung gewesen. Es war zwar alt gewesen, aber er hatte dafür gesorgt, dass es sicher war. Er hatte die letzten Monate ohne Probleme darin geschlafen, und nie war ein Propanleck aufgetreten oder die Zündflamme ausgegangen. Das ergab alles keinen Sinn.

Die beiden Hilfssheriffs hatten keine Zeit, über mehr zu

sprechen, denn sie erhielten einen Anruf und eilten zu ihrem Streifenwagen. Johnny bezahlte und hatte ein schlechtes Gewissen, weil er nur ein mageres Trinkgeld geben konnte, aber er musste sein Geld zusammenhalten. Was sie über die Brieftasche am Tatort sagten, ging ihm durch den Kopf – *sie werden denken, ich sei tot*. Niemand wusste, dass Nate in dem Wohnwagen gewesen war.

Während die Kilometer an ihm vorbeizogen, überschlugen sich in seinem Kopf die Szenarien. Wenn sie seine Brieftasche identifizierten, wüssten die Schausteller und Rex, dass Johnny Green ein Schwindler gewesen war. Jeder würde wissen, dass der Sohn von Frank Covington, dem Besitzer des größten Vergnügungsunternehmens in den Vereinigten Staaten, sich als Johnny Green ausgegeben hatte.

Was für ein Schlamassel. Sie würden wahrscheinlich denken, dass sein Vater ihn dazu angestiftet hatte, zu spionieren. Niemand wusste, wo er war. Nun, niemand außer seinem Vater.

Es wurde dunkel, und mit jeder Meile, die er sich Nashville näherte, wurde Johnny unruhiger. Er fuhr weiter, unsicher, was er tun sollte. Könnte das Feuer vorsätzlich gelegt worden sein? Hatte jemand herausgefunden, was er getan hatte, und versucht, ihn zum Schweigen zu bringen? Was, wenn sein Vater darin verwickelt war?

KAPITEL ZWEI

Fünfundzwanzig Jahre später

Myrtle lächelte die beiden Männer an, die jeden Freitagmorgen auf denselben Bänken bei *Peg's Pancakes* saßen. Sie füllte Coops Kaffeetasse nach und stellte Ben eine weitere Portion selbstgemachter Marmelade auf den Teller. Coop warf ein Stück Zucker in seine Tasse. »Du sagtest, du brauchst uns, um ein paar ungeklärte Fälle anzuschauen?«

Ben nickte, während er seinen Toast mit Pegs Brombeermarmelade bestrich, die fast so berühmt war wie die Pekannuss-Pfannkuchen, die Coop aß. »Richtig, wir haben eine Sonderfinanzierung erhalten, um ein paar alte Fälle aufzuklären, aber wir haben nicht die nötige Arbeitskraft, also warst du der Erste, an den ich gedacht habe. Hättest du Zeit?«

Coop nickte und saugte eine Pfütze Ahornsirup mit

einem Stück Pfannkuchen auf. »Wir haben gerade ein paar Kapazitäten, das wäre toll.«

Ben grinste, als er seine Kaffeetasse absetzte. Das verschmitzte Grinsen passte nicht zu seiner ernsten Position als Chef der Kriminalpolizei von Nashville. »Ich hatte gehofft, dass du das sagen würdest. Ich habe eine ganze Kiste davon für dich.« Er räusperte sich und schnitt eine Grimasse. »Und, äh, du musst uns einen kleinen Preisnachlass auf deinen normalen Stundensatz gewähren.«

Coop runzelte die Stirn und lehnte sich zurück, was Ben zu einem Kichern veranlasste, als er das T-Shirt las, das Coop für diesen Tag ausgewählt hatte. *Wenn ich dir zustimme, liegen wir beide falsch* stand auf der Brust des grünen Langarmshirts, das er trug. Coop blickte nach unten und grinste. »Das sagt doch alles.« Er nahm einen weiteren Schluck von dem warmen Getränk, nach dem er sich sehnte, und rollte mit den Augen. »Du weißt, dass ich es tun werde, also tu nicht so, als wärst du wirklich besorgt.«

Ben zwinkerte, während er seinen leeren Teller an den Rand des Tisches schob. »Ja, ich kenne dich so gut, dass ich den Karton schon heute Morgen auf dem Weg hierher bei AB abgegeben habe.«

Coop schüttelte den Kopf und lachte. »Verraten von meinem ältesten Freund und der Frau, die mein Büro wie ein Schweizer Uhrwerk führt und von der ich dachte, sie stünde hinter mir.«

Myrtle kam vorbei, um die Teller einzusammeln und die Rechnung mit einem Behälter zum Mitnehmen zu überreichen. »Ich wünsche euch beiden einen schönen Tag und ein tolles Wochenende. Wir sehen uns nächsten Freitag.«

Ben nahm die Rechnung in die Hand. »Ich bestehe darauf, da du mir so bereitwillig einen Rabatt gewährst.«

Coop lachte, als er in seine Jacke schlüpfte. »Ganz schön großzügig von dir, wirklich. Ich meine, schließlich warst du ohnehin an der Reihe mit Bezahlen.«

Ben grinste. »Ah, richtig. Ich sag dir was, das Freitagsfrühstück geht auf mich, solange du an einem Fall aus meiner Kiste arbeitest.«

Sie winkten Myrtle zum Abschied zu und traten auf den Bürgersteig. Coop klopfte Ben auf die Schulter. »Ich bin nicht zu stolz, um für Essen zu arbeiten. Wir werden in der Kiste wühlen und dich auf dem Laufenden halten.«

Auf dem Weg zu seinem Auto hielt Ben an Coops Jeep und öffnete die Tür, um Gus unter dem Kinn zu kraulen. »Behalte den Großen im Auge!«, flüsterte er ihm zu, laut genug, dass Coop es hören konnte.

Coop fuhr die paar Blocks zu *Harrington and Associates* und parkte hinter dem Haus, das sein Büro war, neben ABs grünem VW Käfer, dessen leuchtende Farbe Coop an einen Grashüpfer und das Versprechen des Frühlings in ein paar Monaten erinnerte. Der trübe, bedeckte Winterhimmel passte zu Coops Freitagsstimmung, aber Gus, der nie einen schlechten Tag hatte, hüpfte zur Hintertür. Coop drehte den Knauf auf und folgte Gus ins Innere, wo sie AB in Coops Büro vorfanden, die in der Aktenkiste kramte, die Ben geliefert hatte.

»Morgen, AB«, sagte Coop. »Ich habe dir Kürbis-Pekannuss-Pfannkuchen auf deinen Schreibtisch gestellt. Außerdem hat Ben versprochen, uns das Frühstück zu spendieren, solange wir arbeiten …« Er warf einen Blick auf die Stapel von Aktenordnern auf dem Tisch. »Und zwar an einem dieser Cold Cases.«

»Oh, dann sollten wir es vielleicht langsam machen?« Sie wackelte mit den Augenbrauen. »Ich war gerade dabei, alles zu organisieren. *Cold* ist eine Untertreibung. Diese Kisten kommen direkt aus der Tiefkühlabteilung.«

Coop setzte sich und sah zu, während AB ihr Frühstück aß. Mit der Nase in der Luft und der Aussicht auf Pfannkuchen folgte Gus ihr auf den Fersen. Coop blätterte durch mehrere Akten, las die Zusammenfassungen und teilte sie in Stapel ein, die er in Ja, Nein und Vielleicht klassifizierte.

Die meisten der ungelösten Fälle waren etwa zwanzig Jahre alt, einige sogar noch älter. In der Kiste befanden sich nur zehn Fälle, obwohl einige der Akten sehr umfangreich waren. Coop überflog alle Fallblätter in der Hoffnung, den Namen seines Onkels auf einem von ihnen zu sehen. Seine Aufregung verpuffte, als auf keiner der Akten der Name von Onkel John als dem mit dem Fall betrauten Detektiv stand.

Er grenzte die Liste auf drei mögliche Fälle ein, die er bereit war zu bearbeiten, und erinnerte sich an die Vereinbarung über das reduzierte Honorar. Coop musste Ben klarmachen, dass ihre aktuellen Kunden an erster Stelle standen und er und AB nur dann an diesen Fällen arbeiten könnten, wenn sie freie Zeit hatten. Er konnte das Büro nicht mit dem reduzierten Satz unterhalten und beschloss, die Arbeit als Lückenfüller für schwache Tage zu nehmen. So nahmen sich Ross und Madison manche Tage frei oder erledigten Nebenjobs, während sie darauf warteten, dass die Flaute, die immer auf die Feiertage zu folgen schien, ein Ende fand.

Als AB zurückkam, um seine Fortschritte zu überprüfen, schob er ihr einen Stapel Akten zu. »Sieh dir diese drei an und suche dir den ersten und vielleicht einzigen Fall aus, den wir in Angriff nehmen. Das wird eine ganze Menge Zeit in Anspruch nehmen.« Während sie die Akten eingehend prüfte, ging er in die Küche und goss sich eine Tasse koffeinfreien Kaffee ein, nachdem er bereits seinen vom Arzt empfohlenen Anteil an richtigem Kaffee bei *Peg's* zu sich genommen hatte, und knabberte an ein paar der Erdnuss-M&Ms, die er sich jeden Freitag gönnte.

Bevor AB mit den Akten weitermachen konnte, stellten sich Gus' Ohren auf und er eilte zum Empfangsbereich, bevor das Klingeln an der Eingangstür einen Besucher ankündigte. Ein schlaksiger Mann trat ein und brachte einen kalten Januarluftzug mit sich. Er lächelte Gus an und ging zu ABs Schreibtisch.

Sie kam um die Ecke und warf einen Blick auf Gus. »Ich sehe, du hast unseren Besucher bereits begrüßt.«

Der Mann lachte, als er sich herunterbeugte und Gus' Kopf tätschelte. »Das ist der perfekte Job für einen so glücklichen Kerl.« Er streckte ihr seine Hand entgegen. »Ich bin Jo, äh, Entschuldigung, Dax Covington, und ich möchte Mr. Harringtons Dienste in Anspruch nehmen.«

AB ging zu ihrem Schreibtisch und nahm ein Aufnahmeformular. »Ich brauche ein paar Informationen von Ihnen, und dann bringe ich Sie zu ihm.« Sie lächelte und fügte hinzu: »Nennen Sie ihn ruhig Coop, das macht jeder.« Sie füllte das Formular schnell aus, und Coop kam mit seinem Kaffee und einem von Tante Camilles Pekannusskeksen mit Schokoladenstückchen aus der Küche.

AB hob ihren Blick. »Coop, Mr. Covington ist ein neuer Kunde und möchte mit dir sprechen.«

Als AB ihn vorstellte, betrachtete Coop den hochgewachsenen Mann mit seinen stechenden, aber müden blauen Augen. Zerknitterte Kleidung und ein paar Stoppeln eines Dreitagebartes verstärkten Coops ersten Eindruck, dass sein neuer Kunde müde oder besorgt war – oder beides. Coop gab Dax ein Zeichen, ihm in sein Büro zu folgen, wobei Gus ihnen dicht auf den Fersen blieb. Dax setzte sich auf einen Stuhl vor Coops Schreibtisch, während Gus auf den Ledersessel in der Ecke hüpfte, den er schon lange für sich beansprucht hatte.

Wenige Augenblicke später kam AB mit einem Teller Kekse, einer Tasse heißen Tee und Kaffee zurück. Dax entschied sich für den Tee, und Coops Augen verfolgten wehmütig, wie AB mit dem echten Kaffee wieder ging und die Tür zuschlug. Alle sagten ihm, es wäre unmöglich, den Unterschied zwischen entkoffeiniertem und normalem Kaffee am Aroma zu erkennen, aber seine Nase war empfindlich, und der Dampf, der aus seiner Tasse kam, war mit dem reichen Duft der Tasse, die AB trinken würde, nicht zu vergleichen.

Coop warf einen flüchtigen Blick auf das von AB ausgefüllte Formular und wandte seine Aufmerksamkeit Dax zu. »Wie können wir Ihnen helfen?«

Dax seufzte. »Erstens bin ich gerade aus dem Flugzeug gestiegen, habe meine Tasche in einem Motel deponiert und bin den größten Teil des Tages unterwegs gewesen, also entschuldige ich mich für mein ziemlich schäbiges Aussehen. Ich bin hier, weil ... nun, es ist eine lange Geschichte, die vor fünfundzwanzig Jahren begann.« Coop legte die Stirn in Falten, als er versuchte, Dax' Akzent zuzuordnen, der britisch klang. Er unterdrückte ein Lachen, als er auf die Kiste mit den ungeklärten Fällen auf seinem Konferenztisch blickte. Heute musste der Tag der ungeklärten Fälle sein.

Dax nahm einen Schluck aus seiner Tasse. »Kurz gesagt, ich bin vor fünfundzwanzig Jahren gestorben. Sie müssen mir helfen, zu beweisen, dass ich noch lebe, und herausfinden, wer versucht hat, mich zu töten. Die schlechte Nachricht ist ... Ich glaube, es könnte mein Vater gewesen sein.«

KAPITEL DREI

Coop ließ seine Tasse, aus der er gerade einen Schluck entkoffeinierten Kaffee nehmen wollte, sinken. Das war eine neue Art von Fall, aber dank seiner jahrelangen Erfahrung ließ er sich nicht anmerken, wie neugierig er war. Er bat Dax, fortzufahren und ihm zu erzählen, was vor all den Jahren geschehen war.

Dax rekapitulierte die Geschichte der Unfälle und Todesfälle sowie den Selbstmord seiner Mutter und seine Amateur-Undercover-Arbeit und wies darauf hin, dass er sich entschieden hatte, die größte Abteilung des *Royal* zu infiltrieren und nicht eine der kleineren Abteilungen, die in die Unfälle verwickelt gewesen waren. Er hatte keine Aufmerksamkeit erregen wollen und war besorgt gewesen, dass er in einer kleineren Gruppe mehr auffallen würde.

Dax nahm einen tiefen Atemzug. »In der ersten Nacht nach dem Brand beschloss ich, mich in einem Motel einzunisten und ein wenig zu schlafen, bis ich wusste, was ich tun sollte. Ich wollte nirgendwohin gehen, wo ich erkannt werden könnte.«

Coop nickte. »Verständlich, und ich erinnere mich an die Unfälle mit der Jahrmarktgesellschaft. Ich war damals auf dem College, wahrscheinlich fast so alt wie Sie. Das ist eine Menge zu verkraften.« Er tippte mit seinem Stift auf seinen Notizblock und fragte Dax nach dem Namen des Motels und kritzelte ihn auf.

Dax griff nach seinem Tee. »Am nächsten Morgen fand ich eine Zeitung und las den Artikel über meinen tragischen Tod und die Tatsache, dass mein Vater überrascht war, als er entdeckte, dass ich mich als Schausteller ausgegeben hatte. Dazu gab es einen Artikel über meinen Vater und wie gebrochen sein Herz war, nachdem er Anfang des Jahres meine Mutter verloren hatte und gerade seine Verlobung mit Adele, seiner langjährigen Sekretärin in der Firma, bekanntgeben wollte.«

Coop zog die Brauen hoch. »War die Verlobung eine Überraschung für Sie?«

Dax nickte. »Ein echter Schlag in die Magengrube. Ich konnte es nicht glauben, und es hat mich alles infrage stellen lassen. Mom war noch nicht so lange tot, also steckte vielleicht mehr hinter ihrem Selbstmord als nur Depressionen und Trauer wegen der Unfälle. Ich wusste nicht, was ich tun sollte, und ich hatte niemanden, den ich fragen konnte. Es machte mich krank, dass Nate, der junge Mann, dem ich mein Wohnmobil geschenkt hatte, bei dem Brand ums Leben gekommen war.«

Gus streckte sich und erhob sich von seinem Stuhl, setzte sich neben Dax und lehnte sich an sein Bein. Coop lächelte den goldenen Hund an, der zweifellos Dax' Gefühle spürte und dachte, er könnte die Unterstützung gebrauchen.

»Ich wartete bis zum Tag meiner Beerdigung und schlich mich zurück in unser Haus. Mom hatte einen Vorrat an Bargeld, von dem Dad nichts wusste. Sie sagte mir, dass es für eine Frau klug wäre, immer ihr eigenes Geld zu haben. Sie hatte es in einer Handtasche in ihrem Schrank versteckt. Ich fand es und nahm es mit, zusammen mit etwas Kleidung und anderen Dingen aus meinem Schrank, wobei ich darauf achtete, dass ich nicht zu viel mitnahm und nichts, was man bemerken würde.« Er deutete auf die teure Uhr an seinem Handgelenk. Coop erkannte das ikonische Edelstahlarmband und das saphirblaue Zifferblatt des hübschen Stücks.

»Das war ein Geschenk zum Schulabschluss, das ich in meinem Schrank versteckt hatte, bevor ich zum Jahrmarkt ging. Es wäre aufgefallen, wenn ich sie bei der Arbeit getragen hätte, aber ich wollte sie mitnehmen, um etwas zu haben, das mich an Mom erinnert.« Seine Augen glitzerten und seine Stimme wurde brüchig. »Am meisten hasste ich es, Lindsay zu verlassen.«

Coop lehnte sich auf seinem Stuhl zurück. »Das kann ich mir vorstellen. Es tut mir leid, dass Sie das alles allein durchmachen mussten.« Er fügte eine weitere Notiz auf seinem Block hinzu und blickte dann zu Dax auf. »Kannten Sie Nates Nachnamen oder irgendetwas über ihn?«

Er schüttelte den Kopf. »Nur, dass er Mechaniker gewesen ist. Ich schätze, er war ungefähr so alt wie ich.« Dax zuckte mit den Schultern. »Ich hatte Angst und wollte nicht in der Nähe von *Royal Amusement* oder Dad sein. Ich kaufte einen gefälschten Pass und ein Ticket nach Heathrow und verschwand. Seitdem lebe ich in England.«

»Was hat Sie jetzt wieder nach Hause geführt?« Coop griff nach einem weiteren Keks und forderte Dax auf, sich auch einen zu nehmen.

Er lächelte und wählte einen aus. »Ich verfolge die Zeitung und habe letzte Woche einen Artikel über meinen Vater gelesen. Er hat die Mittel für einen neuen Flügel des

Vanderbilt-Kinderkrankenhauses gespendet und nach mir benannt. In dem Artikel war die Rede davon, wie mein Tod ihn fast zerstört hätte, und er wäre so glücklich, mir dieses Projekt zu widmen, das wahrscheinlich sein Letztes ist, da er Krebs im Endstadium hätte.«

Dax ließ den Kopf hängen und seufzte. »Ich muss es einfach wissen. Ich kann ihn nicht sterben lassen, ohne zu wissen, was wirklich passiert ist. Ich habe auch nicht gerade ein Leben in Saus und Braus geführt. Ich arbeite in einem kleinen Pub in Cornwall, wo ich Unterkunft und Verpflegung bekomme und von meinem mageren Lohn und dem Trinkgeld, das ich bekomme, überleben kann. Die Gegend ist wunderschön und in der Touristensaison läuft es gut, aber mir ist auch klar geworden, dass ich Anspruch auf einen Teil von Dads Erbe habe. Ich habe es satt, auf der Flucht zu sein, und möchte Lindsay wiedersehen. Ich will einfach nur meine Familie zurück …«

Coop entging nicht, dass Dax nicht weitersprechen konnte und seine Trauer mit einem langen Schluck aus seiner Tasse überspielte. Coop griff hinter sich nach einer Schachtel mit Taschentüchern und schob sie über den Schreibtisch. »Ich habe Verständnis und stimme Ihnen zu, dass Sie als Franks Sohn ein Anrecht auf Ihren Anteil am Erbe haben. Da Ihr Vater und Ihre Schwester davon überzeugt sind, dass Sie seit fünfundzwanzig Jahren tot sind, halte ich einen DNS-Test für angebracht, um jeden Zweifel daran auszuräumen, wer Sie sind. Einverstanden?«

Dax nickte. »Ja, ich dachte mir schon, dass das gemacht werden muss. Ich denke, es wäre einfacher, sich zuerst an Lindsay zu wenden, besonders da Dad krank ist.«

»Unter welchem Namen haben Sie in England gelebt?«

Dax holte seinen Pass hervor und reichte ihn Coop. »John Williams. Es war einfacher, bei John zu bleiben, da ich den Namen gewohnt war. Da kann man nicht so leicht einen Fehler machen.«

Coop machte sich weitere Notizen auf seinem Notizblock und notierte das Motel, in dem Dax wohnte. Coop erkannte, dass es preisgünstig war und nur ein paar Blocks von der Vanderbilt University entfernt lag. »Lassen Sie mich das alles ein wenig recherchieren, und ich werde AB bitten, sich mit Ihnen in Verbindung zu setzen, wenn wir mehr wissen und etwas für nächste Woche arrangieren können. In der Zwischenzeit nehmen wir einen Wangenabstrich von Ihnen und schicken ihn an unser Labor. Hört sich das vernünftig an?«

Dax atmete aus und lächelte. »Ja, das hört sich vernünftig an. Ich habe diese Geschichte noch nie einer anderen lebenden Seele erzählt. Zum ersten Mal seit fünfundzwanzig Jahren habe ich das Gefühl, dass mir eine schwere Last abgenommen wurde und ich jemanden auf meiner Seite habe.«

Dax nahm einen abgenutzten und vergilbten Ordner aus seiner Ledertasche und reichte ihn Coop. »Das sind meine Notizen und was ich zu den Unfällen gefunden habe. Sie können sie durchgehen und vielleicht Kopien machen, damit wir sie sicher aufbewahren können. Ich habe sie all die Jahre gehütet.«

Coop drückte auf eine Taste seines Telefons und rief AB an, damit sie die Kopien anfertigte. »Sie macht uns die Kopien, und wir geben Ihnen die hier zurück. Ich werde dafür sorgen, dass wir einen Satz in unserem Safe aufbewahren, nur für den Fall. AB und ich haben zusammen Jura studiert, und sie ist auch Anwältin, obwohl sie nicht praktiziert. Sie können ihr also alles sagen, was Sie auch mir sagen würden. Wir gehen unsere Fälle als Partner an, und Sie können ihr alle Informationen anvertrauen.«

Coop bot ihm einen weiteren Keks an und reichte ihm seine Karte mit seiner Handynummer. »Wir melden uns nächste Woche wieder. Rufen Sie mich an, wenn Sie vorher etwas brauchen.«

Dax lächelte, als er Coop die Hand schüttelte. »Ich danke Ihnen. Ich habe auch in den Zeitungen über Sie gelesen. Sie haben einige ziemlich interessante Fälle gelöst, und mir gefällt, dass Sie Anwalt sind und Ihr Onkel Polizist war. Es schadet auch nicht, dass Sie auf der Vanderbilt waren. Ich hatte vor, dorthin zurückzugehen und meinen Abschluss zu machen.« Seine Stimme verstummte bei den letzten Worten.

Coop legte ihm eine Hand auf die Schulter. »Mal sehen, was wir tun können, damit Sie zurück in ihr Leben finden.«

Sobald AB Dax auf den Weg gebracht hatte, schaute Coop auf seine Uhr und stellte erstaunt fest, dass es fast Feierabend war. »Ich werde Dax' Akte mit nach Hause nehmen, denn die Chance, dass ich mitten in der Nacht noch etwas Zeit habe, ist groß.« Er gab ihr eine kurze Zusammenfassung und bat AB, die Nachforschungen über Dax' Vergangenheit für die nächste Woche zu priorisieren, einschließlich der Unfälle auf dem Jahrmarkt. »Tante Camille erwartet uns heute Abend zum Essen, also müssen wir uns beeilen.«

AB nickte. »Gut. Ich komme gleich nach. Ich muss nur noch ein paar E-Mails beantworten.«

Coop und Gus stiegen in den Jeep und machten sich auf den Heimweg, wobei sie feststellten, dass die winterlichen Tage Ende Januar etwas länger wurden, da es auf dem Heimweg immer noch einen Hauch von Licht gab.

Da Coops Vater noch in der Stadt war, war Camille in

ihrem Element. Obwohl Onkel John schon seit einigen Jahren tot war, hatte sie den Verlust seiner Gesellschaft nie überwinden können. Mit Charlie im Haus hatte sie eine neue Aufgabe, und während er sich erholte, kümmerte sie sich ständig um ihn.

Er machte große Fortschritte bei seiner Physiotherapie und sah so glücklich aus wie seit Jahren nicht mehr. Die herzhaften Mahlzeiten, die soziale Interaktion und die Zeit, die er mit Coop verbrachte, wirkten Wunder für seine Laune. Sobald Coop die Tür öffnete, folgte Gus seiner Nase zu den verlockenden Gerüchen, die aus der Küche kamen, und Coop schleppte die Akten in sein Heimbüro in seinem Flügel des Hauses.

Der Smoking, der an der Tür seines Kleiderschranks hing, ließ ihn eine Grimasse ziehen. Morgen Abend fand die Gala für Tante Camilles Club statt. Er spielte mit dem Gedanken, im Krankenhaus vorbeizuschauen und an den Türklinken zu lecken, in der Hoffnung, sich eine Krankheit einzufangen, die ihn ans Bett fesseln würde, aber ihm wurde klar, dass es dafür wahrscheinlich zu spät war. Er hätte das schon vor ein paar Tagen tun sollen.

Die Türglocke läutete, was ihn dazu veranlasste, in den Hauptteil des Hauses zu eilen. Er fand den Eingangsbereich leer vor, hörte aber das Lachen von AB aus der Küche. Er sah sie, wie sie Tante Camille beim Abgießen der Nudeln half, während sein Vater von seinem Platz an der Granitinsel aus zusah. »Es riecht wunderbar, Tante Camille«, sagte Coop und legte seinen Arm um die Schultern seines Vaters.

»Charlie hat sich heute Abend Spaghetti gewünscht, also gibt es die auch.« Camille öffnete die Backofentür, aus der der köstliche Duft von Knoblauch und Butter zu ihm drang.

Gus hob seine Nase in die Höhe, während Coop die in Folie eingewickelten Brote herausholte. Camille leitete alle an, und innerhalb weniger Minuten war alles auf dem Tisch, Charlie saß und sie goss süßen Tee in die Gläser, die neben jedem Teller standen. Auf Charlies Bitte hin hatte sie die Menge an Zucker, den sie normalerweise verwendete, reduziert, und alle hatten sich an das neue Rezept gewöhnt, das sie *Charlies Tee* getauft hatte.

Coop aß seinen Salat und schaute zu Camille und seinem Vater hinüber. »Was habt ihr beide heute gemacht?«

Camille plauderte über ihren Ausflug zum Gemeindezentrum, wo Charlie sich die Zeit vertrieben hatte, während sie sich das Haar machen ließ. »Dann haben wir eure Smokings abgeholt.« Sie zwinkerte Coop zu. »Ich habe ihn an deine Schranktür gehängt.«

AB versteckte ein Grinsen hinter ihrer Serviette. »Ich habe mein Kleid schon fertig. Das wird ein tolles Ereignis. Vor ein paar Jahren war ich auf einer Hochzeit im Lakeview. Es ist ein so schöner Ort. Ich kann es kaum erwarten, zu sehen, wie er morgen Abend aussieht.«

Camille strahlte vor Stolz. »Ich habe den Vorsitz des Komitees übernommen und mit allen zusammen alle Dekorationselemente ausgewählt. Es sieht ziemlich aufwendig und elegant aus, finde ich.«

Coop zog die Augenbrauen in ABs Richtung hoch. »Lass dich nur nicht so sehr von der Atmosphäre mitreißen, dass du vergisst, auf mich zu bieten.« Er drehte sich zu seiner Tante um. »Es wäre so viel einfacher, wenn ich dir einfach einen Scheck ausstellen und die ganze Sache überspringen könnte.«

»Oh, das wird ein Spaß«, sagte Camille. »Du ziehst dich so gut wie nie schick an. Das wird dir guttun.«

Er nickte langsam. »Ja, so habe ich mein Leben gestaltet. Ich mag es nicht, mich zu verkleiden.«

Charlie lachte und hob die Hände. »Aufgeben ist die beste

Lösung, mein Sohn. Ich bin auch nicht für ausgefallene Abenteuer, aber deine Tante ist so aufgeregt und …« Er lächelte sie über den Tisch hinweg an. »Ziemlich überzeugend.«

»Eher eine begabte Erpresserin«, murmelte Coop und griff nach einer weiteren Scheibe Knoblauchbrot.

Während sie die Servierschüsseln am Tisch herumreichten, schaute Camille ihren Neffen an. »Und bist du immer noch unterarbeitet im Büro, Coop? Hast du diese Woche irgendwelche neuen Fälle bekommen?«

»Tatsächlich hat Ben heute Morgen einige ungeklärte Fälle bei uns abgeladen. Dann kam ein echter Cold Case zur Tür herein. Ein Mann aus der Gegend, der vor fünfundzwanzig Jahren gestorben ist, braucht uns, um zu beweisen, dass er noch lebt, und um herauszufinden, wer ihn getötet hat.«

Ihre mit Kajal gezogenen Augenbrauen hoben sich, und ihre Lippen bildeten einen Kreis. »Ooooh, das klingt so aufregend. Wer war er? Ich wünschte, dein Onkel wäre noch hier. Er würde sich bestimmt daran erinnern. Er hatte so ein Händchen dafür, sich all diese alten Fälle zu merken.«

»Wir sind noch nicht sehr weit, aber er behauptet, ein Covington zu sein. AB wird in einigen alten Fallakten und Zeitungsartikeln aus dieser Zeit wühlen, und wir werden nächste Woche damit beginnen. Er ist erst heute Nachmittag eingetroffen. Wir müssen noch einige Dinge überprüfen.«

Charlie griff nach einer weiteren Scheibe Brot auf dem Teller. »Das klingt nach einem faszinierenden Fall. Es ist also ein anderer Mann gestorben, aber alle glauben, dass dieser Mann tot ist?«

AB nickte. »Vor allem, weil der Mann glaubt, dass sein Vater derjenige war, der ihn getötet hat. Nun, nicht ihn, aber du weißt schon, was ich meine.«

Tante Camille legte ihre Stirn in Falten. »Das muss Frank Covingtons Sohn Dax sein. Ich sehe seine Schwester oft in Bellas Salon. Wir haben den gleichen Maniküre-Pediküre-Termin. Sie ist eine reizende Frau, genau wie ihre Mutter Laura Beth.«

Coops Augen trafen die ihren. »Es ist vertraulich, also darfst du kein Wort darüber verlieren. Nicht einmal eine Andeutung machen.«

Sie nickte. »Ich weiß, wie man über einen Fall schweigt, Coop. Glaub mir, ich habe das jahrelang mit deinem Onkel gemacht.« Sie schob den Brotteller in Charlies Richtung. »Nun, wie ich euch zwei kenne, werdet ihr der Sache im Handumdrehen auf den Grund gehen.« Camille sah sich am Tisch um. »Wer hat Lust auf ein Eis?«

Nach dem Dessert und weiterem Geplaudere half Coop AB in ihren Mantel und begleitete sie zur Einfahrt. Er holte einen Scheck aus seiner Tasche, der auf eine Wohltätigkeitsorganisation ausgestellt war, wobei der Betrag ausgelassen worden war. »Denk einfach an unsere Abmachung, AB. Geld ist morgen Abend kein Thema. Was auch immer es kostet, du musst sicherstellen, dass du das Gebot für mich gewinnst.«

»Ich habe dich noch nie so nervös gesehen.« Sie lachte, als sie den Scheck in ihre Handtasche steckte und sich hinter das Steuer setzte. »Du hast Mörder zur Strecke gebracht und kaltblütigen Verbrechern in die Augen geschaut, aber ein Abend auf einer Bühne mit ein paar Frauen, die dir schöne Augen machen, bereitet dir eine Heidenangst. Du überraschst mich.«

»Vergiss nicht, ich vertraue dir, AB.«

Mit einem Hauch von Schalk in den Augen lächelte sie und winkte, als sie den Gang einlegte. Er sah zu, wie ihre Rücklichter verschwanden, und hoffte, dass sie sich nur einen Scherz mit ihm erlaubte.

KAPITEL VIER

Am Montagmorgen kamen Gus und Coop früh im Büro an. Nachdem er den Knopf der Kaffeemaschine gedrückt hatte, ging er den Flur hinunter in sein Büro und entfachte ein Feuer im alten Kamin. Der heimelige Duft des brennenden Holzes und der Ledermöbel erinnerte Coop an Onkel John. Die Tage, die er als junger Mann in diesem Büro mit seinem geliebten und erschreckend klugen Onkel verbracht hatte, gehörten zu seinen schönsten Erinnerungen.

Er war am Wochenende nicht viel zum Arbeiten gekommen, was nicht an dem Fiasko bei der Junggesellenauktion gelegen hatte. Er gab es nur ungern zu, aber der Abend war lustig gewesen, voller Lachen und ausgezeichnetem Essen. Vor allem aber hatte er es genossen, seinen Vater so glücklich zu sehen. Er und Tante Camille waren sogar auf die Tanzfläche gegangen. Nicht, dass Charlie gut tanzen konnte, aber sie hatten zu einem Oldie geschunkelt, den sie beide liebten.

AB hatte sich durchgesetzt und den Zuschlag für Coop

erhalten, und zwar für satte fünfzehnhundert Dollar, aber er wollte nicht über das Geld streiten. Immerhin hatte AB den Preis eines Abendessens im Houston's gezogen, einem neuen und beliebten Lokal, das für seine Steaks, sein Barbecue und seinen Line Dance bekannt war. Sie hatten beide etwas Schönes für ihre Mühen verdient, und ein Abend dort war nicht billig – keine fünfzehnhundert Dollar, aber dafür würde er wenigstens ein gutes Essen bekommen.

Coop las die Notizen durch, die er von dem Treffen mit Dax am Freitag gemacht hatte. Sein Gefühl sagte ihm, dass Dax die Wahrheit sagte. Seine Emotionen hatten etwas Aufrichtiges an sich, aber Coop folgte gern der Doktrin *Vertrauen ist gut, Kontrolle ist besser* und schaltete seinen Computer ein, um einige Online-Recherchen zu den Ereignissen von vor fünfundzwanzig Jahren anzustellen.

Er fand den Nachruf auf Dax und markierte einige Artikel über die Jahrmarktsunfälle. Als Nächstes überprüfte er die jüngste Berichterstattung über Frank Covington und seine Spende an die Vanderbilt. Statt seines Sohnes könnte Dax ein Hochstapler sein, der den Artikel gesehen hat und einen reichen, sterbenden Mann ausnutzen wollte.

Coop begann mit der Suche nach Lindsay Covington, die unverheiratet war und in Nashville lebte. Er wollte sich mit dem Brand und dem Tod von Dax in Georgia befassen, aber das würde einige Zeit in Anspruch nehmen. AB könnte das in Angriff nehmen, wenn sie ins Büro kam. Als Coop eine Notiz machte, verschwand Gus wie ein Fellblitz. Augenblicke später ertönte ABs Stimme – die hohe, süße Stimme, die sie nur für Gus benutzte – im Büro.

Wie immer kam AB nach dreißig Minuten durch Coops Bürotür mit einer Tasse koffeinfreiem Kaffee für ihn und einer Tasse mit dem, was auch immer sie gerade trank – heute duftete ihre Tasse nach würzigem Zimttee. Sie setzte sich ihm gegenüber an den Konferenztisch. »Und? Hast du das ganze Wochenende über Dax recherchiert?«

»Zur Abwechslung, nein. Ich habe nicht gearbeitet. Wir hatten ein ziemlich faules Wochenende, haben die meiste Zeit gestern rumgehangen und Karten gespielt.« Er schob seinen Notizblock über den Tisch.

»Es tut dir gut, deinen Vater um dich zu haben.« Sie zwinkerte. »Okay, ich fange mit den Unfällen auf dem Jahrmarkt und dem Feuer in Georgia an.«

»Vielleicht kannst du mal in dem Pub in Cornwall anrufen und diesen Teil von Dax' Geschichte bestätigen lassen. Mal sehen, was sie dir über John Williams erzählen können. Unser erster Schritt ist ein DNS-Vergleich mit seiner Schwester, aber ich möchte so sicher wie möglich sein, dass Dax der ist, für den er sich ausgibt. Das Letzte, was ich tun möchte, ist, ihr falsche Hoffnungen zu machen oder sie einem Betrug auszusetzen.«

AB nahm einen weiteren Schluck aus ihrer Tasse. »Das ist eine schwierige Entscheidung, aber Dax hat nicht den Eindruck erweckt, zu lügen. Im Laufe der Jahre haben wir ein ziemlich gutes Lügenmessgefühl entwickelt, und bei mir hat er keine Alarmglocken ausgelöst.«

Coop nickte. »Bei mir auch nicht. Ich möchte nur ein paar Hintergrundinformationen bekommen und dann herausfinden, wie ich am besten Lindsays DNS für einen Test bekomme. Familiensachen sind immer so chaotisch.«

»Ich kümmere mich sofort darum. Das Labor kann es innerhalb von vierundzwanzig Stunden fertigstellen, wenn Dax die zusätzliche Gebühr bezahlen will.«

»Ich werde ihn fragen, wenn wir dort sind. Ich glaube nicht, dass er über ein unbegrenztes Budget verfügt. Ich habe bemerkt, dass er bei dem Vorschuss, den er uns gezahlt hat, ein wenig gezuckt hat.«

Coop fügte die Namen der Eltern, die ihre Kinder bei den Jahrmarktsunfällen verloren hatten, auf seinem neuen, schicken Whiteboard ein, das ganz und gar nicht mehr weiß war. Er hatte sich Ende des Jahres eine moderne Glastafel gegönnt, die von seinem Computer oder Smartphone aus gesteuert werden konnte, und wenn sie nicht gebraucht wurde oder er den Inhalt abdecken wollte, konnte er die Tafel mit einem Bild füllen. Sein altes Whiteboard hatte den Punkt erreicht, an dem die Bilder wie Geisterschatten zurückblieben und einen schwachen Umriss hinterließen, egal wie sehr er sich bemühte, es zu reinigen. Diese schlichte, moderne Glastafel hatte den Vorteil, dass sie mit jeder Art von Marker beschrieben werden konnte und keine Geisterbilder hinterließ. Besonders gut gefiel ihm, dass er ein einladendes Bild auf den Bildschirm legen konnte, ohne dass jemand seine Listen und Notizen sehen konnte, die oft unordentlich waren.

Als er den Namen der Eltern zu der Liste hinzufügte, wollte er nicht glauben, dass sie etwas damit zu tun hatten, aber er wusste, dass es nicht ausgeschlossen war, dass sie auf Rache aus waren. Er hatte es schon einmal erlebt, dass trauernde Eltern beschlossen hatten, dass die Menschen, die für ihren Verlust verantwortlich waren, leiden mussten.

AB nahm ihren Tee und ihre Arbeitsmappe und überließ Coop seinen Recherchen und Gus seinem Nickerchen.

Es war schon weit nach der Mittagszeit, als sie sich in der Küche versammelten, um bei übrig gebliebenen Roastbeefsandwiches und frischen Keksen, die Tante Camille am Wochenende in der Küche gebacken hatte, über das Gelernte zu plaudern.

AB sah auf ihrem Notizblock nach. »Richard, der Besitzer des *Golden Feather Inn* in Cornwall, hat nur Gutes über John Williams zu sagen. Er bestätigt, dass er seit fünfundzwanzig Jahren in Cornwall ist, zuerst für Richards Vater gearbeitet hat und dann geblieben ist, als er das Geschäft vor etwa zehn Jahren übernommen hat. Ein vorbildlicher Angestellter, der sich bis zum Manager hochgearbeitet und nie Ärger gemacht hat. Er sei gegangen, um in die USA zurückzukehren und sich um einige Nachlassangelegenheiten der Familie zu kümmern. Richard sagte, John sei willkommen, wenn er nach Cornwall zurückkehren würde.«

Coop nickte, während er in sein Sandwich biss. Nachdem er einen Schluck Eistee getrunken hatte, las er in seinen Notizen nach. »Ich habe sein Foto in der Vanderbilt und in seinem Nachruf gefunden, und obwohl er viel älter ist, stimmt der Dax, den wir am Freitag gesehen haben, mit der jüngeren Version überein.«

AB klopfte auf den Aktenordner neben ihr. »Alles, was er uns erzählt hat, stimmt. Ich will nicht sagen, dass er nicht alles recherchiert haben könnte, aber der Zeitpunkt und die Fakten sind solide. Ich habe die Beweise gelesen, die er gesammelt hat. Es sieht so aus, als hätten die Arbeiter die Wartungsberichte gefälscht und abgenutzte Teile an den Fahrgeschäften ausgetauscht. Hinweise deuten darauf hin, dass das Unternehmen hinter den gefälschten Berichten steckt. Sie versuchten, Geld zu sparen und die Wartungsintervalle zu verlängern. Es wurden keine Namen genannt, sondern immer nur darauf verwiesen, dass das Unternehmen Druck auf sie ausübte, indem es Prämien und Gehälter an die Senkung der Ausgaben und die Steigerung der Einnahmen knüpfte. Rex, der Rummelplatzchef, führte ein kleines Notizbuch, und dort fand Dax die meisten Informationen.«

Coop beendete seinen letzten Bissen. »Wir müssen uns die Firmenunterlagen ansehen und herausfinden, wie die Firma strukturiert war und wer die Führungspositionen innehatte.«

»Gut, ich kümmere mich morgen darum.«

Auf dem Weg zurück in sein Büro warf Coop die Plastikfolie von seinem Sandwich in den Müll und nahm sich noch einen Keks. »Da wir nicht sicher sind, ob Dax wirklich Dax ist, halte ich es für klug, dass wir Lindsays DNS beschaffen, ohne sie zu fragen. Ich bin mir nicht sicher, ob ich ihr oder Dax ein Treffen zumuten will, und würde es gerne genau wissen, bevor wir diesen Schritt tun.«

»Ich denke, wir können mit ziemlicher Sicherheit davon ausgehen, dass sie nichts mit den Ereignissen in Georgia zu tun hatte. Frank hingegen ist eine andere Geschichte. Er verkündete seine Verlobung mit der Frau, nachdem seine erste gerade mal seit sechs Monaten tot war. Das kommt mir schnell vor.«

Coop hob die Brauen, als er in den Keks biss. »Ich glaube, Dax hatte guten Grund, an ihm zu zweifeln.« Er aß den Keks auf und fragte: »Hast du Lust, mit Tante Camille ein bisschen undercover zu arbeiten?«

Sie grinste. »Oh, Mann. Tante Camille wird ganz begeistert sein. Du könntest ein Monster erschaffen.«

Coop lachte. »Glaube mir, ich weiß, dass ich das tue.«

Nach dem Hinweis von Tante Camille auf Lindsays feste Termine in Bellas Salon setzte Coop seinen Plan am Mittwoch in die Tat um. Tante Camille hatte nicht viel zu tun, außer Lindsay in ein Gespräch zu verwickeln und sie abzulenken, während AB die schwere Arbeit erledigte.

AB hatte sich gestern Nachmittag freigenommen, um sich in Bellas Salon in ihrer neuesten Undercover-Rolle zu akklimatisieren. Sie wollte nicht, dass heute ihr erster Tag dort wäre, in der Hoffnung, die Aufmerksamkeit zu verringern, die sie als neue Salonassistentin bekommen würde.

Coop würde AB überall erkennen, da er sie schon so lange kannte, aber als sie am Mittwochmorgen durch die Tür kam, grinste er über die Frau, die völlig verwandelt vor ihm stand. Sie trug eine lockige, dunkle Perücke mit grauen Spitzen und war in der typischen rosafarbenen OP-Kleidung bekleidet, die alle im *Bella's* trugen. Sie hatte sich noch mehr verkleidet, indem sie eine leicht getönte Brille trug, die ihre blaugrünen Augen verdeckte. Anstelle der eleganten Clogs, die sie bevorzugte, trug sie robuste Schuhe, die wie die von einer Oma aussahen.

Coop konnte nicht aufhören, ihr Gesicht anzustarren, das aussah, als wäre es um zwanzig Jahre gealtert. Ihre Haut wirkte faltig, und ihre Hände hatten mehrere dunkle Altersflecken, an die er sich nicht erinnern konnte. »Wow. Du bist umwerfend, aber nicht auf eine gute Art. Ich kann nicht glauben, wie alt du aussiehst.«

Sie nahm ihre Brille ab und rollte mit den Augen. »An deinen Komplimenten musst du noch arbeiten. Das erklärt vielleicht, warum du single bist.« Sie lachte. »Ich habe eine Freundin, die Visagistin ist, und sie hat mir bei meiner Verwandlung geholfen. Niemand schenkt älteren Frauen einen zweiten Blick, und das hat sich gestern bewahrheitet. Nicht viel mehr als ein Hallo und ein Dankeschön von ein paar Kunden.«

»Ich wünschte, ich könnte kommen und zusehen, aber

ich würde auffallen wie ein bunter Hund, und ich muss mich irgendwann mit Lindsay treffen, also wäre es mir lieber, wenn sie nichts von unserem Täuschungsmanöver mitbekommt.«

AB machte sich eine Tasse Tee, während sie sich unterhielten. »Ich weiß. Ich habe ein schlechtes Gewissen, weil ich sie täuschen muss, aber wir müssen sicher sein, dass Dax ihr Bruder ist, bevor wir sie ins Boot holen. Wenn er es ist und wir es ihr sagen müssen, können wir sie um Verzeihung bitten und erklären, dass wir versucht haben, sie vor jedem zu schützen, der sie ausnutzen wollte.«

Obwohl AB mit dem Finger auf ihn zeigte, schenkt sich Coop eine Tasse echten Kaffee ein. »Tante Camille hat auch einen Termin um zehn Uhr und bringt ein paar ihrer Kekse mit, die wir teilen können. Zusammen mit den Proben, die du von ihrer Pediküre mitnehmen kannst, und der kostenlosen Gesichtsbehandlung, die ich mit Bella vereinbart habe, sollten wir genug Material haben. Sorge nur dafür, dass die Haut- und Nagelreste so schnell wie möglich in die Plastiktüten kommen, damit es nicht zu Verwechslungen kommt.«

Sie nickte und spülte ihre leere Tasse aus. »Ich hab's kapiert. Ich fahre jetzt rüber, damit ich vorbereitet bin, wenn Lindsay kommt. Sobald ich ihre Proben habe, rufe ich dich an und wir treffen uns draußen.«

»Wenn wir heute fertig sind, lade ich dich zum Mittagessen ein.« Er lachte und zeigte auf ihr Namensschild. »Das heißt, nachdem du das alles ausgezogen hast und wieder AB bist, Trudy.«

»Das ist das Schwierigste, sich daran zu erinnern, dass man antworten muss, wenn jemand nach Trudy fragt.« Sie gab Gus einen kurzen Klaps auf den Kopf und holte ihre Handtasche. »Ich muss mich beeilen. Ich parke ein paar

Blocks entfernt und gehe langsamer, um mich in meine Rolle zu versetzen, damit mich niemand mit meiner neuen Persona in Verbindung bringen kann.«

Gus legte seinen Kopf schief und leckte ihr kurz die Hand, als sie zur Tür hinausging. Coop streichelte ihm über den Kopf. »Keine Sorge, Junge. Es ist immer noch unsere AB unter all dem Chaos.«

Um sich von seinen Sorgen um Tante Camille und AB und ihre Undercover-Operation abzulenken, beschäftigte sich Coop mit einigen Akten für einen ihrer Firmenkunden und studierte dann die Geschichte von *Royal Amusement* und Frank Covington. Das Unternehmen war kurz nach Dax' Tod verkauft worden und Frank hatte eine neue Firma in der Versicherungsbranche gegründet. Er hatte ein großes Unternehmen aufgebaut und im Laufe der Jahre mehrere kleinere Versicherungsgesellschaften übernommen. Wenn Dax sein Sohn war, würde er ein Vermögen erben.

Coop schaute auf die Uhr, es war fast Mittag und AB hatte sich noch nicht gemeldet. Coop rief Ben an und bat ihn um Hilfe bei der Beschaffung der alten Akte über den Brand auf dem Jahrmarkt in Georgia. Ben würde mehr Glück haben, Informationen von den Behörden zu erhalten, als Coop, und vor allem schneller.

Ben versprach, sein Bestes zu tun und Coop sofort anzurufen, wenn er etwas hätte. Coop wollte gerade in Bens Kiste mit den ungeklärten Fällen wühlen, als sich sein Handy mit einer SMS meldete. Er stieß einen langen Seufzer aus, schloss die Haustür ab und winkte Gus zu sich. »Lass uns gehen, Gus! AB hat unsere Proben.«

Sie fuhren los und bogen in die Gasse hinter dem Einkaufszentrum ein, in dem sich Bellas Salon befand. AB wartete schon und reichte ihm eine große Papiertüte. Sie zwinkerte ihm zu, als er sie ihr abnahm. »Es hat wunderbar funktioniert. Lindsay sollte um ein Uhr hier raus sein, und dann werde ich meine Pause machen und verschwinden und Bella wissen lassen, dass es einfach nicht funktioniert.«

»Großartig, ich treffe dich um zwei Uhr im *Pickle Barrel*. Hast du noch genug Zeit, um dich umzuziehen?«

Sie grinste. »Jede Menge. Ich treffe dich dann dort und erstatte dir einen ausführlichen Bericht.« Sie winkte und ging zurück ins Gebäude.

Coop fuhr zu dem Labor, das er immer benutzte. Er hatte vorher angerufen, und sie erwarteten seine Proben. Er versuchte, die Kosten für Dax niedrig zu halten, und konnte Janice, die Laborleiterin, von der AB überzeugt war, dass sie in ihn verknallt wäre, überreden, den Test und die Ergebnisse ohne zusätzliche Kosten zu beschleunigen. Sie hatten Dax' Probe von letzter Woche bereits bearbeitet und würden sie mit der von Lindsay abgleichen, um eine Übereinstimmung als Geschwister festzustellen.

Janice versprach, sich zu beeilen und ihm die Ergebnisse am nächsten Morgen per E-Mail zukommen zu lassen. Sie erinnerte ihn daran, dass Geschwistertests genauer sind, wenn auch eine Elternprobe vorläge. Coop verstand das, war aber im Moment nicht in der Lage, weitere Proben abzugeben. Er war sich sicher, dass, wenn Dax ein Erbe des Covington-Vermögens sein könnte, Frank kein Problem damit hätte, eine Probe abzugeben und für einen legalen Test zu bezahlen.

Er verabschiedete sich von Janice mit ihren klappernden Wimpern und ihrem strahlenden Lächeln und eilte zurück zum Jeep. Er würde zwar eine Standpauke von AB zu seinem überstürzten Verschwinden ertragen müssen, aber das war es wert, weil er so schnell wieder auf die Straße kam und so mit dem nächsten Teil der Ermittlungen weitermachen konnte.

Er fuhr zurück ins Büro und rief Dax an, um ein Treffen mit ihm für morgen Nachmittag zu vereinbaren. Dann würde Coop wissen, ob Dax die Wahrheit sagte oder ein gieriger Gauner wäre. Im Laufe der Jahre hatte er gelernt, seinem Bauchgefühl zu vertrauen, und das sagte ihm, dass Dax die Wahrheit sagte. Es sagte ihm auch, dass er dringend eines der berühmten Brisket-Sandwiches aus dem *Pickle Barrel* brauchte.

KAPITEL FÜNF

Tante Camille bestand darauf, dass AB nach ihrem gemeinsamen Auftritt im *Bella's* mit ihnen zu Abend aß. Coop ging zur Tür und führte AB ins Esszimmer, wo Mrs. Henderson gerade die letzte Schüssel auf den Tisch stellte. Tante Camille forderte sie auf, sich zu setzen und das wunderbare Essen zu genießen, das perfekt für einen kalten Winterabend war.

Während sie saftige Brathähnchen und Gemüse servierte und reichlich Bratensoße über das perfekte Kartoffelpüree schüttete, erzählte Tante Camille von ihrem Tag im *Bella's*.

»Es war so aufregend und AB war die Beste. Ich hätte sie nie wiedererkannt. Ich habe sogar ein paar Minuten gebraucht, um zu erkennen, dass sie es war, und ich kannte den Plan.« Sie gluckste wie benommen vor Aufregung. »Ich hatte keine Probleme, Lindsay abzulenken. Das war nichts Ungewöhnliches, denn wir sind immer ziemlich gesprächig, wenn wir auf dem Pedikürestuhl sitzen. Der einzige Unterschied war der Teller mit Keksen, den ich mitgebracht habe.«

Sie nahm einen Schluck süßen Tee und fuhr fort: »Wie ein Profi stieß AB versehentlich Lindsays halb gegessenen Keks von der Tischkante. Sie entschuldigte sich, und ich reichte ihr einen neuen, während AB den halb aufgegessenen Keks zusammen mit der Serviette, die Lindsay benutzt hatte, in ihrer Hand verschwinden ließ. AB war mit dem Putzen und Entsorgen beschäftigt und trug dabei diese Latexhandschuhe, sodass es ganz natürlich aussah. Niemand hat auch nur mit der Wimper gezuckt.«

AB nickte. »Ja, es lief ganz gut. Wie ich vorausgesagt hatte, hat mich niemand beachtet. Das Aufsammeln der Haarschnitte und der Haut von der Pediküre war einfach, da die Techniker so viele saubere Handtücher benutzen, und ich habe Lindsays Handtücher einfach in den Hinterraum gebracht und in eine Tüte gesteckt. Dasselbe gilt für die Gesichtswatte und die Waschlappen. Alle benutzten Sachen werden auf einem sauberen Handtuch abgelegt, sodass das Einsammeln ein Kinderspiel war.« Sie warf einen Blick auf Coop und hob die Brauen. »Ich denke, unser Plan war erfolgreich, und hoffentlich haben wir genug Proben für das Labor, um eine endgültige Antwort zu bekommen.«

Er aß das Butterbrötchen auf, das er sich in den Mund gesteckt hatte. »Janice hat versprochen, dass sie die Ergebnisse morgen früh per E-Mail schicken wird. Ich denke, sie hätte angerufen, wenn die Proben nicht ausreichend wären.«

AB klimperte mit den Wimpern. »Janice würde sich nie eine Gelegenheit entgehen lassen, dich anzurufen.«

Camilles Augen weiteten sich. »Kenne ich Janice?«

Coop schüttelte den Kopf. »Nein, Tante Camille. Und komm nicht auf dumme Gedanken! Sie arbeitet in dem Labor, das wir nutzen, das ist alles.«

Charlie kicherte und AB lachte. »Sie ist ein bisschen in

unseren Jungen verknallt, aber manchmal ist das auch zu unserem Vorteil. So wie heute. Sie beschleunigt die Ergebnisse für uns, damit Coop sich morgen mit Dax treffen kann.«

Camille grinste und stocherte mit ihrer Gabel in den Kartoffeln herum. »Ich bin einfach begeistert, dass wir es geschafft haben. Detektivarbeit ist so aufregend.« Sie hielt mitten im Bissen inne und schaute AB an. »Die anderen Angestellten haben Bella gesagt, dass sie dich für die beste Assistentin halten, die sie je im Salon hatte. Sie schwärmten davon, wie aufmerksam du dich um die Ordnung und Sauberkeit auf den Stationen kümmerst.«

Mit zurückgeworfenem Kopf lachte AB. »Sie werden morgen traurig sein, wenn sie ihnen erzählt, dass ich beschlossen habe, dass es nicht der richtige Job für mich ist.«

Charlie führte seine Serviette an seine Lippen. »Ihr drei habt so viel Spaß. Ich werde diese ganze Aufregung vermissen, wenn ich wieder nach Hause gehe.«

»Du könntest jederzeit hierherziehen«, sagte Camille mit einem Funkeln in ihren blassblauen Augen. »Wir würden uns sehr darüber freuen.«

Charlie lächelte und wedelte mit der Hand in der Luft. »Ah, nein, ich liebe es, wo ich lebe. Es ist mein Zuhause und wird es immer bleiben, aber ich habe vor, öfter zu kommen. Ich hasse das Fliegen nur so sehr.«

»Vielleicht können wir dich überreden, ein paar Monate zu bleiben, wenn du kommst. Dann musst du nur einmal im Jahr fliegen«, sagte Coop und griff nach der Soße. »Oder ich könnte dich mit dem Auto abholen.«

Charlies Grinsen wurde breiter. »Das würde mir gefallen. Es gibt nichts Besseres als einen Roadtrip.«

»Wenn es nur eine Reise pro Jahr ist, könnte ich problemlos ein Privatflugzeug chartern, so wie ich es getan habe, um dich dieses Mal hierherzubringen, Charlie«, sagte Camille. »Es wäre mir ein Vergnügen, das für dich zu tun.«

Charlie schüttelte den Kopf. »Ich habe deine Freundlichkeit und Gastfreundschaft schon genug ausgenutzt. Das kann ich nicht zulassen. Es ist viel zu teuer.«

Camille wedelte mit dem Finger über den Tisch. »Hör zu, Charlie. Ich habe gelernt, dass man das Leben genießen und das Beste aus jedem kostbaren Moment machen muss. Geld ist dazu da, genossen und ausgegeben zu werden. Dich hier zu haben, um dich bei mir zu haben und überallhin zu begleiten, ist mehr wert als ein Tresor voller Goldbarren. Ich würde dich nie zum Fliegen zwingen, aber diese Möglichkeit steht dir immer offen.«

Coop beäugte seinen Vater. »Ein weiser Mann hat mir einmal gesagt, dass es klüger ist, sich zu ergeben.«

Daraufhin brachen alle vier in Gelächter aus, und Camille holte den noch warmen Pfirsichkuchen.

Am Donnerstagmorgen war Coop früh im Büro. Die letzte Nacht war schlaflos gewesen, und er hatte die meiste Zeit damit verbracht, alte Zeitungsartikel und alles andere, was er über Frank Covington finden konnte, durchzusehen – sowohl sein Privat- als auch sein Geschäftsleben.

Der schnelle Verkauf des Unternehmens nach Dax' Tod hatte seine Aufmerksamkeit erregt. Coop fuhr mit einem leuchtend gelben Textmarker über das Datum und die Informationen. Es könnte eine natürliche Reaktion darauf sein, dass Frank die Erinnerungen an den Tod seines Sohnes loswerden wollte, oder es könnte etwas anderes sein.

Draußen war es noch dunkel und zu früh, um Ben anzurufen. Coop wollte unbedingt die Akte über den Brand und die Ermittlungen zu Dax' Tod haben. Er würde auch gerne Nates Familie finden, falls Dax' Geschichte wahr sein sollte. Seine Familie verdiente es zu erfahren, was mit ihm passiert war.

Während er auf Janice' E-Mail wartete, vertiefte sich Coop in die Recherchen über *Royal Amusement*. Frank hatte das Unternehmen vor fast fünfzig Jahren gegründet. Zuerst war es klein und regional gewesen und dann es zu einem landesweiten Unternehmen gewachsen. Mit dem Wachstum vergrößerte sich auch das Management des Unternehmens, aber die Firma blieb in Privatbesitz so wie auch sein neues Unternehmen.

Bei der Überprüfung alter Unterlagen fiel ihm der Name von Huck Grover auf, der jahrelang als Finanzchef fungiert hatte. Vor fünfundzwanzig Jahren jedoch verschwand der Name aus allen Firmenunterlagen von *Royal* und dem neuen Unternehmen. Hatte Huck das Unternehmen verlassen und beschlossen, sich an Franks neuem Unternehmen nicht mehr zu beteiligen, oder war er gefeuert worden?

Coop tippte auf die Tastatur und suchte nach Hucks Daten. Er wohnte jetzt in Brentwood, nur zwanzig Minuten von Coops Büro entfernt. Er war ein paar Jahre jünger als Frank und hatte sich bei einem der größten Unternehmen in Tennessee zur Ruhe gesetzt, einer Schifffahrtsgesellschaft mit Sitz in Memphis. Nach dem, was Coop herausgefunden hatte, hatte Huck *Royal* und Nashville verlassen und war vor fünfundzwanzig Jahren nach Memphis gezogen. Seit seiner Pensionierung vor fast zehn Jahren lebte er in Brentwood.

Coop kritzelte Hucks Adresse und Telefonnummer auf einen Notizblock. Er sah auf die Uhr, ging in die Küche und trank den Rest der Kanne Kaffee aus, die er gekocht hatte. Er wollte nicht, dass AB erfuhr, dass er bei seiner täglichen Tasse geschummelt hatte, aber da er letzte Nacht nicht viel geschlafen hatte, sehnte er sich nach dem Koffeinschub. Er machte sich daran, den Filter mit koffeinfreiem Kaffee zu füllen, und drückte auf den Knopf, um den zu kochen.

Coop nahm sich einen Keks von dem Teller auf dem Tresen. Er war so lange wach gewesen, dass er schon Appetit auf Mittagessen hatte. Er hatte gerade den letzten Bissen des Kekses gegessen, als Gus zum Hintereingang ging und Coop wissen ließ, dass AB auf dem Parkplatz war. Er wischte die Krümel von seinem Schreibtisch und aktualisierte noch einmal sein Mail-Konto.

Er wollte gerade vor Ungeduld aufstöhnen, als eine neue E-Mail ganz oben in der Liste erschien. Sie war von Janice, und im Anhang ihrer Nachricht befand sich der Laborbericht über den Vergleich von Lindsays und Dax' DNS-Proben. Er klickte auf seiner Maus und öffnete den Bericht. Er enthielt alle wissenschaftlichen Daten, Analysen und Diagramme sowie eine kurze Zusammenfassung. Coop lächelte, als er ihn las. Die beiden Proben zeigten eine hohe Wahrscheinlichkeit für eine vollständige Übereinstimmung der Geschwister. Der Test war nicht legal und auch nicht weit über dem Grenzwert, aber er genügte Coop, um Lindsay um ein Treffen zu bitten und sie hoffentlich davon zu überzeugen, einen legalen Test mit Frank zu vereinbaren.

Das Geräusch von AB, die mit Gus sprach, und ihre Schritte, zusammen mit dem Klicken seiner Krallen auf dem Holzboden, hallten im ganzen Büro wider. Es würde ein paar Minuten dauern, bis sie mit einem Becher koffeinfreien Kaffee für ihn und dem, worauf sie Lust hatte, in ihrem eigenen Becher erscheinen würde.

Wie aufs Stichwort kamen sie und Gus durch die Tür, und sie reichte Coop seinen Kaffee, wobei sie die übergroße Tasse auf seinem Schreibtisch betrachtete, die er bevorzugte und auf der stand: *Man hat mir gesagt, nur eine Tasse pro Tag.*

Er war sich sicher, dass sie die Spur des frischen Kaffees am Boden der Tasse sah und vielleicht ahnte, dass er sie heute Morgen zweimal aufgefüllt hatte, aber sie sagte kein Wort.

Er lächelte sie an. »Tolle Neuigkeiten. Janice hat gerade eine E-Mail geschickt, und obwohl es nicht ganz hundertprozentig ist, besteht eine hohe Wahrscheinlichkeit, dass Lindsay und Dax Geschwister sind. Wir müssen sie herbitten und Dax treffen lassen.«

AB zuckte zusammen. »Das wird schwer zu erklären sein, aber ich werde mir etwas einfallen lassen, um sie herzulocken. Ich schlage zwei Uhr oder später vor, damit du eine Stunde mit Dax hast, bevor sie kommt.«

Coop nickte. »Klingt gut. Ich werde heute Morgen versuchen, den alten Finanzchef zu treffen, einen Kerl namens Huck, der in Brentwood lebt, falls ich ihn erreichen kann.« Er erzählte von seinen Nachforschungen zu den Unternehmen. »Der derzeitige CFO ist ein Typ namens Gavin Pierce, der von Anfang an der CFO von Franks Versicherungsgesellschaft war. Wenn du Zeit hast, recherchiere ein wenig über ihn und sieh, was du herausfinden kannst.«

Sie legte die Stirn in Falten. »Den Namen habe ich schon mal gesehen. Ich werde ihn überprüfen.« Sie nahm ihren Notizblock und die Tasse Tee und ging zurück an ihren Schreibtisch.

Coop nahm den Hörer ab und tippte die Nummer von Huck ein. Eine Roboterstimme forderte ihn auf, eine Nachricht zu hinterlassen. Er tat es und hinterließ seine Handynummer und bat Huck, ihn zurückzurufen.

Dax kam ein paar Minuten zu früh, mit großen hoffnungsvollen Augen in seinem glatt rasierten Gesicht, und AB geleitete ihn in Coops Büro. Coop wies mit einer Geste auf den Stuhl vor seinem Schreibtisch. »Wir haben vielversprechende Neuigkeiten.«

Er erzählte von der kleinen Täuschung, die sie im Schönheitssalon aufgeführt hatten. Coop zeigte auf die Kopie der Testergebnisse. »Sie brauchen eine Probe vom Vater, um ein sichereres Ergebnis zu erhalten.«

Dax nickte verständnisvoll und atmete dann aus. »Ich bin mir nicht sicher, ob Dad mir glauben wird, aber ich bin bereit, mich mit ihm zu treffen und ihn zu fragen.«

Coop tippte mit seinem Stift auf sein Notizbuch. »AB hat Lindsay angerufen, und sie wird in weniger als einer Stunde hier sein. Wir dachten, es wäre am einfachsten für Sie, wenn Sie sich zuerst mit ihr treffen, und wir könnten Ihnen helfen, alles zu erklären. Wir hoffen, dass sie als Brücke zu Ihrem Vater dienen kann.«

Dax knackte mit den Fingerknöcheln und grinste. »Ich bin aufgeregt, aber gleichzeitig auch nervös. Ich habe es gehasst, Lindsay zu verlassen, und ich habe mir diesen Tag schon so lange gewünscht, aber es ist auch ein bisschen beängstigend.« Er deutete auf seine Uhr. »Ich hoffe, sie erinnert sich an diese Uhr, die mir Mom zum Schulabschluss geschenkt hat.«

»Ehrlich gesagt haben wir deshalb die DNS-Probe entnommen, bevor wir ein Treffen mit Ihnen beiden vereinbart haben. Mein Gefühl sagt mir, dass das, was Sie gesagt haben, die Wahrheit ist, aber ich wollte Lindsay nicht einem Betrug aussetzen. Der Test hat mich in meinem Gefühl bestärkt. Ich hoffe, sie freut sich darauf, Sie zu sehen, aber ich bin sicher, dass es ein großer Schock sein wird, also versuchen Sie, auf eine negative Reaktion vorbereitet zu sein.«

Dax nickte und griff nach dem Tee, den AB fürsorglich gebracht hatte. »Ich bin sicher, dass sie nicht glauben will, dass Dad etwas mit all dem zu tun hatte. Ich weiß, dass ich es auch nicht wollte, aber an diesem Punkt muss ich die Wahrheit wissen, egal wie schmerzhaft sie ist.«

Das Telefon auf Coops Schreibtisch klingelte und er griff zum Hörer. »Ich komme und spreche mit ihr und bringe sie dann zurück oder lasse dich Dax abholen. Danke, AB.«

Er wandte sich an Dax. »Fertig? Ich werde mich mit ihr unterhalten, und dann werden wir Sie in ein paar Minuten vorstellen.«

Dax schluckte schwer und nickte, seine Hände umklammerten die Tasse mit dem Tee.

Coop schlenderte den Flur entlang, während Gus ihm folgte. Er lächelte die brünette Frau an, die im Empfangsbereich stand. Coop entspannte sich, als er die durchdringenden blauen Augen bemerkte, die seine trafen. Sie waren identisch mit denen von Dax.

Er streckte seine Hand aus. »Vielen Dank, dass Sie gekommen sind, Miss Covington. Ich weiß, es ist ungewöhnlich.« In einem schicken Pulloverkleid und Stiefeln, zusammen mit einem blauen Umhang, der zu ihren Augen passte, sah sie aus, als wäre sie den Seiten eines Modemagazins entsprungen.

Ihre Augen weiteten sich, als sie eine Geste in Richtung AB machte. »Ihre Mitarbeiterin hat mir gesagt, dass es etwas mit meinem Vater und seinem Nachlass zu tun hat, und dass Sie es für das Beste hielten, mit mir zu sprechen, da Sie wussten, dass er krank ist. Ich bin immer noch verwirrt, aber neugierig.«

Er schlug ihr vor, sich auf die Couch zu setzen, und nahm

sich einen Stuhl daneben. »Das wird ein Schock für Sie sein, ich weiß. Seien Sie versichert, dass wir alles getan haben, um die Informationen, die ich mit Ihnen teilen werde, zu überprüfen. Ich hätte Sie nicht hergebeten, wenn ich sie nicht für vertrauenswürdig halten würde.«

Ihre Stirn legte sich verwirrt in Falten, als sie die Tasse Tee entgegennahm, die AB ihr zubereitet hatte.

»Ich weiß, dass Sie erst zehn waren, als Ihr Bruder Dax getötet wurde. Das ist der Teil, der schwierig sein wird. Mein Mandant ist Dax Covington. Er kam letzte Woche in mein Büro und hat mir erklärt, was vor fünfundzwanzig Jahren geschehen ist und dass alle dachten, er wäre bei dem Brand gestorben, aber das war nicht der Fall.« Coop ignorierte Lindsays Schnappatmung und fuhr fort: »Er möchte sich unbedingt wieder mit Ihnen in Verbindung setzen und mehr über die Geschehnisse erzählen. Er wartet in meinem Büro.«

Sie schüttelte den Kopf, als sie versuchte, ihre Tasse auf den Kaffeetisch zu stellen, und ihre Hände zitterten. »Das kann nicht sein. Wir hatten eine Beerdigung und haben ihn neben meiner Mutter beerdigt. Ich erinnere mich an all das. Es war furchtbar.«

»Ich weiß, das ist nicht leicht zu verstehen oder zu glauben.« Er deutete auf AB, und sie ging den Flur entlang zu seinem Büro. »Ich möchte, dass Sie Dax kennenlernen, weil ich glaube, dass er Ihr Bruder ist, aber ihn zu sehen und mit ihm zu sprechen, könnte helfen.«

Tränen fielen auf ihre blassen Wangen. »Ich … ich … weiß nicht.«

Coop tätschelte ihr den Arm. »AB und ich werden hier bei Ihnen sein.«

Wenige Augenblicke später betrat Dax den Empfangsbereich und kam um den Couchtisch herum, um sich vor Lindsay zu stellen. Tränen füllten seine Augen. »Linds, ich bin's. Ich bin's, Dax.«

Sie neigte den Kopf und presste ihre Lippen aufeinander, als sie ihn ansah. Er ging um den Couchtisch und rückte näher an sie heran. Coop ermutigte ihn mit einem Kopfnicken.

»Ich möchte dir alles erzählen, aber zuerst muss ich dir sagen, wie leid es mir tut, dass ich dich verlassen habe. Ich hatte Angst und wusste nicht, was ich tun sollte. Darf ich mich neben dich setzen?«

Sie sagte kein Wort, sondern gestikulierte auf das Kissen neben ihr, während ihr ganzer Körper zitterte.

Als er sich setzte, griff sie nach seinem linken Arm und konzentrierte sich auf die Uhr. Dax grinste und sagte: »Ich hatte gehofft, du würdest dich daran erinnern. Mom hat sie mir zum Schulabschluss geschenkt.«

Lindsay liefen erneut die Tränen über die Wangen und AB holte ihr eine Schachtel Taschentücher. »Ich erinnere mich, aber das ergibt keinen Sinn. Ich war auf deiner Beerdigung. Ich habe an deinem Geburtstag und an den Feiertagen Blumen auf dein Grab gelegt. Ich kann nicht glauben, dass du die ganze Zeit gelebt hast.« Ihre Schultern zitterten, als ihre Stimme brüchig wurde und in Schluchzen überging. Sie starrte in Dax' Augen. »Du bist es, nicht wahr?«

Eine einzelne Träne glitt über Dax' Wange. »Ja, Linds. Ich bin es wirklich. Frag mich alles, was du willst.« Er griff nach ihrer Hand, und sie nahm sie.

Coop räusperte sich und erklärte, dass Dax geglaubt hatte, jemand hätte versucht, ihn zu töten, als man sagte, das Feuer wäre auf eine defekte Zündflamme und eine Propanexplosion zurückzuführen. »Er hatte Beweise gefunden, die auf ein Fehlverhalten von *Royal Amusement* bei den schrecklichen Unfällen, bei denen mehrere Kinder ums

Leben kamen, hinwiesen. Er hatte deinen Vater angerufen und ihm eine Nachricht hinterlassen, in der er ihm mitteilte, dass er auf dem Heimweg wäre. Er hatte am selben Nachmittag sein Wohnmobil an einen jungen Mann namens Nate übergeben. Nate war bei dem Brand ums Leben gekommen. Dax hatte seine Brieftasche zurückgelassen und war auf dem Rückweg, um sie zu holen, als er das Feuer sah und beschloss, unterzutauchen.«

Lindsay ließ sich gegen die Rückenlehne des Sofas sinken. Sie schüttelte immer wieder den Kopf. »Das ergibt alles keinen Sinn.« Sie drehte sich um und sah Dax an. »Warum hast du Dad nicht einfach noch mal angerufen und es ihm gesagt?«

Dax seufzte. »Ich hatte Angst, dass er derjenige ist, der versucht hat, mich zu töten. Er war die einzige Person, die ich angerufen und erzählt habe, was ich entdeckt hatte und wo ich war. Ich dachte, es wäre sicherer, wenn alle denken würden, dass ich in dem Feuer ums Leben gekommen war.«

Sie zog eine Grimasse und eine Spur von Wimperntusche verlief über ihre Wange. »Dad würde dich nie umbringen wollen. Das ist doch verrückt. Bist du sicher, dass es kein Unfall war und die letzten fünfundzwanzig Jahre ein Fehler waren?«

Dax zuckte mit den Schultern. »Deshalb bin ich hier. Damals dachte ich, weglaufen sei meine einzige Option. Ich wusste nur, dass ich Dad angerufen hatte, um ihm von den Beweisen zu erzählen, und am nächsten Tag explodierte mein Wohnwagen. Das Wohnmobil war alt, aber es war sicher, und ich hatte nie ein Problem. Ich glaube immer noch nicht, dass es ein Unfall war. Als ich den Zeitungsartikel las, in dem stand, dass Dad seine Sekretärin heiratet, habe ich mir über alles Gedanken gemacht. Über Mom. Über das Feuer. Über all das. Die Firma war Dads Leben, und obwohl ich es nicht glauben wollte, konnte ich kein Risiko eingehen. Ich war erst zwanzig und hatte niemanden, an den ich mich wenden konnte.«

Sie tupfte sich mit einem Taschentuch das Gesicht ab. »Erst Mom und dann dich zu verlieren, war wie ein Albtraum. Ich habe Jahre gebraucht, um mich normal zu fühlen. Ehrlich gesagt bin ich mir nicht sicher, ob ich mich jemals wieder normal gefühlt habe. Wo warst du denn die ganze Zeit?«

Dax erzählte ihr von dem kleinen Dorf in Cornwall, wo er lebte und arbeitete. »Ich verfolgte die Zeitung online und sah die Einweihung in der *Vanderbilt*, und Dad sagte, er sei krank und liege im Sterben. Ich beschloss, dass ich nicht länger warten konnte. Ich musste es wissen.«

Lindsays herzzerreißendes Schluchzen verursachte Coop Schmerzen in der Brust. »In Fällen wie diesem ist es unmöglich, die Vergangenheit zu rekonstruieren oder jeden Schritt zu analysieren. Dax ist zu uns gekommen, weil er die Wahrheit herausfinden und mit Ihrem Vater sprechen will, bevor es zu spät ist. Es wäre vielleicht das Beste, wenn Sie beide etwas Zeit miteinander verbringen und sich wieder annähern, bevor wir ein Treffen mit Ihrem Vater und schließlich einen DNS-Test ansetzen. Dazu brauchen wir Ihre Hilfe, Lindsay, wenn Sie dazu bereit sind. Bis dahin muss Dax' Erscheinen hier vertraulich bleiben. Keiner von uns kann sicher sein, was passiert ist, und wir wollen seine Sicherheit nicht gefährden.«

AB nickte. »Es scheint, dass Sie keinen Zweifel daran haben, dass Dax Ihr Bruder ist, ist das richtig?«

Lindsay blickte in Dax' Augen. »Ich weiß, dass er mein Bruder ist. Ich bin mir nur nicht sicher, ob ich ihm jemals verzeihen kann.«

KAPITEL SECHS

Am Freitagmorgen setzte sich Coop an seinen Lieblingsplatz bei *Peg's*, gegenüber von Ben. Sein Freund warf einen Blick auf Coops Shirt, auf dessen Brust *Alter ist keine Garantie für Reife* prangte, und lachte. »Genau richtig, mein Freund. Volltreffer.«

Bei Pekannusswaffeln mit Speckstückchen und einer Portion Rührei brachte Coop Ben auf den neuesten Stand in Bezug auf den seltsamen Fall, der letzte Woche durch seine Tür gekommen war. »Unnötig zu sagen, dass wir mit deiner Kiste nicht viel weitergekommen sind.«

Ben zuckte mit den Schultern. »Kein Grund zur Sorge. Die gehen nirgendwohin« Er reichte die dünne Akte über den Tisch. »Hier ist, was ich aus Georgia erhalten habe. Nicht viel. Du kannst die Kopien behalten.«

Coop trommelte mit den Fingern auf den Ordner. »Es wird schwer sein, Beweise von vor fünfundzwanzig Jahren zu finden. Ich hoffe, dass der alte Mann einfach gesteht, weil er krank ist. Vielleicht will er sich die Sache von der Seele reden.«

»Das muss mehr als beschissen sein, zu denken, dass dein Vater versucht hat, dich umzubringen, und dann zurückzukommen und deine Familie davon überzeugen zu müssen, dass du noch lebst. Ich kann mir nicht vorstellen, in so jungen Jahren in Dax' Schuhen zu stecken und zu versuchen, herauszufinden, was man tun soll.« Ben nahm den nachgefüllten Kaffee von Myrtle an.

Coop genehmigte sich einen großen Schluck aus seiner eigenen Tasse, machte Platz für einen gesunden Spritzer aus der frischen Kanne und schüttelte den Kopf. »Familien sind im Inneren immer komplizierter, als sie nach außen hin erscheinen. Meine Mutter zum Beispiel … Ich will gar nicht erst damit anfangen. Meinen Dad in der Nähe zu haben, war im letzten Monat ganz nett. Nachdem ich gestern Dax und seiner Schwester zugehört habe, habe ich beschlossen, dass Dad und ich heute Abend Pizza essen und Bier trinken gehen. Ich bin so froh, dass ich ihn habe.«

»Es ist schwierig, so weit entfernt voneinander zu leben, ich weiß. Jen hat damit zu kämpfen, dass ihre Familie im Nordwesten lebt. Ich habe Glück, dass meine Eltern in der Nähe sind.«

»Ich würde sagen, wir haben es beide ziemlich leicht im Vergleich zu Dax. Keiner von uns hat einen Vater, von dem er glaubt, dass er einen umbringen würde.«

Coop verbrachte den Rest des Vormittags damit, die Notizen über die Branduntersuchung durchzugehen. Während er die Berichte durchlas, holte er die kleine Tüte Erdnuss-M&M's aus seiner Schublade und aß sie, um die wöchentliche Naschausnahme zu genießen. Seit seinem letzten Krankenhausaufenthalt hatte er den Verzehr von Nüssen und Kaffee immer mehr eingeschränkt, aber er konnte sich nicht dazu durchringen, sie ganz zu meiden.

Der Bezirk, in dem sich das tödliche Feuer ereignet hatte, war klein und verfügte weder über einen Gerichtsmediziner noch über ausgefeilte Laboranalysen. Sie hatten Dax' Brieftasche gefunden und konnten daraus seinen Namen und die Zulassung des Wohnmobils ablesen. Die mit dem Fall befassten Ermittler zeigten das Foto von Dax, den Arbeitern und Rex Fitch, dem Chef des Jahrmarkts, und alle bestätigten, dass der Mann, den sie als Johnny Green kannten, Dax Covington war.

Von den sterblichen Überresten war nichts übriggeblieben, um es zu identifizieren, außer einer forensischen Zahnanalyse, aber die Befragung aller Personen vor Ort hatte keinen Zweifel daran gelassen, dass es sich tatsächlich um Dax handelte, der in dem Wohnwagen gewohnt hatte. Die ursprüngliche Theorie über die Zündflamme und die anschließende Entzündung des Propangases, die das Wohnmobil in kürzester Zeit gefüllt hatte, wurde als offizielle Ursache aufgeführt und als Unfall eingestuft. Es hatte sich herausgestellt, dass Propanlecks häufig die Ursache für Brände in Wohnmobilen waren und neuere Modelle über mehr Sicherheit verfügten als das von Dax.

Da es sich um einen Unfalltod handelte, wurde der Fall abgeschlossen, sobald die Branduntersuchung beendet war. Die Polizei hatte Frank befragt, und der hatte angegeben, er hätte nicht gewusst, dass sein Sohn auf dem Jahrmarkt arbeitete. Er hatte gedacht, er verbrachte den Sommer mit Freunden und bestätigte Dax' Kauf des Wohnmobils. Er war verwirrt gewesen, warum er mit der Abteilung von *Royal Amusement* unterwegs war, konnte aber nur vermuten, dass Dax hoffte, mehr über die Unfälle herauszufinden, die ihn zusammen mit dem Verlust seiner Mutter sehr mitgenommen hatten.

Ohne Zweifel an der Identität des toten Mannes, der dem Alter und der Statur von Dax sehr ähnlich gewesen war, und mit den Überresten von Dax' Brieftasche und Ausweis hatte der Bezirk kein Geld für weitere Analysen verschwendet. Coop war sich sicher, dass der Gedanke, dass es sich um jemand anderen als Dax handeln könnte, denen nie in den Sinn gekommen war.

Coop musste Frank Covington davon überzeugen, dass Dax tatsächlich noch lebte und dass sein Sohn ihn verdächtigte, hinter dem Feuer in seinem Wohnwagen zu stecken, und ihn darüber hinaus bitten, die Überreste zu exhumieren, damit sie versuchen konnten, den jungen Mann zu identifizieren, den Dax als Nate gekannt hatte. Das würde ein bürokratischer Albtraum für Ben und für die Behörden in Georgia werden.

Coop gab die Daten von Rex Fitch in den Computer ein und brachte in Erfahrung, dass der bereits vor drei Jahren verstorben war. Er trug die letzte Adresse in den Notizblock ein und schrieb die Verwandten auf, falls er sie befragen müsste. Der Bericht enthielt auch die Namen einiger der Schausteller, die befragt worden waren. Coop überflog die kurze Liste und hoffte, dass sie auffindbar waren. Vielleicht waren sie alt genug, dass sie sich aus dem Leben auf der Straße zurückgezogen hatten und jetzt eine feste Adresse hatten.

Nach dem Mittagessen rief Dax an. Er war in Lindsays Gästezimmer eingezogen, und sie hatten sich in den letzten Tagen unterhalten, und seit ihrem Besuch in Coops Büro war es besser geworden. Er ließ Coop wissen, dass Lindsay nicht arbeitete und an einer Angststörung litt. Ihr Vater unterstützte sie, und sie standen sich sehr nahe. Lindsay hatte ihren Vater am Samstag zum Mittagessen eingeladen. Sie hatte ihm nichts gesagt, sondern nur, dass sie wollte, dass er kommt und es wichtig war.

Dax wollte, dass Coop und AB dabei waren, um die Dinge zu erklären. »Ich hasse es, Sie zu bitten, am Wochenende zu arbeiten, aber ich möchte meinem Vater gegenübertreten und sehen, was er zu sagen hat.«

Während AB ihm gegenüber am Konferenztisch saß, kritzelte Coop Notizen auf, während er zuhörte. Er drehte den Notizblock zu ihr und kreiste seine Frage nach ihrer morgigen Verfügbarkeit ein. Sie nickte zustimmend.

»Das ist kein Problem, Dax. Wir können beide da sein und früh kommen, um alles zu besprechen, bevor Ihr Vater kommt. Wir sehen uns dann morgen um zehn Uhr dreißig.« Er unterbrach die Verbindung und wandte sich wieder der Glastafel hinter dem Konferenztisch zu.

AB hatte alle Informationen über die Eltern hinzugefügt, die ihre Kinder bei den früheren Unfällen verloren hatten. Sie versuchte, deren Aktivitäten am Tag des Brandes zu ermitteln. Bei der Durchsicht weiterer Dokumente hatte sie festgestellt, dass der Tag des Brandes mit dem Datum der Aussagen der Anwälte der Versicherungsgesellschaft übereinstimmte. Coop war erleichtert, dass sie ein Alibi hatten. Das Letzte, was er tun wollte, war, die schrecklichen Erinnerungen an die Unfälle wieder aufleben zu lassen. Die drei Unfälle hatten sich in Kleinstädten in Kansas und Missouri ereignet, die zu weit von Georgia entfernt waren, um eine schnelle Reise zu ermöglichen.

AB wölbte die Brauen, als sie die Zusammenstellung ihrer Notizen studierte. »So unangenehm es auch sein wird, dabei zu sein, wenn Dax seinen Vater trifft, es wird die Dinge beschleunigen und den Ball für den DNS-Test und die

Exhumierung ins Rollen bringen. Ich werde Ben vorwarnen, damit er den Prozess in Gang setzen kann.«

Coop deutete auf Nates Namen. »Ich hatte kein Glück bei der Suche nach einer Vermisstenanzeige aus dieser Zeit für jemanden mit dem Namen Nathan oder Nate, aber Ben wird mehr Ressourcen dafür haben. Es bricht einem das Herz, wenn man sich vorstellt, dass seine Familie ihn die ganze Zeit über vermisst hat. Ich weiß, sein Tod belastet Dax. Wenn sein Vater dafür verantwortlich ist, bin ich mir nicht sicher, was zwischen den beiden passieren wird.«

»Ich war froh, dass Lindsay Dax' Identität nicht infrage gestellt hat. Sie schien von den ersten Worten, die er gesprochen hat, überzeugt zu sein. Ich glaube, das Gespräch mit seinem Vater wird nicht ganz so einfach werden.« AB seufzte und nahm einen Schluck aus ihrer Tasse.

Coop schnitt eine Grimasse. »Das ist eine Untertreibung, ganz sicher.«

Am Samstagmorgen traf sich Coop mit AB in der Einfahrt eines schönen Backsteinhauses im Kolonialstil, dessen Fassade größtenteils mit Efeu bewachsen war. Lindsays Haus lag weniger als eine Meile von Tante Camilles Haus entfernt, und nach den Nachforschungen, die Coop angestellt hatte, war Franks Haus nur etwa vier Meilen in die andere Richtung entfernt.

Sie atmeten beide tief durch und Coop klingelte. Lindsay begrüßte sie mit einem freundlichen Lächeln und führte sie durch den Eingangsbereich in ein Sonnenzimmer, das durch die drei Fensterwände mit Licht erfüllt war.

Dax erhob sich von der Couch und begrüßte sie mit

einem kräftigen Händedruck. »Danke, dass Sie gekommen sind. Ich bin nervös und schätze Ihre Hilfe sehr.«

Wenige Augenblicke später kam Lindsay mit einem Tablett mit Kaffee und Tee zurück. Coop konnte dem Duft nicht widerstehen und nahm sich eine Tasse von dem frischen Gebräu, ohne den prüfenden Blick von AB zu beachten.

Nach seinem ersten Schluck wandte sich Coop an Lindsay. »Wie geht es Ihrem Vater? Meinen Sie, er kann es gesundheitlich verkraften, Dax zu begegnen?«

Sie nickte. »Er ist ein ziemlich harter Hund. Heute ist ein guter Tag für seinen Besuch, denn seine Frau Adele ist nicht in der Stadt und sie kann … dramatisch sein. Sie konzentriert sich auf Dads Krankheit, zum Nachteil für ihn. Er ist viel stärker, wenn sie nicht da ist.«

AB tätschelte die Ledertasche, die sie bei sich trug. »Wenn wir ihn dazu bringen können, einem DNS-Test zuzustimmen, können wir die Abstriche hier machen und sie sofort ins Labor bringen.« Sie warf einen Blick auf Coop und fuhr fort: »Apropos Adele, ist es richtig, dass ihr Sohn Gavin Pierce der Finanzchef der Firma Ihres Vaters ist?«

Lindsay nickte. »Das ist richtig. Er arbeitet mit Dad zusammen, seit er das College abgeschlossen hat, zuerst bei *Royal* und jetzt in der neuen Firma.«

AB sah auf ihrem Notizblock nach. »Und Ihr Vater und Adele haben wie geplant geheiratet, etwa zwei Monate nach dem Brand, richtig?«

»Ja, und dann hat sie ihre Arbeit reduziert und sich um mich gekümmert, hat nur noch ein paar Stunden am Morgen gearbeitet und ist schließlich zu Hause geblieben. Damals habe ich nicht wirklich verstanden, was passiert ist, und war am Boden zerstört, nachdem Dax …« Sie griff nach ihrer

Tasse. »Es war eine kleine Hochzeit bei uns im Haus, um Thanksgiving herum.«

Coop begegnete Dax' Augen. »Ich kann mir vorstellen, dass es eine Weile dauern wird, bis Ihr Vater den ersten Schock überwunden hat, Sie zu sehen. Ich würde gerne das Thema einer Exhumierung ansprechen. Wir müssen nicht nur herausfinden, was passiert ist, sondern auch unser Bestes tun, um Nate zu identifizieren und seiner Familie einen Abschluss zu ermöglichen.«

Dax nickte, und Lindsays Augen glitzerten mit frischen Tränen. »Darüber haben Linds und ich auch schon gesprochen. Neben der Tatsache, dass ich Lindsay verlassen habe, gehört sein Tod zu den Dingen, die ich am meisten bedauere.«

Lindsay stellte ihre Untertasse und ihre Tasse auf den Kaffeetisch. »Wir werden alles tun, was wir können, um seine Identität herauszufinden und seiner Familie zu helfen. Ich weiß, wie es ist, mit dem Verlust eines geliebten Menschen zu leben. Dax wieder zu Hause zu haben, hätte ich mir nie vorstellen können. Es ist wie ein wahres Wunder. Wenn ich darunter gelitten hätte, nicht zu wissen, was mit ihm passiert ist, so wie Nates Familie, wäre es schlimmer gewesen. Das Nichtwissen und die Vorstellung von schrecklichen Dingen wären furchtbar gewesen.«

Coop trank seinen Kaffee aus und stellte die leere Tasse auf den Tisch. »Wir werden sehen, wie es heute läuft, aber wir müssen Ihrem Vater ein paar ziemlich gezielte Fragen zu seiner Beteiligung an der Fälschung der Wartungsunterlagen, den Unfällen und dem Feuer, bei dem Nate ums Leben kam, stellen. Ich kann das auch ohne Sie machen, wenn das einfacher ist.«

Lindsay schüttelte den Kopf und griff nach der Hand ihres Bruders. »Nein, wir haben darüber gesprochen und sind auf alles vorbereitet, was wir erfahren. Dax muss die Wahrheit erfahren und ich auch. Über alles.«

Das Läuten der Türklingel unterbrach ihr Gespräch. Lindsay schreckte auf, als sie es hörte. Dax ging auf die Backsteinterrasse hinaus, wie sie es geplant hatten, und sie eilte zur Haustür. Wenige Augenblicke später führte sie einen großen, schlanken Mann herein, der ein Hemd und ein Jackett trug. Coop bemerkte, dass er seine sanften blauen Augen hinter seiner Brille im Raum umherschweifen ließ.

Lindsay hielt ihren Arm durch den ihres Vaters, während Coop aufstand und seine Hand ausstreckte. »Mr. Covington, ich bin Cooper Harrington und das ist meine Mitarbeiterin Annabelle Davenport.«

»Nennen Sie mich bitte Frank!«, sagte er, schüttelte Coops Hand und nickte AB auf der anderen Seite des Raumes zu. »Sie müssen mit Camille verwandt sein?«

Coop lächelte. »Ja, Sir. Sie ist meine Tante, und ich habe hier an der Vanderbilt studiert und bei ihr und Onkel John gewohnt. Ich liebte sie und Nashville so sehr, dass ich nie wegging. Als mein Onkel verstarb, habe ich seine Agentur übernommen. Ich bin Privatdetektiv und Anwalt, und mein neuester Klient ist der Grund, warum ich heute hier bin.«

Franks Lächeln verblasste, und er nahm auf dem Stuhl neben Coop Platz. Lindsay schenkte ihrem Vater eine Tasse Kaffee ein und reichte sie ihm, bevor sie wieder auf ihren Platz auf der Couch rutschte.

Coop nahm Platz und räusperte sich. »Wir haben uns diese Woche mit Lindsay getroffen und ihr eine Situation geschildert, die Sie und Ihre Familie betrifft, und sie hatte ein paar Tage Zeit, sich damit auseinanderzusetzen, und hat dieses Treffen arrangiert, damit wir Ihnen helfen können, Ihre Fragen zu beantworten. Wir wissen, dass es ein Schock sein wird, aber Ihr Sohn Dax, von dem alle glaubten, er sei vor fünfundzwanzig Jahren gestorben, ist am Leben.«

Frank schüttelte den Kopf, während er sich abmühte, seine Tasse auf die Untertasse zu stellen, und der Kaffee vom Rand schwappte. »Das kann nicht sein. Das ist ein furchtbarer Trick. Lindsay?« Seine Augen flehten sie an, und er umklammerte die Armlehne des Stuhls, als wollte er gehen.

Sie stand auf und versuchte, ihren Vater anzulächeln, während ihr die Tränen in den Augen schimmerten. »Es ist wahr, Daddy. Ich habe mit ihm gesprochen, und es ist Dax. Er hat die Uhr, die Mom ihm zum Schulabschluss geschenkt hat.« Sie ging zur Tür, die zur Veranda führte, riss sie auf und winkte Dax, hereinzukommen.

Ihr Bruder trat über die Schwelle, sein Gesicht war blass, als er seinem Vater in die Augen sah. »Dad, ich bin's.«

Frank warf einen Blick von Dax zu Lindsay und dann zu Coop. »Das ist lächerlich. Dax ist bei einem schrecklichen Brand gestorben. Warum tut ihr das?«

Dax trat näher an seinen Vater heran. »Frag mich alles, Dad! Ich bin kein Betrüger. Ich erinnere mich an die besondere Fliege, die du zu meinem Highschool-Abschluss getragen hast, an die, die du in Silber und Kardinalrot bestellt hast, damit sie zu meinen Schulfarben passt, und an das neue Kleid, das Mom in demselben Rot trug. Ich erinnere mich daran, wie du und Mom Lindsay aus dem Krankenhaus nach Hause gebracht habt und ich sie halten durfte und wie ihr um mich herumscharwenzelt seid, um sicherzugehen, dass ich sie nicht fallen lasse.«

Er leckte sich über die Lippen und schaute seine Schwester an. »Ich erinnere mich an Lindsays letzten Geburtstag vor Moms Tod. Du hast ihr eine goldene Halskette geschenkt, auf der ihr Name in Schreibschrift stand und darüber ein kleiner Diamant.« Er seufzte. »Ich erinnere mich an Moms Beerdigung und das rosa Kleid, das wir für sie ausgesucht haben.«

Tränen liefen über Franks Wangen. Er holte ein Taschentuch aus seiner Tasche und tupfte sich die Augen ab. Mit einer Stimme, die kaum mehr als ein Flüstern war, sagte er: »Ich verstehe das nicht. Ich kann das nicht glauben.«

Dax setzte sich auf einen Stuhl, der näher bei seinem Vater stand, während Coop sich an Frank wandte: »Es ist nicht leicht, das zu tun, und wir wissen, dass es schwierig ist, das alles zu verarbeiten. Lassen Sie mich versuchen, zusammenzufassen, was vor fünfundzwanzig Jahren passiert ist. Dann weiß ich, dass Dax gerne alle spezifischen Fragen beantworten wird.«

Coop ging die Ereignisse durch, die zu jenem schicksalhaften Tag vor fünfundzwanzig Jahren geführt hatten, einschließlich der Tatsache, dass Dax sich als Arbeiter ausgegeben hatte, in der Hoffnung, den Unfällen bei *Royal Amusement* auf den Grund zu gehen, und er Nate sein altes Wohnmobil und seinen Job gegeben hatte. »Frank, haben Sie am Tag vor dem Brand eine Nachricht von Dax auf Ihrem Anrufbeantworter erhalten?«

Verwirrung füllte seine Augen, und er runzelte die Stirn, schaute von Dax zu Coop und schüttelte den Kopf. »Nein, ich habe weder eine Nachricht erhalten noch mit Dax gesprochen.«

Coop warf einen Blick auf Dax und sah dann Frank an. »Der nächste Teil wird schwer zu verstehen sein, aber Dax hat Ihnen am Tag vor dem Brand eine Nachricht hinterlassen. Er wollte Sie wissen lassen, dass er Beweise für falsche Dokumentationen und unterlassene Wartungsarbeiten an den Fahrgeschäften hatte. Seine Arbeit ließ ihn vermuten, dass jemand in der Firmenzentrale die

Schausteller angewiesen hatte, die Protokolle zu fälschen, um Geld zu sparen. Rex hatte sich in seinem persönlichen Notizbuch darüber Notizen gemacht, und Dax hatte sich bei den Schaustellern umgehört und konnte das meiste davon bestätigen.« Coop bemerkte, wie sich Franks Augen weiteten, und er schüttelte den Kopf.

»Dax war auf dem Heimweg, nachdem er ein Motorrad gekauft hatte, als er bemerkte, dass er seine Brieftasche im Wohnmobil vergessen hatte, und wollte zurückfahren, um sie zu holen. Dabei sah er den Brand und erfuhr, dass er für tot gehalten wurde. Da Sie die einzige Person waren, die wusste, wo er sich aufhielt und was er getan hatte, befürchtete er, dass Sie die Explosion manipuliert hatten, um ihn zu töten und die Informationen zu verbergen, die das Unternehmen und Sie mit der Ursache der tödlichen Unfälle in Verbindung bringen würden.«

Ein leises Stöhnen entwich Frank. Es klang wie ein verwundetes Tier und veranlasste sowohl AB als auch Lindsay dazu, zu seinem Stuhl zu eilen. Er winkte sie beide weg, und Lindsay ging in die Küche, um ihm ein Glas kaltes Wasser zu holen.

Nach ein paar Schlucken und einigen Momenten des Schweigens sprach Frank schließlich: »Das Einzige, was noch schlimmer ist, als dass mein Sohn tot ist, ist zu wissen, dass er glaubt, ich wollte ihn töten.« Sein Körper bebte, er schluchzte heftig.

KAPITEL SIEBEN

Als klar war, dass Frank davon überzeugt war, dass Dax sein Sohn war, bat Coop ihn um einen DNS-Test. Nach einigen Augenblicken, in denen er Dax angestarrt hatte, willigte Frank ein, und AB machte einen Abstrich von seiner und Lindsays Wange, bevor sie und Coop den dreien etwas Zeit allein gaben. Lindsay hatte Mittagessen bestellt, und Coop und AB machten sich daran, es auf der großen Kochinsel in der gut ausgestatteten Küche aufzubauen, während sie die Familie im Sonnenzimmer zurückließen.

AB packte das Sandwichtablett und den Obstteller aus und flüsterte Coop zu: »Was ist dein erster Eindruck?«

»Frank scheint wirklich traurig und überrascht zu sein. Ich glaube, Dax' Beschreibungen seiner Erinnerungen haben ihn davon überzeugt, dass er sein Sohn ist.«

Sie nickte und stellte eine Schüssel mit Salat neben die Sandwiches. Coop fand ein weiteres Tablett und entdeckte zu seiner großen Freude, dass es jede Menge frisch gebackene Kekse gab.

Er schnappte sich ein paar, bevor AB seine Hand

wegschlagen konnte. Er grinste und nahm einen Bissen. »Wir müssen ein bisschen mehr nachhaken und ein paar gezielte Fragen stellen. Es ist schwer, das bei einem gebrechlichen und kranken Mann zu tun.«

»Es ist auch schwierig, wenn Lindsay und Dax hier sind, aber sie haben gesagt, dass sie bleiben wollen.« Sie zuckte mit den Schultern und schenkte Gläser mit süßem Tee ein. An die Küche schloss sich eine Frühstücksecke mit einer Fensterwand an, die einen Blick auf den Garten bot. Im Sommer hatten sie eine herrliche Aussicht, und obwohl es Januar war, war es immer noch schön. Lindsay hatte den Tisch gedeckt, und eine Vase mit frischen Blumen verlieh ihm ein fröhliches Aussehen.

AB betrachtete den Tresen und hob die Brauen. »Ich werde ihnen sagen, dass das Essen angerichtet ist.«

Wenige Augenblicke später kamen sie zu dritt in die Küche, Franks Arm in Lindsays verschränkt. Er sah viel schwächer aus als bei seiner Ankunft. Sie half ihm, sich zu setzen, und bot ihm an, seinen Teller zu füllen. Er starrte aus dem Fenster und sagte: »Nicht zu viel. Ich bin nicht sehr hungrig.«

Coop stellte sicher, dass er Frank gegenüber Platz nahm, damit er seine Reaktionen beobachten konnte, während sie sich unterhielten. Während sie aßen, entlockte Lindsay Dax Informationen über sein Leben in Cornwall, und er erzählte ein paar Geschichten aus seinem Leben als Pub-Manager.

Coop wollte Frank nicht vom Essen abhalten und hielt sich mit seinen Fragen zurück, bis die Teller abgeräumt und die Kekse und der Kaffee auf den Tisch gestellt worden waren. Coop sah AB nicht in die Augen, als er sich eine frische Tasse Kaffee und einen weiteren Keks nahm.

Nach dem ersten Schluck stellte er die Tasse zurück auf die Untertasse. »Frank, ich weiß, das war mehr als ein

Schock für Sie, und ich möchte Sie nicht weiter verärgern, aber es gibt einige Fragen, die wir Ihnen stellen müssen. Ich gebe zu, das ist etwas ungewöhnlich, denn Lindsay und Dax haben gesagt, dass sie bei dem Gespräch dabei sein wollen. Wenn Sie irgendwann aufhören möchten und es vorziehen, dass wir uns allein treffen, lassen Sie es mich wissen.«

Er nickte, verschränkte die Hände vor sich und legte sie auf den Tisch.

Coop sah auf seinem Notizblock nach und blickte dann über den Tisch hinweg zu Frank. »Ich habe mir den Polizeibericht und die Branduntersuchung durchgelesen. Sie sagten, Sie wussten nicht, dass Dax sich als Mitarbeiter auf dem Jahrmarkt in Georgia ausgegeben hatte, ist das richtig?«

»Das ist richtig. Ich war schockiert, als ich den Anruf von den Behörden erhielt.« Er warf einen Blick auf seinen Sohn. »Dax hat mir erzählt, dass er den Sommer mit Freunden verbringen und in dem alten Wohnmobil, das er gekauft hat, durchs Land reisen wollte.«

Coop runzelte die Stirn. »Was könnte mit der Nachricht passiert sein, die er Ihnen am Vortag hinterlassen hat? Dax hat von einem Münztelefon aus Ihren direkten Anschluss angerufen.«

Frank schüttelte den Kopf. »Ich habe diese Nachricht nie erhalten. Ich wusste nichts von dem, was er vermutete.«

»Wer hatte Zugang zu Ihren Nachrichten?«

»Ich hatte einen dieser Anrufbeantworter auf meinem Schreibtisch. Er war nicht so schick und automatisiert wie heute. Mein Büro stand immer offen für alle, die dort arbeiteten.« Seine Augen wanderten in Gedanken nach oben. »Nun, Adele, die damals meine Sekretärin war, natürlich. Dann war da noch Huck. Er war der Finanzchef. Gavin, der mit Huck zusammenarbeitete. Außerdem Marvin, der für den Verkauf und die Buchungen zuständig war. Dann gab es noch eine Reihe von Angestellten, die in der Buchhaltung und im Verkaufsbüro halfen. Ich habe es nicht verschlossen oder so.«

»Gavin ist der Sohn von Adele, richtig?«

»Ja. Als er die Wirtschaftsschule abschloss, gab ich ihm einen Job bei Huck. Er war gut ausgebildet, musste sich aber erst in der realen Welt zurechtfinden. Ich hatte gehofft, dass er an der Seite von Huck arbeiten könnte und dann in der Lage wäre, in seine Position zu schlüpfen, als Huck in den Ruhestand ging.«

Coop runzelte die Stirn. »Aber Huck ist gegangen, bevor Sie die Firma verkauft haben, stimmt das?«

Franks Lippen verzogen sich. »Ja, er ist gleich nach dem Brand in Georgia gegangen.« Er nahm einen Schluck von dem süßen Tee, den er noch nicht ausgetrunken hatte. »Er war seit Monaten unglücklich und hat uns schließlich verlassen, um einen Job in Memphis anzunehmen. Ich brauchte ihn und hatte mich immer auf ihn verlassen können, aber ich verstand auch, dass dies eine große Chance für ihn bedeutete. Überrascht hatte es mich doch. Er war von Anfang an meiner Seite gewesen.«

Coop machte eine Notiz auf dem Block. »Weniger als ein Jahr später haben Sie die Firma verkauft. Warum haben Sie das getan?«

Frank lehnte sich zurück und seufzte. »Zu viele traurige Erinnerungen. *Big Top* hatte seit Jahren versucht, mich zum Verkauf zu bewegen. Sie waren unser größter Konkurrent, und nachdem ich erst Laura Beth und dann Dax verloren hatte, konnte ich einfach nicht mehr weitermachen. Ich musste neu anfangen und der Traurigkeit und den Erinnerungen entfliehen.«

Coop nickte. »Ich weiß, es ist lange her, aber fällt Ihnen jemand ein, der Ihnen oder Ihrem Unternehmen schaden wollte? Jemand, der in die Unfälle verwickelt gewesen sein könnte, die in Ihrem Unternehmen passiert sind?«

Franks Hände zitterten. »Damals dachte ich, dass *Big Top* etwas damit zu tun haben könnte, dass sie versuchten, uns zu sabotieren, uns zum Verkauf zu bewegen, was auch immer. Mir kam sogar der Gedanke, dass jemand bei *Royal* mit ihnen zusammenarbeiten könnte, vielleicht sogar, damit sie uns aufkaufen können.« Er schüttelte den Kopf, als wollte er schlechte Erinnerungen abschütteln. »Es tat mir weh, aber Huck war jemand, den ich verdächtigte. Wie ich schon sagte, war er nicht glücklich und verstand sich nicht mit Gavin, aber ich konnte mir nicht vorstellen, dass er so weit gehen würde.«

Coop warf einen Blick auf Dax und Lindsay, die sich beide auf ihren Vater konzentrierten. Dax war ruhig, und Lindsay rieb ihre Hände aneinander. Er richtete seine Aufmerksamkeit wieder auf Frank. »Das klingt jetzt vielleicht taktlos, aber Dax sagte, als er den Zeitungsartikel über seinen Tod bei dem Feuer sah, gab es einen begleitenden Artikel darüber, dass Sie Ihre Verlobung mit Adele bekannt gegeben haben. Das kam ihm sehr schnell vor und brachte ihn zu der Frage, ob Sie schon vor dem Tod Ihrer Frau mit Adele zusammen gewesen waren.«

Tränen glitzerten in den Augen des alten Mannes, der sich umdrehte und seine Kinder ansah. »Adele war immer aufmerksam gewesen, manchmal übermäßig. Sie hatte deutlich gemacht, dass sie auf eine romantische Art und Weise interessiert war, aber ich habe die Grenze nie überschritten. Ich hätte energischer auf sie einwirken sollen, aber ich habe es einfach so hingenommen, weil sie einsam war. Sie war eine wunderbare Sekretärin und sorgte dafür, dass alles reibungslos lief, als ich nicht in der Lage war, zu funktionieren.«

Er holte tief Luft. »Dann, nachdem Laura Beth von uns gegangen ist und Dax zur Schule ging und sein eigenes Leben begann, brauchte Lindsay eine Mutter. Adele war mehr als bereit und gewillt und passte problemlos in mein Leben. Es war keine glühende Liebesaffäre, sondern eher eine Frage der Praktikabilität und meines Wunsches, jemanden für Lindsay zu haben. Sie war so jung und sehnte sich nach ihrer Mutter. Ich hoffte, Adele könnte diese Lücke füllen. Für sie. Für mich.«

Frank sah seine Kinder an und begegnete ihren Augen. »Ich habe eure Mutter nie betrogen. Sie war die Liebe meines Lebens.«

Tränen liefen über Lindsays Wangen, und ihre Lippen bebten. Dax schluckte schwer, und seine Kiefer spannten sich an, als er seinen Vater sprechen hörte.

Frank sah über den Tisch hinweg zu Coop. »Es klingt jetzt furchtbar, aber ich hätte mich niemals mit einer anderen Frau getroffen, ich hatte mich ja noch nicht einmal damit abgefunden, meine Frau zu verlieren, und dann Dax …« Er bewegte sich auf dem Stuhl. »Adele schien die beste Lösung zu sein, und sie ist eine reizende Frau. Ein paar Jahre älter als ich, aber das sieht man ihr nicht an.« Seine Lippen verzogen sich zu einem kurzen Lächeln. »Ich bin froh, dass sie nicht hier ist, um mich so zu hören. Wir haben ein schönes Leben gehabt, und sie ist eine wunderbare Frau, aber mein Herz wird immer Laura Beth gehören.«

Coop schaute auf seine Notizen. »Und Adeles erster Mann ist gestorben?«

Frank nickte. »Vor langer Zeit, als Gavin noch jung war. Sie nahm ihren Mädchennamen wieder an, Adele West. Ich weiß nicht genau, in welchem Jahr er gestorben ist, aber es war, bevor sie bei mir anfing.«

»Wann kommt sie nach Hause?«, fragte Coop.

»Donnerstag. Sie ist mit ein paar Freunden auf einer Reise nach Florida. Wir haben ein Haus am Clearwater Beach. Normalerweise fahre ich mit, aber im Moment hatte ich keine Lust zu verreisen, also habe ich sie gedrängt, mitzufahren. Sie braucht eine Pause.«

»Ich werde sie und Gavin befragen, zusammen mit Huck und Marvin. Ich möchte Sie bitten, weder von Dax' Rückkehr noch von unserem Gespräch zu erzählen. Es ist das Beste, wenn ich die Fragen stellen und erste Eindrücke gewinnen kann, ohne dass sich jemand auf das Gespräch vorbereiten kann.« Er warf einen Blick auf Lindsay. »Das Gleiche gilt auch für Sie.«

Frank nickte langsam und machte mit Zeigefinger und Daumen ein Dreieck. »Das verstehe ich. Ich habe nichts zu verbergen und möchte mehr als alles andere, dass Sie der Sache auf den Grund gehen. Da so viel Zeit vergangen ist, bin ich mir nicht sicher, ob das möglich ist, aber scheuen Sie keine Kosten. Ich werde die Kosten für alles, was Sie für Dax tun, übernehmen. Das ist das Mindeste, was ich tun kann.«

»Ich danke Ihnen. Wir waren uns der Situation von Dax bewusst und haben versucht, unsere Ausgaben auf ein Minimum zu beschränken. Ich habe Hucks Informationen gefunden, aber wenn Sie eine Ahnung haben, wo Marvin sich aufhält, oder sich an die Namen von jemandem erinnern, der zur Zeit des Brandes im Büro gearbeitet hat, lassen Sie es uns wissen.«

»Marvin Eastman war sein Name, und er hat vielleicht für *Big Top* gearbeitet. Ich bin mir nicht sicher, wo er gelandet ist. Er war nicht daran interessiert, Versicherungen zu verkaufen, und hat sich uns in der neuen Firma nicht angeschlossen. Die Lohnbuchhalterin hieß Bethany irgendwas. Sie ist auch nicht mit uns umgezogen, da wir nicht viele Angestellte hatten, die bezahlt werden mussten.

Ich werde morgen ins Büro gehen und alle alten Akten durchsehen, die wir vielleicht aufbewahrt haben. Vielleicht kann Adele helfen, wenn sie nach Hause kommt, oder Gavin.«

AB holte ihr Notizbuch und ließ sich auf den leeren Stuhl neben Frank fallen.»Ich schreibe die Namen auf, und wenn Sie Gavins Kontaktinformationen haben, können wir mit seiner Befragung beginnen.«

Sie schrieb Informationen auf, während Frank, der von Minute zu Minute müder und erschöpfter wirkte, auf seinem Handy nachschaute und ihr die Kontaktdaten von Gavin gab.

Lindsay stand auf und legte ihrem Vater eine Hand auf die Schulter.»Wie wäre es, wenn ich dich nach Hause fahre? Ich glaube, eine Pause würde dir guttun.«

Er tätschelte ihre Hand.»Ich könnte definitiv ein Nickerchen gebrauchen, Schatz. Aber ich werde mich von Dax fahren lassen. Er kann etwas Zeit im Haus verbringen, und vielleicht können wir uns weiter unterhalten, wenn ich mich ausgeruht habe.« Seine Augen fanden die seines Sohnes.»Ich habe mich auch nie von dem alten Mustang trennen können, den du so geliebt hast. Er steht immer noch in der Garage und muss wahrscheinlich gewartet werden.«

Dax' Augen weiteten sich.»Du hast ihn immer noch? Ich kann es nicht glauben.« Er grinste, und zum ersten Mal, seit er ihn getroffen hatte, bekam Coop einen Eindruck davon, wie Dax als junger Mann gewesen sein musste.

Als er beobachtete, wie Dax seinem Vater sanft und sehnsüchtig aus dem Stuhl half und seinen Arm um die Schultern legte, um ihn zur Tür zu führen, zitterte etwas tief in Coop. Er hoffte, dass Frank nicht für die Unfälle oder das Feuer verantwortlich war, bei dem Nate ums Leben gekommen war.

Fünfundzwanzig Jahre waren eine lange Zeit. Erinnerungen verblassten, Menschen starben oder zogen um, Beweise gingen verloren oder wurden unbrauchbar. Wäre Dax doch nur früher nach Hause gekommen, dann wäre Coops Aufgabe leichter gewesen.

KAPITEL ACHT

Am Samstagabend, nach einem kurzen Nickerchen, schlüpfte Coop in seine Lieblingsstiefel und das weiche blaue Hemd, das er so gerne trug. Er ließ Gus bei Tante Camille, die damit beschäftigt war, einen Film zu finden, der auch Charlie gefallen würde.

»Amüsiert euch, Kinder!«, sagte Charlie und winkte.

Coop fuhr in die Innenstadt zu *Houston's*, wo AB ihn treffen würde. Die Wirtin führte ihn zu einem Eckplatz, und kaum hatte er Platz genommen, schenkte die Bedienung zwei Gläser Wasser ein und stellte einen Korb mit warmem Brot und gesalzener Butter auf den Tisch. Coop war fasziniert von dem frischen Maisbrot, und der Geruch des Rosmarin-Kräuterbrots ließ seinen Magen knurren.

Als er darüber nachdachte, ob es unhöflich wäre, ein Stück abzuschneiden, erschien AB. Coops Augen weiteten sich und betrachteten den schimmernden schulterfreien Pullover, den sie trug und der perfekt zu ihren blaugrünen Augen passte. Sie trug ebenfalls Jeans und Stiefel, hatte aber etwas anderes mit ihrem Haar gemacht. Die weichen, leichten Wellen standen ihr gut.

Er stand auf, als sie auf ihre Seite der Sitzecke rutschte. AB trug nie viel Make-up und war bei der Arbeit eher leger gekleidet, aber Coop fiel auf, dass sie sich heute Abend besonders Mühe gegeben hatte. Der sanfte Hauch von Lidschatten und ein Hauch von Farbe auf ihren Lippen betonten ihre natürliche Schönheit. »Du siehst wunderschön aus, AB.«

Sie legte den Kopf schief und lächelte. »Nun, danke. Es kommt nicht oft vor, dass ich für fünfzehnhundert Dollar essen gehen kann.« Sie zwinkerte und nahm einen Schluck Wasser.

Coop schnitt das Brot auf und sie sahen sich die Speisekarte an. Es dauerte nicht lange, bis er sich für das Ribeyesteak entschied und AB für das Filet. Während sie auf ihre Suppe warteten, schnitt Coop noch mehr Brot auf.

»Und was hast du noch in Erfahrung bringen können, nachdem du noch geblieben bist und mit Lindsay geredet hast, während ich mich um Janice gekümmert und sie davon überzeugt habe, mich im Labor zu treffen, damit ich die Proben an einem Samstag abgeben kann?«

Sie kicherte, während sie das warme Maisbrot mit Butter bestrich. »Trotz meines üblichen Misstrauens gegenüber schönen Frauen, die mit einem silbernen Löffel geboren wurden, ist sie ganz nett. Sie sprach über ihre ständigen Ängste und wie diese sie von so vielen Dingen abgehalten haben. Vor ein paar Jahren hat sie eine Firma für Veranstaltungsplanung gegründet, kam aber damit nicht zurecht, weil es sie zu sehr stresste. Sie hat ein enges Verhältnis zu ihrem Vater und macht sich Sorgen um ihn. Sie ist begeistert, dass Dax zurück ist. Sie sagte mir, dass sie sich kneifen muss, um sicher zu sein, dass es kein Traum ist.«

Der Kellner kam mit Butternusskürbissuppe für jeden von ihnen zurück. AB würzte ihre Suppe mit Pfeffer und wartete, bis sie ein wenig abgekühlt war. »Lindsay macht sich Sorgen um ihren Vater, war sich aber sicher, dass er mit Dax' Rückkehr klarkommen würde. Sie sagte, dass es keinen Zweifel an seiner Identität gibt. Sie erzählte ein wenig von ihrer Mutter und wie ihr Vater ihr zum ersten Mal verraten hat, dass er Adele geheiratet hat, in erster Linie, damit sie sich um sie kümmern konnte. Ich hatte das Gefühl, dass Adele freundlich, aber erdrückend sei.«

Coop nickte, als er seinen ersten Löffel Suppe nahm. »Ich hatte das gleiche Gefühl, als ich hörte, was sie heute sagten. Ich will mit ihr reden, bevor sie etwas von Dax' Rückkehr erfährt. Dasselbe gilt für ihren Sohn Gavin. Das wird schwierig werden, aber je früher, desto besser.«

»Sie ist in Clearwater Beach, das ist nur eine Stunde und dreißig Minuten Flugzeit nach Tampa. Vielleicht solltest du einfach hinfliegen und mit ihr reden.«

Coops Augenbrauen wölbten sich, und er grinste sie an. »Geniale Idee. Lass uns Gavin morgen früh befragen und dann einen Kurztrip dorthin machen. Es geht doch nichts über eine Flucht nach Florida im Januar, um den Winterblues zu vertreiben.«

Während sie ihre zarten Steaks verzehrten und die schwarze Trüffelbuttersauce und das Speckchutney probierten, stand die Reise nach Florida bereits fest. AB zückte ihr Telefon und buchte zwei Tickets für morgen Nachmittag. Sie erinnerte sich an den Namen der Eigentumswohnung in Clearwater, den Frank ihr gegeben hatte, und suchte ihn auf der Karte. Sie konnten die Befragung durchführen und am Montagnachmittag zurück sein.

Als sie das üppige Dinner beendet hatten und auf den

Nachtisch warteten, hatte sie bereits zwei Zimmer im Resort neben der Wohnung von Frank und Adele gebucht und einen Shuttle vom Flughafen organisiert. »Soll ich eine Nachricht auf den Rekorder sprechen und einen Zettel an die Tür hängen, dass wir am Montag geschlossen haben?«

Coop lehnte sich zurück. »Ich werde mal sehen, ob Dad und Tante Camille den Bürodienst übernehmen würden. Das würde ihnen sicher Spaß machen, und sie könnten einfach Nachrichten entgegennehmen und uns anrufen, wenn es etwas Wichtiges gibt.«

»Noch besser«, sagte sie mit einem Grinsen. Der Kellner stellte die Crème brûlée und den Schokoladenkuchen mit Eis, die beide mit Bourbon-Karamellsauce überzogen waren, in die Mitte des Tisches.

AB betrachtete die dekadenten Desserts und schüttelte den Kopf. »Oh, Mann. Ich bin mir nicht sicher, ob ich noch etwas essen kann. Ich bin satt.«

»Ach, komm schon, AB! Nur einen oder zwei Bissen. Wir können es nicht zurückgehen lassen.« Coop schob einen Löffel in die Crème brûlée und schloss die Augen, als er sie probierte. »Mmm, das ist so gut.«

Sie nahm mehrere Bissen von jedem Dessert und gab dann auf. »Ich bin fertig. Wenn ich noch eine Chance beim Line Dance haben will, muss ich aufhören.«

»Oh, das habe ich vergessen. Du hast recht. Ich muss aufhören, sonst kann ich hier nicht mehr rausgehen, geschweige denn tanzen.« Er schüttelte den Kopf und schob den Teller mit dem Kuchen von sich weg. »Ich habe sowieso keine Lust zu tanzen.«

Ihre Augen verengten sich. »Du hast es versprochen. Wir hatten eine Abmachung, erinnerst du dich?«

Er hielt eine Hand hoch. »Ich weiß, ich weiß. Ich werde es tun. Ich warne dich nur.«

Der Kellner bot Kaffee oder Tee an, und beide entschieden sich für eine Tasse Tee, bevor sie sich auf die andere Seite des riesigen Restaurants zur Tanzfläche begaben.

Die Band war großartig, ebenso wie die Frau, die das Tanzen leitete. Die talentierte Gruppe spielte aktuelle und frühere Country-Hits, die wie geschaffen zum Tanzen waren. AB war ein Naturtalent und hatte keine Probleme, den Schritten zu folgen, aber Coop brauchte etwas länger, um seinen Rhythmus zu finden. Sobald er sich entspannt hatte und ein paar Lieder beherrschte, war er überrascht, wie viel Spaß es ihm machte. Es war Jahre, eher Jahrzehnte, her, dass er Zeit mit Line Dance verbracht hatte. Zu seiner Zeit auf dem College war es eine beliebte Wochenendaktivität gewesen, und er hatte vergessen, wie viel Spaß es machte.

Ehe sie sich versahen, hatten sie schon stundenlang getanzt, und es war kurz vor Mitternacht, als sie die Nacht beendeten. »Wie wär's, wenn wir uns morgen früh im *Donut Hole* treffen, um eine Strategie für die Befragung zu besprechen?«

»Das passt mir«, sagte AB, während er ihr in den Mantel half. »Wir können mein Auto nehmen und es über Nacht am Flughafen stehen lassen. Ich hole dich dann morgen früh zu Hause ab.«

Er begleitete sie zu ihrem Auto und winkte ihr zu, als sie den Parkplatz verließ. Coop ließ sich hinter das Steuer seines Jeeps gleiten und fühlte sich so entspannt wie seit Wochen nicht mehr. Vielleicht würde die Nacht in der Stadt und das ganze Tanzen einen schlaffördernden Effekt haben. Er konnte es nur hoffen. Morgen würde ein langer Tag werden, und er brauchte die Ruhe.

Am nächsten Morgen warf Coop seine Übernachtungstasche auf die Rückbank und setzte sich auf den Beifahrersitz von ABs Auto, wobei er stöhnte, als er sich anschnallte. »Ich glaube, Line Dance ist anstrengender, als ich dachte. Mir tut alles weh.«

AB gluckste. »Ja, meine Beine tun ein bisschen weh, aber nicht schlimm.«

Sie parkte neben dem *Donut Hole*, und sie nahmen sich einen der begehrten Plätze im hinteren Teil. Coop kam mit einer Schachtel mit verschiedenen Donuts und zwei großen Tassen Kaffee zurück. Er überließ ihr die erste Wahl und wählte dann einen der Donuts mit Ahornsirup und kandiertem Speck aus. »Ich denke, wir sollten uns mit Frank in Verbindung setzen und ihn wissen lassen, dass wir ihn als unseren Klienten nennen werden, wenn wir mit Gavin, Adele und allen anderen, die mit *Royal Amusement* zu tun hatten, sprechen. Die Geschichte von Dax' Rückkehr ist so sensationell, dass sie alles andere in den Schatten stellen wird. Sie schreit förmlich darum, erzählt zu werden, aber ich möchte lieber nicht, dass das zu früh publik wird, und ich bin sicher, dass die Familie dem zustimmt. Sie können die Geschichte so verbreiten, wie sie es für richtig halten.«

AB nickte, als sie einen Schluck aus ihrer Tasse nahm. »Das ergibt Sinn. Je nachdem, wie es mit Gavin und Adele läuft, könnten wir gegen Ende der Befragung von Dax' Rückkehr berichten. Ich denke, es wäre interessant zu sehen, wie sie auf die Neuigkeit reagieren, aber Franks Name wird uns die Türen öffnen. Aber wenn wir mit Dax beginnen, wird der Schock überwältigend sein, und sie würden es sowieso nicht glauben.«

Coop aß noch einen Donut und rief bei Frank zu Hause an. Coop erklärte, dass sie seinen Namen als ihren Klienten verwenden wollten, und er stimmte ohne zu zögern zu. Als

Coop die Verbindung beendete, wölbte AB die Augenbrauen. »Das war einfach. Er sagte, wenn jemand eine Frage hat, soll er sich an ihn wenden, und er wird für uns bürgen.«

AB trank ihren Kaffee aus und stand auf. »Lass uns nach Franklin fahren und Gavin anrufen, wenn wir in der Nähe sind, damit wir das Überraschungsmoment auf unserer Seite haben.«

Coop grinste und klemmte sich die Schachtel mit den übrig gebliebenen Donuts unter den Arm. »Mir gefällt, wie du denkst, AB.«

Sie fuhren weniger als zwanzig Minuten bis zum wohlhabenden Viertel Forest Home in Franklin, und AB hielt an, als sie etwa eine Meile von Gavins Haus entfernt waren. Coop wählte Gavins Handynummer und stellte sich vor, wobei er ausdrücklich Franks Namen erwähnte. Coop betonte die Dringlichkeit und entschuldigte sich dafür, dass er ihn an einem Sonntag angerufen hatte, aber er bestand darauf, dass sie sich jetzt mit ihm treffen müssten.

Coop nickte, als er Gavin zuhörte. »Gut, meine Mitarbeiterin und ich können in ein paar Minuten da sein, und wir werden es so schnell wie möglich machen.«

Coop verdrehte die Augen, sobald er die Verbindung unterbrochen hatte. »Er hat um zehn Uhr einen Termin zum Abschlagen.« Coop warf einen Blick auf die Armaturenbrettuhr. »Wir haben noch viel Zeit.«

Minuten später lenkte AB ihren VW Käfer die lange, von weißen Zäunen gesäumte Einfahrt hinunter und um den Betonkreis vor dem Haus. Es war eine weitläufige Ranch aus Stein, umgeben von alten Bäumen, inmitten von ein paar Hektar Land.

Coop läutete, und ein Mann mittleren Alters begrüßte sie. Seine hohe Stirn und die dunklen Barthaare auf Wangen und Kinn zeigten, dass er sich das ganze Wochenende nicht rasiert hatte. In seinen dunklen Augen hinter der Brille lag ein Hauch von Verärgerung. Er streckte seine Hand aus. »Sie müssen Mr. Harrington sein. Ich bin Gavin Pierce.«

»Danke, dass Sie uns so kurzfristig empfangen, Mr. Pierce. Das ist meine Mitarbeiterin Annabelle Davenport.«

Annabelle schüttelte ihm die Hand und er lächelte sie an. »Bitte kommen Sie herein!« Er führte sie über den hochglanzpolierten Holzboden im Eingangsbereich in einen offenen Wohnbereich neben der großen Küche. »Ich würde Ihnen ja Kaffee anbieten, aber ich fürchte, ich habe gerade die letzte Tasse eingeschenkt.«

Coop hob seine Hand. »Wir haben unseren schon gehabt, aber danke.« Nicht, dass er ihnen etwas angeboten hätte. Coop erkannte das hochwertige Label auf Gavins Golfhose, die sich über seinen Bauch spannte, ein passendes Hemd und eine wasserdichte Jacke. Coop war sich nicht sicher, wie er auf der Mailingliste dieser Firma gelandet war, aber er hatte den Katalog zu Hause und wusste, dass Gavins Wochenendoutfit weit über tausend Dollar gekostet hatte.

Mit den teuren Ledermöbeln, den Gemälden und Kunstwerken an den Wänden und den gut ausgestatteten Dekorationsstücken in Regalen und Ecken verströmte das Haus einen Hauch von Wohlstand. Es sah aus, als wäre es für eine Immobilienpräsentation inszeniert worden. Alles sah glänzend und makellos aus, aber nicht bewohnt.

Coop zückte seinen Notizblock. »Wie ich bereits am Telefon erklärt habe, hat Frank Covington unsere Dienste in Anspruch genommen, um die Unfälle und Ereignisse bei *Royal Amusement* zu untersuchen, einschließlich des Todes seines Sohnes Dax auf dem Jahrmarkt in Georgia.«

Gavin schüttelte den Kopf und runzelte die Stirn. »Ich weiß, dass der alte Knabe nicht mehr lange zu leben hat, aber in alten Geschichten zu kramen, scheint mir eine

Verschwendung der wenigen Zeit zu sein, die ihm noch bleibt.«

Coop ignorierte ihn. »Wir haben gehört, dass Sie bei *Royal* gleich nach Ihrem Abschluss angefangen haben und eine Stelle in der Buchhaltung unter dem Finanzchef Huck Grover angenommen haben, richtig?«

Er nickte. »Ja, das stimmt. Mom hat bei Frank ein gutes Wort für mich eingelegt. Damals war sie seine Sekretärin und arbeitete schon seit einigen Jahren dort. Er hat mich eingestellt und wollte, dass ich von Huck alles lerne.« Gavins Glucksen hatte einen herablassenden Ton. »Huck war ein guter Kerl, aber von der alten Schule. Alte Ideen, und er war nicht besonders scharf auf mich und meine neuen Ideen. Wir haben uns nicht so gut verstanden, wie Frank es sich vorgestellt hatte.«

Coop kritzelte auf seinen Block. »Hatten oder haben Sie irgendwelche Theorien über die schrecklichen Unfälle mit den Fahrgeschäften, bei denen diese Kinder ums Leben kamen?«

Gavin schüttelte den Kopf und runzelte die Stirn. »Nicht wirklich. Ich dachte nur, es war einfach Pech, vielleicht alte Ausrüstung oder so. Es gab ja Wartungsprotokolle, und alles, was mit den Geräten zusammenhängt, wurde überprüft, und alles war in Ordnung.«

Coop stellte noch einige Fragen, während Gavin erklärte, dass die Wartungsprotokolle vor Ort bei jedem Schausteller geführt und dann in Kopie an die Zentrale übermittelt worden waren, wo die Daten in ein Softwareprogramm übertragen wurden, was die Suche und Nachverfolgung erleichterte. Das System hatte gemeldet, wenn eine Wartung fällig war.

Coop nickte und schaute auf seine Notizen. »Was ist mit *Big Top*? Das war doch ein Konkurrent, oder?«

Gavin nickte, während er einen Schluck Kaffee trank. »Soweit ich weiß, haben sie mehrere Jahre lang versucht, Frank aufzukaufen. Letztendlich haben sie es geschafft, also stecken sie vielleicht dahinter, und es hat funktioniert. Ich kenne allerdings keine konkreten Beweise dafür. Sie zahlten uns einen fairen Preis, als wir verkauften, aber unser Wert war durch die Unfälle gesunken, was sie begünstigte.«

»Hat jemand, der bei *Royal* gearbeitet hat, einen Job bei *Big Top* angenommen, nachdem sie das Unternehmen übernommen hatten?«

Gavin nickte. »O ja. Teil der Abmachung war, dass sie dafür sorgen mussten, dass es für jeden auf dem Feld Arbeit gab. Nicht für die Gelegenheitsarbeiter, aber für alle anderen.«

»Was war mit denen im Büro?«

Gavin nahm einen langen Schluck aus seiner Tasse. »Ich versuche, mich zu erinnern. Das ist schon sehr lange her. Ich glaube, die Lohnbuchhalterin, vielleicht ein paar andere, die im Geschäftsbüro gearbeitet haben, und bei Marvin bin ich mir nicht sicher. Er hat die Locations gebucht, also liegt es nahe, dass man ihm einen Job angeboten hat. Ich habe ehrlich gesagt nicht so sehr darauf geachtet.«

Coop setzte einen Stern neben Bethanys Namen und ein Fragezeichen neben den von Marvin. »Frank hat uns gesagt, dass die Lohnbuchhalterin Bethany hieß. Erinnern Sie sich an ihren Nachnamen?«

»Oh, lassen Sie mich nachdenken.« Er tippte mit den Fingern gegen den Rand seiner Tasse. »Ich habe genug von ihren Gehaltsabrechnungen gelesen, die sie unterschrieben hat, also sollte ich mich erinnern.« Nach ein paar Augenblicken sagte er: »Lewis. Es war Bethany Lewis.«

Coop nickte. »Was ist mit dem Feuer auf dem Jahrmarkt in Georgia. Wissen Sie etwas darüber?«

Er schüttelte den Kopf. »Nein, nur, dass es eine schreckliche Zeit war. Frank war am Boden zerstört. Er war nie mehr derselbe, nachdem das passiert war. Alle waren schockiert.«

»Erinnern Sie sich daran, wer der Chef des Jahrmarkts war? Oder einer der Mitarbeiter?«

Gavin lachte. »Glauben Sie wirklich, ich würde mich nach fünfundzwanzig Jahren nochan irgendeinen dieser Leute erinnern? Ich bezweifle, dass ich mich nach einer Woche noch an sie erinnern könnte.«

Coop drückte seinen Stift mit so viel Kraft in den Notizblock, dass er eine Delle und einen großen Tintenklecks hinterließ. »Fällt Ihnen noch jemand ein, der die Firma sabotieren wollte und in den Brand oder die Unfälle verwickelt gewesen sein könnte?«

Gavins hohe Stirn legte sich in Falten. »Wollen Sie damit sagen, dass Frank glaubt, dass der Tod der Kinder und das Feuer keine Unfälle waren?«

Coop zuckte mit den Schultern. »Wir prüfen im Moment nur alle Möglichkeiten. Wir wollen so viel Hintergrundwissen wie möglich über die damaligen Geschehnisse sammeln. Hatte irgendjemand einen Groll gegen Frank, persönlich oder geschäftlich?«

»Wow. Ich kann mir niemanden vorstellen, der so weit gehen würde, egal wie groß der Groll wäre. Wie Sie sagen, ein Konkurrent ergibt am meisten Sinn, aber Menschen zu töten, scheint extrem.«

»Es sei denn, sie wollten niemanden umbringen? Wer war die Hauptperson bei *Big Top*, die die Angebote gemacht haben oder mit der Sie in der Geschäftsstelle zu tun hatten?«

»Der Besitzer selbst, ein Typ namens Red Fulton, soweit ich weiß. Er war arrogant und unangenehm, aber ich habe ihn nie für gewalttätig gehalten.«

Coop fügte eine weitere Bemerkung hinzu. »Erzählen Sie uns etwas über die Atmosphäre in den Büros von *Royal*. War sie formell oder locker? Hatte jeder Zugang zu Frank oder war er die meiste Zeit in seinem Büro eingeschlossen?«

Gavin blinzelte, während er nachdachte. »Ich würde sagen, es war ziemlich locker. Wir hatten nicht viele Besucher. Moms Büro befand sich an der Vorderseite des Gebäudes, und zwischen ihrem und Franks Büro gab es einen Konferenzraum. Frank hatte eine zweite Tür in seinem Büro, die zur Hintertür und zu einem Flur führte, der in die Geschäftsbüros mündete, wo ich zusammen mit Huck und den Sachbearbeitern für die Buchhaltung und die Lohnabrechnung arbeitete. Alle Zahlen kamen auf Papier zu uns, und wir mussten sie in den Computer eingeben, also gab es eine ganze Reihe von Sachbearbeitern für die Dateneingabe. Marvins Büro lag auf der anderen Seite unseres Bereichs.«

»Wenn Sie oder Huck zum Beispiel zu Frank wollten, mussten Sie dann durch das Büro ihrer Mutter gehen?«

Er schüttelte den Kopf. »O nein, nichts dergleichen. Meistens sind wir einfach durch die Hintertür gegangen. Oft hat er sie offen gelassen, und ansonsten haben wir einfach seine Durchwahl angerufen oder geklopft, und er hat gerufen, dass wir reinkommen sollen.«

»Sein Büro stand also so ziemlich jedem offen, der dort arbeitete? Es klingt nicht so, als wäre es die ganze Zeit verschlossen gewesen.«

Gavin nickte. »So könnte man es sagen. Wenn er in einer Besprechung war, dann fand die meist im Konferenzraum statt, sodass sich alle frei bewegen konnten und ihm manchmal eine Mappe zum Unterschreiben oder so bringen konnten. Wie Sie schon sagten, ein lockerer Arbeitsplatz.«

Coop sah AB an und sie nickte. »Was ist mit der Versicherungsgesellschaft? Ist es dort anders?«

Gavins Augenbrauen hoben sich. »O ja. Viel formeller und geschäftsmäßiger. Wir haben viel mehr Laufkundschaft und nur eine Handvoll Angestellte. Eine Sekretärin, ein paar Vertreter, und ich kümmere mich um die Finanzen und habe auch eine Lizenz zum Verkauf von Versicherungen. Wir bieten hauptsächlich Sach-, Unfall- und Lebensversicherungen an. Es ist ruhig und stilvoll und ziemlich profitabel.« Er zwinkerte und nahm einen Schluck aus seiner Tasse.

Coop tippte mit seinem Stift auf seinen Notizblock. »Sie sind also der einzige Mitarbeiter, der Frank in die neue Firma gefolgt ist?«

»Seine Sekretärin Vivien kam auch mit ihm. Nachdem Mom Frank geheiratet hatte, zog sie sich von der Arbeit zurück und blieb die meiste Zeit zu Hause. Sie geht immer wieder im Büro ein und aus, aber sie arbeitet nicht mehr. Er brauchte nicht viele Angestellte für sein neues Unternehmen. Es ist ein völlig anderes Geschäftsmodell, bei dem wir die Kosten niedrig halten.«

Coop stand auf und reichte Gavin seine Karte. »Wenn Ihnen noch etwas einfällt, das hilfreich sein könnte, melden Sie sich bitte. Oh, noch eine Frage. Wissen Sie, ob Dax am Tag vor dem Brand seinen Vater angerufen und mit ihm gesprochen oder ihm eine Nachricht hinterlassen hat?«

Die Falten auf Gavins Stirn vertieften sich. »Nein, warum sollte ich etwas über Dax' Anrufe wissen? Hat Frank gesagt, dass er mit ihm gesprochen hat?«

Coop ging weiter zur Tür. »Danke, dass Sie sich heute Zeit genommen haben.«

AB schüttelte Gavin die Hand, bevor sie gingen, und wünschte ihm einen guten Abschlag.

Als sie die Hauptstraße erreichten, wandte sich Coop an sie. »Was denkst du?«

»Ich finde, er sollte Gebrauchtwagenhändler werden. Er ist schleimig und hochnäsig.«

Coop lachte. »Ich meine abgesehen vom Offensichtlichen. Er ist definitiv nicht empathisch oder an Frank gebunden. Das Gerede über Dax' Tod und die Unfälle scheinen ihn nicht sonderlich zu belasten.«

AB nickte. »Das stimmt. Es hätte ihn kaum weniger interessieren können. Aber er schien sich für Franks Gespräch mit Dax zu interessieren. Das war ein wenig seltsam.«

»Stimmt. Da bin ich froh, dass ich Dax' Rückkehr noch nicht erwähnt habe. Ich frage mich, welche Vorkehrungen Frank für Gavin getroffen hat?«

AB grinste. »Oder das, was Gavin denkt, das er für ihn veranlasst hat. Familiensituationen mit der zweiten Frau sind nicht immer einfach. Ich würde zu gern sein Gesicht sehen, wenn er erfährt, dass Dax noch am Leben ist. Das könnte das Fass zum Überlaufen bringen.«

»Ich habe das Gefühl, dass es einen ziemlichen Aufruhr geben wird, wenn Gavin herausfindet, dass es einen weiteren blutsverwandten Erben gibt, der zusammen mit Lindsay wahrscheinlich den Großteil von Franks Nachlass erhalten wird. Es wird interessant sein zu sehen, was Frank zu tun gedenkt.«

AB fuhr sie zum Flughafen, wo sie ein schnelles Mittagessen aus einer Schüssel mit Käse und Obst zusammen mit den übrig gebliebenen Donuts aßen, bevor sie den Flug nach Tampa antreten mussten. Als das Flugzeug an Höhe gewann, beugte sich Coop vor und sagte: »Mal sehen, ob Gavin seine Mutter angerufen und ihr von unserem Besuch erzählt hat. Ich hatte gehofft, dass er ihren Trip vielleicht stören würde, nachdem er die Fragen nach Dax so heruntergespielt hat.«

AB lehnte sich zurück und schloss die Augen. »Ich werde jetzt ein Nickerchen machen und versuchen, mich auf Adele vorzubereiten. Nachdem ich ihren Sohn kennengelernt habe, kann ich mir nur vorstellen, wie sie ist.«

KAPITEL NEUN

In Tampa nahmen sie den Schnellzug zum Terminal und fanden den Shuttle, der sie nach Clearwater Beach bringen sollte. Es war ein herrlicher, sonniger Tag mit einer leichten Brise, die die Palmenwedel flattern ließ.

Sie waren die einzigen beiden Personen im Shuttle, und der Fahrer brachte sie schnell über die Bucht nach Clearwater und setzte sie vor dem großen Luxusanwesen ab, das Eigentumswohnungen, Ferienwohnungen und Hotelgäste beherbergte und nur wenige Schritte vom unberührten Strand entfernt lag. Coop und AB standen draußen unter einem Portikus und bewunderten den Blick auf das endlose blaue Wasser jenseits des weißen Sandes.

Wie geplant, rief Coop bei Frank an. Sie wollten nicht, dass Frank versehentlich Adele von ihrem Besuch erzählte, also hatten sie sich entschieden, ihn zu kontaktieren, wenn sie angekommen wären, in der Hoffnung, dass es ihnen den Zugang zu Adele erleichtern würde. Nach ein paar Minuten Gespräch trennte Coop die Verbindung.

»Er war überrascht, sagte aber, er würde Adele sofort

anrufen. Er hat auch versprochen, Dax nicht zu erwähnen.« Coop wies auf das Resort nebenan. »Frank sagte, wenn wir einchecken, sollen wir seinen Namen und seine Wohnungsnummer angeben, und sie würden es auf seine Rechnung setzen. Er bekommt einen Sonderpreis für Gäste.«

AB lächelte. »Schade, dass wir nicht länger bleiben können.« Sie seufzte, während sie auf den Ozean blickte. »An dieser Aussicht werde ich mich nie sattsehen können. Wenn ich in Rente gehe, ziehe ich vielleicht nach Florida.«

Coop lachte. »Du gehst nie in den Ruhestand, AB. Wir hören zusammen auf. Das ist unsere Abmachung.«

Er sah auf die Uhr und wählte Adeles Nummer. Nach einem kurzen Gespräch legte er auf. »Wow. Sie ist nicht sehr glücklich darüber, dass wir hier sind, aber sie sagte, Frank hätte angerufen. Sie hat verstanden, dass wir heute mit ihr sprechen müssen. Sie ruft jetzt unten an der Rezeption an.« Er ging zur Tür und griff nach der Klinke, aber sie öffnete sich, bevor er sie greifen konnte. Ein Pförtner, der ein Poloshirt mit dem Logo des Hauses trug, begrüßte sie mit einem freundlichen Lächeln.

Die kühle klimatisierte Luft begrüßte sie, als sie durch die gefliste Lobby schlenderten und sich der Rezeption näherten. Coop nannte seinen Namen und sagte, dass sie Adele Covington besuchen wollten.

Der tüchtige Mann hinter dem Schreibtisch nickte und zeigte auf den Aufzug. »Mrs. Covington erwartet Sie.« Er nannte die Wohnungsnummer im siebten Stock.

Coop und AB fuhren mit dem Aufzug hoch, und als sie ausstiegen, staunten sie über den atemberaubenden Blick aus dem großen Fenster auf das Wasser. »Wow, das ist wunderschön«, sagte AB.

Coop ging voran und klopfte an die Tür. Eine zierliche

Frau mit blondem Haar, das so perfekt gestylt war, dass es eine Perücke hätte sein können, öffnete die Tür. »Mr. Harrington, nehme ich an?« Sie begrüßte sie mit einem freundlichen Lächeln.

»Ja, Ma'am. Danke, dass Sie uns heute empfangen. Das ist meine Mitarbeiterin Annabelle Davenport.«

Adele sagte nichts, als sie sie durch die beeindruckende Wohnung und in das Wohnzimmer führte, von dessen Glastüren aus man einen Blick auf den Strand hatte. Adele schenkte eisgekühltes Wasser mit aufgeschnittenen Orangen aus einem Krug ein und reichte jedem von ihnen ein Glas, bevor sie sich setzte. Sie richtete ihre perfekt gebügelte türkisfarbene Caprihose und die bunte Bluse, rückte die Perlenkette um ihren Hals zurecht und stellte ihr Glas auf einen Untersetzer.

»Ich muss mich für meine Schroffheit am Telefon entschuldigen. Ich bin etwas erschrocken über Ihren Besuch. Ich habe keine Ahnung, was in Frank gefahren ist, aber er sagte, dass Sie sich mit den Unfällen von vor fünfundzwanzig Jahren beschäftigen. Er hat sie nie überwunden. Ich bin sicher, dass ihn das in seinem Zustand sehr belastet. Ich hätte ihn nicht allein lassen dürfen.« Wäre ihre Gesichtshaut in der Lage, sich zu bewegen, hätte sie bestimmt die Stirn in Falten gelegt, aber sie blieb ausdruckslos.

Frank hatte es belächelt, aber sie sah tatsächlich nicht älter aus als ihr Mann, und wenn Coop raten müsste, hätte er sie auf mindestens fünfzehn Jahre jünger geschätzt. Ihre glänzende und allzu glatte Haut ließ sie jünger erscheinen, aber die dunklen Flecken und die ausgeprägten Adern an ihren faltigen Händen verrieten ihr Alter. Als er die falschen Nägel und das Make-up betrachtete, das mit Präzision und wahrscheinlich einem Spachtel aufgetragen worden war, dachte er an die süße Tante Camille und ihre nachgezogenen Augenbrauen. Das natürliche Aussehen ihrer Falten und Lachfalten war ihm viel lieber als das Plastikgesicht ihm gegenüber.

Coop nahm einen großen Schluck von dem erfrischenden Wasser und kramte seinen Notizblock hervor. »Wie Ihr Mann schon sagte, untersuchen wir die tödlichen Unfälle bei *Royal Amusement*. Glauben Sie, dass es sich um reine Unfälle handelte, oder glauben Sie, dass jemand sie inszeniert hatte, um Frank oder dem Unternehmen zu schaden?«

Sie umklammerte ihre Perlen und rieb sie mit den Fingerkuppen. »O mein Gott, nein. All die Nachforschungen der Behörden und der Anwälte dieser Familien, und wir haben nie etwas gefunden, was auf ein Fehlverhalten hinwies. Letztendlich zahlte die Versicherung, und die Sache wurde als Unfall abgetan. Unsere Wartungsaufzeichnungen waren makellos. Frank war sehr darauf bedacht gewesen, dass alles gewartet und instandgehalten wurde.«

Coop nickte. »Wir dachten eher an jemanden, der den Unfall verursacht hat, vielleicht um *Royal* zu schaden. Jemand wie Red Fulton von *Big Top*.«

Ihre Augen weiteten sich. »Ich kann mir so eine finstere Tat nicht vorstellen. Selbst falls es stimmen sollte, Red ist schon vor einigen Jahren gestorben. Zugegeben, er war immer hinter Frank her, um ihn zum Verkauf zu bewegen. Er wollte das größte Vergnügungsunternehmen des Landes besitzen, aber ich kann mir nicht vorstellen, dass er so drastische Schritte unternommen hat.« Sie zuckte mit den Schultern und fügte hinzu: »Letztendlich hat Red aber doch bekommen, was er wollte.«

Coop machte sich eine Notiz. »Fällt Ihnen noch jemand

ein, der bei *Big Top* gearbeitet hat, der noch lebt und vielleicht etwas wissen könnte?«

Sie schüttelte den Kopf und trank einen Schluck aus ihrem Glas. »Ich werde darüber nachdenken. Sie waren in Ohio, vielleicht auch in Indiana ansässig. Der Einzige, mit dem ich je zu tun hatte, war Red selbst.«

Wie er Gavin schon gefragt hatte, fragte Coop auch Adele, wie das Büro funktioniert hatte und ob die Leute aus Franks Büro kommen und gehen konnten. Sie bestätigte, was Gavin beschrieben hatte. »Frank betrieb eine Politik der offenen Tür und behandelte jeden, der dort arbeitete, wie Familie.«

Nach einem weiteren Schluck kalten Wassers fuhr Coop fort: »Frank sagte, er hatte einen Anrufbeantworter auf seinem Schreibtisch. Brauchte man dafür einen Code?«

Ihr Blick wanderte nach oben. »Hmm, das ist schon so lange her. Nein, ich bin sicher, das war nicht der Fall. Das Gerät war nichts Besonderes.«

»Hat er seine Nachrichten normalerweise selbst abgerufen, oder haben Sie sie aufgeschrieben?«

»Normalerweise nahm ich Nachrichten für ihn entgegen, die bei ihm eingingen, wenn er nicht im Büro war, aber wenn jemand seine Direktleitung anrief, wurden die Nachrichten auf dem Anrufbeantworter aufgezeichnet. Manchmal, wenn er beschäftigt war, half ich ihm, indem ich sie aufschrieb und bearbeitete, was ich konnte. Ansonsten habe ich sie für ihn gelassen.«

Coop tippte mit seinem Stift auf seinen Notizblock. »Hat Dax seinen Vater oft bei der Arbeit angerufen?«

Sie lächelte. »Wenn ja, hat er ihn auf seinem direkten Anschluss angerufen. Er und Lindsay hatten beide diese Nummer und standen ihrem Vater nahe. Nach dem Tod von Laura Beth war Frank besonders aufmerksam und hätte alles stehen und liegen lassen, wenn sie ihn gebraucht haben. Da Dax nicht mehr die Schule besuchte und dann im Sommer mit Freunden verreiste, rief er ihn wohl nicht so oft an. Da müssten sie Frank fragen.«

Coop nickte. »Wissen Sie, ob am Tag vor dem Brand eine Nachricht von Dax auf dem Anrufbeantworter war?«

Sie blinzelte und öffnete ihre Augen weiter. »Ich erinnere mich nicht daran. Hat Frank gesagt, dass er mit ihm gesprochen hat? Ich kann mich nicht erinnern, dass er das damals gesagt hat. Sein Tod war ein solcher Schock, und ich weiß, dass ein Teil von Frank mit ihm gestorben ist. Ich wünschte, er würde sich nicht damit befassen. Wir haben so sehr versucht, diese Zeit zu überwinden.« In ihren Augen glitzerte der Schimmer frischer Tränen.

Coop fragte Adele nach den Personen, die in der Geschäftsstelle gearbeitet hatten, und sie nannte die gleichen, an die sich Frank und Gavin erinnert hatten. Sie nannte noch die Namen von zwei weiteren Angestellten, Penny, die Marvin bei den Buchungen geholfen hatte, und Alice, Bethanys Assistentin in der Lohnbuchhaltung. Es fiel ihr schwer, sich an Nachnamen zu erinnern, aber sie versprach, darüber nachzudenken.

Coop und AB nahmen Blickkontakt auf, und die kleinste Geste von ABs Kopf verriet Coop, dass sie zustimmte, dass es Zeit war. »Ist Ihnen zum Zeitpunkt des Brandes jemals in den Sinn gekommen, dass es kein Unfall war? Vielmehr, dass jemand absichtlich versucht hat, Dax zu schaden?«

»Was? Warum sollte ihm jemand etwas antun wollen?« Sie stellte ihr Glas auf dem Tisch ab. »Niemand wusste, dass er dort gewesen war, und es war für alle ein Schock. Für uns alle. Ich weiß, dass die Polizei und die Feuerwehr den Vorfall untersucht haben und ihn für einen Unfall hielten. Es war furchtbar, aber ich habe nie etwas anderes gehört.«

Mit einem kurzen Blick auf seine Notizen fuhr Coop fort: »Erinnern Sie sich, ob am Tag des Brandes jemand bei der Arbeit gefehlt hat? War Frank bei der Arbeit, als er den Anruf erhielt?«

Ihre Augen verengten sich, und sie starrte auf den Boden. »Das Büro war geschlossen, und wir hatten länger gearbeitet und wollten gerade zum Abendessen gehen. Die Polizei kam ins Büro, um ihn zu benachrichtigen. Wir waren zu diesem Zeitpunkt die Einzigen, die dort waren. Ich kann Ihnen nicht sagen, ob an diesem Tag jemand bei der Arbeit gefehlt hat. Ich kann mich an nichts Besonderes erinnern.«

Coop nahm einen langen, langsamen Schluck aus seinem Glas. »Die nächste Information wird Sie vielleicht schockieren, Mrs. Covington. Ich möchte nur, dass Sie darauf vorbereitet sind.« Sie nickte ihm zu und ließ ihren Blick zwischen Coop und AB hin und her schweifen. »Dax ist bei dem Brand nicht ums Leben gekommen. Jemand anderes war in seinem Wohnwagen, und Dax kam letzte Woche nach Nashville. Er und Ihr Mann arbeiten zusammen, um herauszufinden, was damals passiert ist, und Dax ist überzeugt, dass er das Ziel gewesen war.«

Adeles Brust und Hals färbten sich bis in die Wangen hinauf. »Ich, äh, ich verstehe nicht. Wollen Sie mir sagen, dass Dax lebt?«

»Ja, Ma'am. Er wohnt bei Lindsay, und sowohl sie als auch Frank sind überzeugt, dass er es ist. Sie haben alle einen DNS-Test gemacht, um es zu beweisen.«

Ihre Hände zitterten, als sie an den Knöpfen ihrer Bluse herumfummelte. »Das ist einfach unfassbar. Ich meine, niemals in einer Million Jahren hätte ich …« Sie ließ den Satz unvollendet.

Augenblicke später griff ihre Hand wieder nach ihrer Halskette. »Sind Sie sicher, dass er nicht nur ein Gauner ist, der Frank ausnutzt? Ich weiß, er würde gerne glauben, dass es wahr ist, aber mal ehrlich.« Sie schüttelte den Kopf, und ihre perfekte Körperhaltung sackte in sich zusammen.

»Wir sind so sicher, wie wir nur sein können, und wir werden morgen einen definitiven Beweis haben, aber Ihr Mann ist sich sicher. Er und Dax haben sich lange unterhalten und in Kindheitserinnerungen geschwelgt. Dax wusste Dinge, die er einfach nicht hätte wissen können, wenn er nicht dabei gewesen wäre.«

Ihre Augen verengten sich. »Warum sollte er Frank all diese Jahre des Leidens zumuten? Das ist einfach unverzeihlich. Frank ist nicht mehr derselbe, seit er ihn verloren hat. Wenn es wirklich Dax ist, hat er einiges zu erklären.« Mit Entsetzen im Gesicht griff sie wieder nach ihrem Wasser.

»Zu Dax' Verteidigung: Er war jung und verängstigt. Er war auch davon überzeugt, dass sein Vater versucht hatte, ihn zu töten. Er hatte Frank am Tag zuvor eine Nachricht auf seinem Bürotelefon hinterlassen. Frank sagt, er hätte die Nachricht nie erhalten, was bedeutet, dass jemand anderes im Büro sie erhalten hatte.«

Sie runzelte die Stirn. Das Rosa auf ihren Wangen verblasste. »Warum in aller Welt sollte er glauben, dass Frank ihn umbringen wollte? Das ist absurd.«

»Dax hatte den Sommer damit verbracht, mit dem Jahrmarkt zu reisen, und war entschlossen, den Ursachen der Unfälle auf den Grund zu gehen. Er war überzeugt, dass jemand aus der Unternehmensleitung dahintersteckte. Er fand Beweise für die Fälschung von Wartungsprotokollen und den Nichtaustausch von Teilen, die hätten ausgetauscht werden müssen. Alles, was er herausfand, führte zurück zur Unternehmenszentrale. Er rief seinen Vater an und teilte ihm seinen Aufenthaltsort mit, und als Nächstes explodierte sein Wohnmobil, und er wurde für tot gehalten. Ich glaube, ihm erschien zu diesem Zeitpunkt alles ziemlich logisch.«

Ihre Augen weiteten sich und ihre Lippen bebten. »Das kann nicht sein. Frank würde so etwas nie tun.«

Coop nickte. »Ich neige dazu, Ihnen zuzustimmen. Ich glaube, Dax ist überzeugt, dass es nicht sein Vater war, und Frank will ihm helfen, der Sache auf den Grund zu gehen. Wenn es nicht Frank war, dann muss es jemand gewesen sein, der Zugang zu Franks Büro und dem Anrufbeantworter hatte.«

Adeles Augen weiteten sich. »Oder die Nachricht wurde einfach nicht aufgezeichnet. Diese Maschinen waren nicht perfekt, wissen Sie.«

»Das ist eine weitere Möglichkeit. Wir werden uns alle Möglichkeiten ansehen, glauben Sie mir.« Coop stand auf und AB folgte seinem Beispiel. Sie legte eine ihrer Karten auf den Couchtisch neben Adeles Glas.

»Wir finden allein hinaus, Ms. Covington«, sagte Coop. »Wenn Ihnen etwas einfällt, das helfen könnte, rufen Sie uns bitte an. Ich bin sicher, dass wir Sie wiedersehen, wenn Sie wieder in Nashville sind.«

Als sie eincheckten, war Coop schon müde. Sie hatten nebeneinanderliegende Zimmer, und während er über ein Nickerchen nachdachte, hörte er ein Klopfen an der Verbindungstür.

Er öffnete sie und fand AB in ihrem Badeanzug vor. »Ich gehe runter an den Strand. Willst du mich begleiten?«

Er seufzte. »Ich bin erschöpft und dachte gerade an ein Nickerchen.«

»Du kannst am Strand ein Nickerchen machen. Komm,

zieh deine Badehose an und mach das Beste aus den wenigen Stunden, die uns hier noch bleiben.«

Wie konnte sie nur so energisch sein? Er versprach, sie in ein paar Minuten in der Lobby zu treffen.

Er zupfte an einem weißen T-Shirt mit der Aufschrift *Fitness-Schutzprogramm – Ich schütze mich vor dem Sport*, setzte seine Sonnenbrille auf und schnappte sich sein Notizbuch und seinen Stift. Als er die Treppe hinunterkam, hatte AB bereits ein Handtuch für ihn bereitgelegt und den besten Platz gefunden, von dem aus sie den Blick aufs Meer genießen konnten. Sie hatte Stühle für sie am Strand arrangiert und eine Reservierung für das Abendessen in einem einfachen Restaurant gemacht, wo die Gastgeberin ihnen einen Tisch mit Blick auf den Sonnenuntergang empfahl.

Coop folgte AB über das Grundstück und hinaus zum weißen Strand, der so unberührt war, dass er unecht aussah. Ihre Liegestühle waren bereit, Eistee stand auf dem Tisch neben ihnen und ein Sonnenschirm war aufgestellt, um ihnen bei Bedarf Schatten zu spenden.

Coop lehnte sich auf dem warmen Stuhl zurück und blickte hinaus auf das idyllische blaue Wasser des Golfs von Mexiko, und die Anspannung in seinem Rücken und seinen Schultern ließ nach. AB war bereits am Rande des Wassers, tauchte ihre Zehen hinein und winkte ihm zu. Gedanken an den Fall schwirrten ihm im Kopf herum, aber er steckte sein Notizbuch in die Strandtasche, die AB mitgeschleppt hatte, und schloss die Augen.

Er musste alles, was er erfahren hatte, erst einmal sacken lassen, und es gab keinen besseren Ort zum Entspannen als Clearwater Beach.

KAPITEL ZEHN

Der Montagmorgen brach mit einem herrlich blauen Himmel an, und die Sonne lugte über den Horizont. Coop machte sich auf den Weg zum Strand, um einen frühen Morgenspaziergang zu machen. Nach seinem gestrigen Nickerchen auf dem Liegestuhl hatte AB ihn noch überredet, vor dem Abendessen im Lagunenpool zu schwimmen.

Danach war er früh ins Bett gegangen, und wie bei seiner letzten Reise, bei der er nachts das leise Rauschen der Meereswellen hören konnte, hatte er tief und fest geschlafen. Vielleicht war er dazu bestimmt, in Küstennähe zu leben und nicht im Landesinneren in Nashville.

Er ließ sein Telefon in der Tasche seiner Shorts und hoffte, dass er später die E-Mail von Janice mit den DNS-Ergebnissen erhalten würde. Sobald das bestätigt war, würde er Ben Bescheid geben, damit er die Unterschrift von Frank für die Exhumierung einholen konnte, was für Ben und die Behörden in Georgia ein weiterer ungeklärter Fall wäre. Das würde auch die Aufmerksamkeit der Medien auf sich ziehen, worauf er keinesfalls scharf war.

Der Spaziergang am ruhigen Strand, während die Sonne aufging, war himmlisch. Mit dem kühlen Sand unter seinen Füßen, dem sanften Plätschern der Wellen am Ufer und den herrlichen Farben des Himmels und des Meeres konnte Coop nicht anders, als sich zu entspannen. Der Einzige, der alles noch schöner hätte machen können, wäre Gus an seiner Seite gewesen, aber Coop war sicher, dass Camille und sein Vater ihn verwöhnten.

Während er lief, organisierte er die nächste Phase der Ermittlung, die darin bestand, die Angestellten von *Royal* und *Big Top* ausfindig zu machen, um zu sehen, was er über Red Fulton erfahren konnte. Huck stand ebenfalls ganz oben auf der Liste der Personen, die er befragen wollte, und er wollte Dax bitten, sich an weitere Personen zu erinnern, die in jenem Sommer mit ihm gearbeitet hatten und hilfreich sein könnten.

In der Regel drehten sich alle Fälle um eine kleine Information, die als Schlüssel zum Ganzen diente. Jetzt mussten sie nur noch diesen schwer fassbaren Schlüssel unter all den Leuten finden, die bei *Royal* gearbeitet hatten und etwas wissen könnten – möglicherweise etwas, von dem sie nicht einmal wussten, dass es wichtig war.

Er drehte sich um und machte sich auf den Weg zurück zum Resort, um ein letztes Mal die Schönheit und die Strandatmosphäre aufzusaugen, bevor sie zum Flughafen aufbrechen mussten. Nach einer Dusche schlüpfte er in ein T-Shirt, das mit einer riesigen Tasse Kaffee bedruckt war und auf dem stand *Sorry für alles, was ich gesagt habe, bevor ich meinen Kaffee getrunken habe*. Dann packte Coop seine Tasche und traf AB im Restaurant zum Frühstück.

Er entdeckte sie an einem Tisch im Freien sitzend und auf das Wasser starrend. Sie tranken einen Kaffee und genossen die Auswahl an Gebäck und Obst, die ihren Hunger in Schach halten sollten, damit sie den Weg durch den Flughafen finden und zurück nach Nashville reisen konnten. Der Kellner war so nett und schlug vor, die Reste in Behältern zu verpacken, damit sie sie mit ins Flugzeug nehmen konnten.

Coop lehnte sich zurück und seufzte. »Daran könnte ich mich gewöhnen, aber die Pflicht ruft.«

AB packte ihre Sachen zusammen. »Vielleicht machen wir eine Filiale in Florida auf. Falls ja, dann übernehme ich die Leitung.« Sie lachte und sie verabschiedeten sich vom Strand und begrüßten ihren Shuttle-Fahrer.

Flughäfen, die Warteschlangen, der gesamte Prozess des Fliegens bereiteten Coop Kopfschmerzen. Er war schlecht gelaunt und seine Toleranzgrenze niedrig. Vor Jahren war das noch lustig gewesen, fast ein Novum, als er noch klein gewesen war, aber jetzt war es eine einzige Qual. Er versuchte, die ganze Zeit des Wartens in der Schlange, des Wartens auf das Boarding und des Wartens auf den Abflug zu nutzen, um sich auf Dax' Fall zu konzentrieren, anstatt seine Ungeduld über den ganzen Prozess zu vergessen.

Obwohl er nichts getan hatte, war er erschöpft, als AB ihn vor dem Haus absetzte. Zu seiner Frustration kam noch hinzu, dass Janice' E-Mail während des Fluges eingetroffen war, sodass er sie erst nach der Landung sah. »Wir sehen uns morgen früh, Coop«, sagte AB und winkte.

Als Coop die Tür öffnete, erblickte er das lächelnde Gesicht von Gus, und seine Laune besserte sich. Er grinste und kraulte Gus unter seinem Kinn, wobei er sich mit jedem Schlag des Schwanzes gegen seine Beine glücklicher fühlte. Er hörte Tante Camille und seinen Vater in der Küche plaudern, und nachdem er seine Reisetasche in seinem Zimmer deponiert hatte, rief er Dax an, um ihm mitzuteilen, dass die DNS-Ergebnisse schlüssig waren. Frank und Dax waren Vater und Sohn, und jetzt hatten sie den legalen Beweis.

Er spürte Dax' Erleichterung durch das Telefon. »Ich werde jetzt Ihren Vater anrufen und ihm Bescheid geben. Die Behörden werden sich melden, um mit der Exhumierung zu beginnen.«

»Er ist vorbereitet, glaube ich. Er möchte die Angelegenheit nur so privat wie möglich halten. Niemand braucht die Publicity und die ganze Geschichte, die wieder ausgegraben wird.« Er holte tief Luft. »Schlechte Wortwahl, tut mir leid. Wir hoffen, Aufmerksamkeit zu vermeiden, vor allem, solange Sie versuchen, herauszufinden, was wirklich passiert ist. Je mehr ich mit Dad gesprochen habe, desto mehr bin ich überzeugt, dass er meine Nachricht nie erhalten hat und nichts von den gefälschten Unterlagen wusste.«

»Das ist gut zu hören. Wir werden diese Woche einigen Spuren nachgehen, und ich melde mich, sobald ich mehr weiß.«

Dann rief er Frank an, der technisch gesehen sein Mitauftraggeber war, und teilte ihm die gute Nachricht mit. Frank seufzte. »Am ersten Tag bei Lindsay habe ich es nicht geglaubt, aber in dem Moment, als ich die Augen meines Sohnes sah und wir uns unterhielten, wusste ich, dass er es ist. Ich brauchte den ausgefallenen Test nicht, aber er wird mir bei allem anderen helfen, was geschehen muss. Ich würde gerne mit Ihnen über meinen Nachlass sprechen und über die Änderungen, die ich an meinem Testament vornehmen muss.«

»Dabei kann ich Ihnen gerne helfen. Ich werde AB bitten, sich zu melden, wenn wir morgen wieder im Büro sind, und sofort einen Termin zu arrangieren.«

»Ich weiß das zu schätzen. Je früher, desto besser. Das würde mich sehr beruhigen.«

»Verstanden. Wir werden das morgen erledigen.«

Frank dankte ihm und fügte hinzu: »Ich habe nach Ihrem Besuch mit Adele gesprochen. Sie wollte sich bei Ihnen und AB entschuldigen. Sie war schockiert über die Nachricht und befürchtete, dass sie nicht so gastfreundlich war wie sonst. Sie war ziemlich sauer auf mich, dass ich ihr nichts von Dax erzählt hatte.«

»Sie müssen sich nicht entschuldigen. Wir wissen, dass die Nachricht gewichtig ist, aber es hilft uns, spontane Reaktionen und Erinnerungen von allen zu bekommen. Wir werden diese Woche versuchen, jeden zu kontaktieren, der in Ihrem Büro gearbeitet hat. Wir müssen herausfinden, wer Dax' Nachricht an Sie abgefangen hat.«

»Oder wie Adele sagte, war diese verfluchte Maschine nicht immer zuverlässig.«

Coop erwiderte nicht das Offensichtliche. Frank musste sich nicht noch mehr Sorgen machen. Ohne jemanden, der die Nachricht abgehört hatte, hätte der Mörder nicht gewusst, wo sich Dax aufhielt. Wenn das Feuer wirklich ein Unfall gewesen war, spielte das keine Rolle, aber Coop hatte vor langer Zeit gelernt, nicht an Zufälle zu glauben, und dieser war zu stark, um ihn zu ignorieren.

Coop legte auf, schickte Ben die Nachricht, auf die er gewartet hatte, und bat ihn, die Exhumierung so unauffällig wie möglich durchzuführen. Nachdem er das getan hatte, ging er zu seinem Vater und Camille in die Küche.

»Oh, Coop, wie war deine Reise?«, fragte Camille, während er ihr dabei zusah, wie sie die Pekannussglasur über den noch warmen Blechkuchen auf der Theke goss. Der reichhaltige Schokoladen-Pekannusskuchen war einer seiner

Lieblingskuchen und sein Magen knurrte. Er konnte es kaum erwarten, ihn zu probieren.

Er seufzte. »Es war schön. Ich bin froh, dass wir mit Mrs. Covington gesprochen haben, und gegen das Winterwetter in Florida kommt man nicht an, aber ich bin immer froh, wieder zu Hause zu sein.«

Während sie es sich bei einem von Tante Camilles köstlichen Abendessen mit Pulled Pork in hausgemachten Brötchen, einem knackigen Krautsalat und warmem Apfelmus gemütlich machten, brachte sie ihn auf den neuesten Stand der Dinge, die während seiner Abwesenheit im Büro passiert waren. Charlie ließ ihn wissen, dass Camille beim Gin Rommé immer noch in Führung lag, aber er holte zu ihr auf, da er mehrere Spiele gewonnen hatte, während sie das Büro betreut hatten. Coop war am Verhungern, da er nur ein kleines Frühstück gegessen hatte, und machte sich schnell über sein Sandwich her, während er zuhörte.

Als Tante Camille ihren Kuchen mit der dicken Schokoladenglasur voller Pekannüsse brachte, war Coop satt, nahm aber ein kleines Stück, denn er wusste, dass sie sich die Mühe gemacht hatte, seine Lieblingsspeise zuzubereiten, um ihn zu Hause willkommen zu heißen. Sie verweilten noch beim Dessert, und Charlie und Camille wollten alles über seine Eindrücke nach den Befragungen von Adele und Gavin wissen.

»AB und ich mochten Gavin nicht, und Adele war distanziert, aber nichts von dem, was sie gesagt haben, hat sie belastet. Wir haben Gavin nichts von Dax erzählt, aber wir haben Adele diesen kleinen Leckerbissen mitgeteilt. Sie war schockiert, gelinde gesagt, und schien wütend darüber zu sein, dass Dax seinen Vater all die Jahre mit seinem Verschwinden hatte leiden lassen. Sie versicherte uns, dass

Frank nie etwas tun würde, was Dax schaden könnte, und hielt es für absurd, dass er so etwas denkt.«

Coop nahm einen weiteren Bissen von dem sündigen Kuchen. »Wir haben ein paar weitere Hinweise auf andere Personen erhalten, die zum Zeitpunkt der Unfälle und des Brandes in Dax' Wohnwagen bei *Royal Amusement* gearbeitet haben. AB und ich werden sie alle weiterverfolgen, um zu sehen, ob wir etwas Konkretes von ihnen erfahren können. Der Name Red Fulton ist gefallen, denn er war der Besitzer von *Big Top*, Franks größtem Konkurrenten, der *Royal* schon seit geraumer Zeit aufkaufen wollte und es schließlich nach Dax' Tod getan hat.«

Camille nickte. »Klingt nach einem Motiv.«

Coop schmunzelte. »Das Problem ist, dass er tot ist, was es schwierig macht, ihn zu befragen. Wir müssen sehen, ob wir jemanden finden, der ihn noch aus den Tagen bei *Big Top* kennt. Diese alten Fälle sind schwierig.«

Camille griff nach der Kanne mit dem Eistee. »Ich habe Adele bei ein paar Wohltätigkeitsveranstaltungen getroffen, und sie war immer sehr nett. Sie ist immer sehr gut gekleidet, und wir glauben alle, dass sie eine Menge Schönheitsoperationen hinter sich hat. Wir gehören zu mehreren der gleichen Clubs, aber Adele macht nicht viel, außer große Schecks auszustellen. Sie kommt mir ein bisschen zu großspurig vor und wie jemand, der sich nicht gerne die Hände mit echter Arbeit schmutzig macht.«

»Wenn du glaubst, dass sie so ist, solltest du ihren Sohn kennenlernen. Er hat keinerlei Empathie für Frank und hat fast gelacht, als er davon sprach, dass er bald sterben wird. AB und ich halten ihn für einen schleimigen und aufgeblasenen Idioten.«

Camille zuckte mit den Schultern. »Ihn kenne ich nicht, und es klingt, als würde ich nicht viel verpassen. Frank und

Adele wohnen ein Stück die Straße hinunter, und im Laufe der Jahre haben sich unsere Wege bei verschiedenen Veranstaltungen gekreuzt. Er macht auf mich immer den Eindruck eines freundlichen Mannes, genau wie seine Tochter. Lindsay ist ein echter Schatz. Man würde nie denken, dass sie Geld haben. Aber Adele stellt es irgendwie zur Schau.«

Coop beendete seinen letzten Bissen und leckte jedes Stückchen Zuckerguss von seiner Gabel ab. »Das ist der Eindruck, den wir gestern hatten. Sie war uns gegenüber tolerant und bot uns einen Drink an, war aber über unser Eindringen verärgert. Zu ihrer Verteidigung: Wir haben sie überrascht.«

»Franks erste Frau Laura Beth war ein Schatz gewesen. Bodenständig und ganz reizend. Es ist eine Schande.«

Coop stand auf und räumte die schmutzigen Teller weg. »Danke, dass du die Stellung gehalten und auf Gus aufgepasst hast. Ich bin froh, dass im Büro nicht viel los war und ihr Zeit zum Kartenspielen hattet. Ich werde jetzt schlafen gehen und morgen früh im Büro sein, um alles aufzuholen.«

Nach mehr Schlaf als gewöhnlich waren Coop und Gus aufgestanden, als es noch dunkel war, und noch vor fünf Uhr morgens im Büro. Die Kälte in der Luft verlangte nach einem Feuer, und als er eines entfacht hatte, kochte er Kaffee und setzte sich an seinen Schreibtisch, während Gus auf seinen Sessel hüpfte und die Augen schloss.

Coop tippte Bethanys Namen in den Computer und überprüfte die Ergebnisse. Lewis war ein häufiger Nachname und lieferte mehrere Ergebnisse, selbst wenn man die Region eingrenzte. Anhand des Alters und der Wohnadresse vor fünfundzwanzig Jahren ermittelte er einige Möglichkeiten.

Als Nächstes versuchte Coop es bei Marvin Eastman. Er hatte mehr Glück und fand den ehemaligen Handelsvertreter, der heute nicht mehr als dreißig Minuten entfernt in Mt. Juliet lebte. Coop trug Adresse und Telefonnummer in sein Notizbuch ein. Er stellte fest, dass Marvin tatsächlich für *Big Top* gearbeitet hatte, als Franks Unternehmen verkauft worden war, und jetzt im Ruhestand lebte.

Er bemerkte eine E-Mail-Benachrichtigung und runzelte die Stirn, als er den Namen von Darcy Flint als Absender sah. Sie war die Anwältin seiner Mutter in Vermont. Die Muskeln in seinen Schultern spannten sich an, als er auf die Nachricht klickte.

Er las den kurzen Absatz. Da er die Rechnung bezahlte, hielt Miss Flint ihn auf dem Laufenden, und sie wollte ihn daran erinnern, dass seine Mutter nächste Woche aus dem Gefängnis entlassen würde, aber noch ihre Sozialstunden ableisten müsste. Aufgrund ihrer Ausbrüche gegenüber dem Richter hatte der die Höchststrafe ausgesprochen, und sie würde weitere zwei Wochen acht Stunden pro Tag arbeiten müssen.

Coops Schläfe pochte. Das Shirt, das er heute trug, passte – *Ihr nennt sie Schimpfwörter, ich sage, es sind Satzverstärker*. Er widerstand dem Drang, mehrere von denen zu schreien, und hämmerte stattdessen frustriert auf die Tastatur ein.

Da sie mehr als tausend Meilen entfernt in einer Gefängniszelle saß, hatte er Marlene in die hintersten Winkel seiner Gedanken verbannt. Er hatte den Rat seiner

Tante und von AB befolgt und versucht, sie und ihre bösen Briefe, die sie alle paar Tage schickte, zu vergessen.

AB hatte ihm keine weiteren Briefe gegeben, aber er wusste, dass sie die Post durchsuchte und die verstörende Post seiner Mutter aussortierte, bevor Coop sie sah. Seine Hoffnungen, dass seine Mutter die Auszeit nutzen würde, um über ihr eigenes Handeln nachzudenken und vielleicht Verantwortung zu übernehmen, waren in dem Moment verflogen, als er den ersten Brief von ihr gelesen hatte. Nichts war jemals Marlenes Schuld. Sie hatte sich seit dem Tag, an dem sie Charlie vor mehr als zwanzig Jahren verlassen hatte, nicht verändert.

Miss Flint schlug ein paar preiswerte Motels vor, in denen Marlene unterkommen könnte, während sie ihre gemeinnützige Arbeit ableistete. Die Anwältin hatte ihr Bestes getan, um die Verlegung der gemeinnützigen Arbeit in einen anderen Gerichtsbezirk zu erwirken, da Marlene eigentlich nicht in der kleinen Stadt wohnte, in der sie ihre Verbrechen begangen hatte. Sie war dort nur zu Besuch bei ihrem Freund Ruben gewesen, der nun ebenfalls im Gefängnis saß. Der Richter war jedoch mit einer Verlegung nicht einverstanden, zumal Marlene weder eine günstige Sozialprognose noch eine Wohnadresse hatte. Er bestand darauf, dass sie ihre Strafe absaß, bevor sie die Stadt verließe.

Coop konnte es ihm nicht einmal übelnehmen. Seine Mutter war eine Versagerin und eine Schande. Jeder, der in der Jury gesessen hatte, hatte sicher gesehen, was Marlene war, und erkannt, dass man ihr nicht trauen konnte. Coop hatte viel länger gebraucht, um das bei seiner Mutter zu akzeptieren.

Miss Flint hatte ihm eine Liste mit einer Handvoll Programme vorgelegt, die in der Regel Sozialdienstleistende aufnahmen. Nach einem kurzen Blick auf die Liste schüttelte

Coop den Kopf. Marlene würde sich zu Tode schämen, wenn sie sich auf das Niveau der Müllabfuhr, der Reinigung von Parktoiletten oder des Abwaschs im Seniorenzentrum herablassen müsste. Er war froh, dass er nicht derjenige war, der ihr die Nachricht überbringen musste, und sprach ein kleines Gebet für Miss Flint.

Er antwortete ihr per E-Mail und ließ sie wissen, dass er die Kosten für das Motel für bis zu drei Wochen nach Marlenes Entlassung übernehmen würde. Das würde seiner Mutter genug Zeit geben, um ihre Stunden abzuleisten und sie zu motivieren, das zügig zu erledigen. Er schlug der Anwältin vor, dass sie die Kosten auf ihre Rechnung setzen könnte, da er Marlene das Geld nicht direkt schicken wollte, und bat Miss Flint, sich mit dem Motel abzustimmen. Er bedankte sich bei ihr für ihre Zeit und Geduld und drückte auf den Sendeknopf.

Eine weitere Woche Ruhe war alles, was er wollte, und vielleicht würden drei Wochen vergehen, bevor seine Mutter zu ihm käme, um weitere Almosen zu erbitten oder wieder in Schwierigkeiten zu geraten. Er konnte nur hoffen, dass sie und Ruben in den Sonnenuntergang ritten und glücklich bis ans Ende ihrer Tage leben würden. Leider standen die Chancen besser, dass sie sich irgendwo eine Gefängniszelle teilten.

Gus flitzte durch das Büro und zur Hintertür. Wenige Augenblicke später hörte Coop zu seiner Überraschung Bens Stimme, der mit Gus sprach, als er den Flur hinunterkam. Sein alter Freund lächelte und hielt eine Tüte von *Epic Bagels* hoch. Ben war regelrecht süchtig nach dem neuen Laden, der erst vor ein paar Monaten eröffnet worden war. »Ich dachte, ich komme mit einer Leckerei für dich und AB vorbei und bringe dich auf den neuesten Stand der Dinge.«

»Wenn dein Plan eine Bagel-Bestechung beinhaltet, bin

ich mir sicher, dass er mir gefällt.« Coop eilte in die Küche und holte ein paar Teller und Besteck.

Während sie die Bagels mit Frischkäse und Marmelade bestrichen, erklärte Ben: »Aufgrund der DNS-Ergebnisse werden wir keine Probleme haben, eine Exhumierung zu veranlassen. Wir werden mit dem Friedhof zusammenarbeiten und uns unauffällig verhalten. Wir dachten, wir könnten den Bereich, in dem sich das Grab befindet, absperren und versuchen, es als routinemäßiges Wartungsprojekt zu verkaufen. Der Leiter des Bestattungsunternehmens hat zugestimmt, eine Bauweste zu tragen, und ich werde das Gleiche tun. Wir werden uns so unauffällig wie möglich verhalten und den Sarg in die Gerichtsmedizin überführen und dann das Loch zuschütten. Wir werden versuchen, es schnell zu erledigen, vielleicht später am Tag.«

Coop nahm einen langen Schluck aus seiner Tasse, während der reichhaltige Kaffee seine Kehle wärmte und seine Seele beruhigte. Das dunkle Elixier und der frische Bagel halfen ihm, seine Mutter zu vergessen und sich auf den aktuellen Fall zu konzentrieren.

Coop gab noch etwas Frischkäse auf seinen Zimt-Rosinen-Bagel. »Das hört sich gut an und ist alles, was wir tun können, um die Neugier der Presse oder anderen einzudämmen. Die Geschichte wird noch früh genug bekanntwerden, und ich glaube, die Familie Covington hofft, dass es nicht in einem Spektakel enden wird.«

Ben nickte, während er sich den letzten Bissen seines Käsebrötchens in den Mund steckte. »Georgia ist nicht daran interessiert, die ursprüngliche falsche Aufklärung publik zu machen. Nicht, dass ich es ihnen verdenken könnte. Niemand hätte sich damals die Mühe gemacht und die Kosten für eine forensische Zahnuntersuchung auf sich genommen, vor allem, wenn es niemanden gab, mit dem man sie vergleichen konnte, und keine Fragen zur Identität. Es ist ihnen einfach peinlich.«

Coop wackelte mit dem Kopf. »Ich verstehe, aber Nates Familie verdient es zu erfahren, was mit ihm passiert ist. Ich hoffe nur, dass du herausfinden kannst, wer er war.«

Ben wischte sich die Krümel von seiner Krawatte und stand auf. »Wir haben uns bereit erklärt, zu helfen, da wir mehr Mittel haben. Ich werde dich auf dem Laufenden halten. Wir planen die Exhumierung für Donnerstag.«

»Ich werde versuchen, einige der Zeugen von damals vom Jahrmarkt zu finden. Danke für die Bagels. Ich werde auf jeden Fall einen für AB aufheben.«

»Ich werde einen der Detectives bitten, nachzusehen, ob sie etwas Aktuelles auf der Zeugenliste finden können, und wenn wir Glück haben, schicken wir es rüber.«

»Das wäre großartig. Ich muss heute noch Zeit für Frank Covington finden. Er will sein Testament besprechen und braucht Hilfe bei der Neuregelung des Nachlasses.«

Bens Augen wurden größer. »Das dürfte interessant werden.« Er schnappte sich eine Serviette vom Tisch. »Ich muss los. Wir sehen uns Freitag zum Frühstück, wenn nicht vorher.«

Ben kraulte Gus kurz hinter den Ohren und ging zur Tür. Coop folgte ihm in die Küche, wo er den letzten Rest richtigen Kaffees holte. Während Gus aus dem Fenster auf die Hintertür starrte und Ben beim Wegfahren beobachtete, fuhr AB auf den Parkplatz. Gus wedelte sogleich mit dem Schwanz.

Sie begrüßte ihn mit ihrer süßen Stimme und einem intensiven Kraulen am Hals, bevor sie sich daran machte, eine Kanne koffeinfreien Kaffee zu kochen. »Morgen, AB«, sagte Coop, während er aus der Küche schlenderte. Er hörte noch, wie sie sich mit Gus unterhielt, während sie ihren Computer einschaltete. Ein paar Minuten später kam AB durch die Tür, und Gus folgte ihr. Coop bot ihr einen Bagel an, den Ben für sie mitgebracht hatte.

Während sie frühstückte, schaute Coop auf seinen Notizblock. »Bittest du Frank heute hierher, das würde ihn beruhigen. Ich möchte Marvin in Mt. Juliet besuchen. Ich werde wahrscheinlich früh aufbrechen und am späten Nachmittag dorthin fahren. Ich möchte ihn überraschen, so wie wir es mit Gavin und Adele gemacht haben.« Er erzählte ihr von Bens Neuigkeiten über die Exhumierung und seinem Angebot, bei der Suche nach den Zeugen des Jahrmarkts zu helfen.

Sie machte sich eine Notiz in ihrem Notizbuch. »Alles klar.« Nachdem sie ihren Bagel aufgegessen hatte, nahm sie ihre Tasse und stand auf.

»Noch etwas, ich habe zugestimmt, drei Wochen für ein Motel für Marlene zu bezahlen. Miss Flint wird es auf die Rechnung setzen. Sie muss ihre Sozialstunden ableisten, wenn sie nächste Woche aus dem Gefängnis kommt.«

Er fragte nicht nach weiteren Briefen seiner Mutter, und AB sagte auch nichts, sondern nahm ihr Notizbuch und ging zu ihrem Schreibtisch. Über Marlene sprachen sie am besten nicht.

KAPITEL ELF

Frank traf zusammen mit Lindsay und Dax noch vor Mittag ein. AB erinnerte ihn daran, sein Shirt zu wechseln, und mit einem frischen Hemd empfing Coop sie in seinem Büro, und AB stellte ihnen ein Tablett mit heißem Kaffee, Tee und Keksen hin.

Frank, der Jackett und Krawatte trug, räusperte sich und warf einen Blick auf Lindsay und Dax, bevor er sich an Coop wandte. »Danke, dass Sie uns so schnell empfangen. Wie Sie wissen, geht es mir nicht gut und ich weiß nicht, wie viel Zeit ich habe.« Seine Augen funkelten und trafen die von Dax. »Nicht annähernd genug, fürchte ich. Ich möchte sicherstellen, dass mein Erbe an Lindsay und Dax geht. Adele und ich haben einen Ehevertrag geschlossen. Ich habe Vorkehrungen für Adele getroffen und werde mich natürlich daran halten, aber Dax' Auftauchen hat einige Dinge verändert. Ich möchte, dass Dax und Lindsay das Unternehmen leiten. Zuvor hatte ich Gavin diese Rolle zugedacht, aber wie bei Adele möchte ich lieber für ihn vorsorgen und alles meinen Kindern überlassen. Sie können gemeinsam die besten Entscheidungen über das weitere Vorgehen treffen. Ich möchte, dass mein Erbe in den Händen meiner Familie liegt.«

Er zog einen Umschlag aus seiner Jackeninnentasche und schob ihn über den Tisch. »Darin finden Sie eine Kopie meines vorherigen Testaments und alle relevanten Informationen zum Nachlass. Den Ehevertrag konnte ich nicht finden, aber die Anwaltskanzlei hat eine Kopie.« Er erwähnte einen Anwalt, der vor ein paar Jahren gestorben war, aber Coop kannte ihn von der juristischen Fakultät und als früheren Partner einer der großen Kanzleien in der Innenstadt. »Ich habe dort Bescheid gegeben, Ihnen die Anfertigungen auszuhändigen, und sie angewiesen, Ihnen alles zur Verfügung zu stellen, was Sie brauchen.«

Coop ging die Dokumente durch und las den Klebezettel, den Frank beigefügt hatte und auf dem der Geldbetrag stand, der an Gavin gehen würde. »Das ist eine relativ einfache Änderung. Sind Sie sicher, dass Sie das nicht lieber von der anderen Kanzlei erledigen lassen wollen? Ich glaube nicht, dass es lange dauern würde.«

Frank grinste. »Ein ehrlicher Anwalt. Sie sind eine seltene Spezies, wissen Sie das, mein Sohn?« Er lachte zufrieden. »Ich hätte es lieber, wenn Sie das hier erledigen würden. Sie haben ein kleines Büro, die Kanzlei in der Innenstadt ist mir zu groß. Einige von denen würden sicher nichts lieber tun, als die Finger nach meinen Angelegenheiten auszustrecken. Ich vertraue Ihnen.« Er schaute zwischen seinen Kindern hin und her. »Wir vertrauen Ihnen, und das ist das Wichtigste.«

Coop nickte. »Ich weiß Ihr Vertrauen zu schätzen. Wir werden uns gleich an die Arbeit machen und die neuen Dokumente noch diese Woche erstellen.« Coop nahm einen Schluck aus seiner Tasse. »Ich habe heute Morgen mit der

Polizei über die Exhumierung gesprochen, und sie halten sich so bedeckt wie möglich und geben es als eine Art Routinewartung aus, und sie werden bis Donnerstag fertig sein. Es gibt natürlich keine Garantie, dass die Arbeiten nicht bemerkt werden.«

Frank nickte. »Ich verstehe. Ich werde vorbereitet sein, falls die Presse davon Wind bekommt.«

Coop legte den Umschlag beiseite und zog sein Notizbuch zu sich. »Hat jemand von Ihnen eine weitere Idee, wer hinter dem Feuer stecken könnte? Red Fulton steht ganz oben auf meiner Liste, aber er ist verstorben, und es ist unwahrscheinlich, dass irgendjemand in der Firma heute noch viel weiß. Ich habe vor, heute Marvin Eastman zu treffen, und mit Huck Grover habe ich noch keinen Kontakt aufgenommen, aber ich hoffe, dass sie etwas Licht in die Sache bringen können.«

Dax räusperte sich. »Meiner Meinung nach muss es jemand in Dads Büro gewesen sein. Wie Sie sagten, vielleicht hat derjenige für Red Fulton gearbeitet. Am Ende läuft es auf jemanden hinaus, der die Möglichkeit hatte, meine Nachricht zu löschen.«

Coop tippte mit seinem Stift auf den Block. »Das stimmt. Deshalb wollen wir auch unbedingt mit allen sprechen, die dort gearbeitet haben.« Er wandte seinen Blick zu Frank. »Erinnern Sie sich daran, ob jemand am Tag des Brandes nicht zur Arbeit erschienen ist?«

Franks Augen weiteten sich. »O Mann, das ist ganz schön viel verlangt von meinem alten Gehirn. Ich erinnere mich nicht an viel an diesem Tag, außer an die schreckliche Nachricht über Dax. Ich war fassungslos, und es ergab zunächst keinen Sinn für mich.«

Coop bewegte den Stift auf seinem Notizblock. »Der Chef des Jahrmarkts, Rex Fitch, ist ebenfalls verstorben. Ich hatte gehofft, er könnte mehr Informationen haben. Ich überprüfe die Zeugenliste, mit der die Polizei von Georgia gesprochen hat, und arbeite daran, sie zu bekommen.«

Dax trommelte mit den Fingern auf den Tisch. »Rex war ein guter Kerl. Ein wenig ruppig und immer beschäftigt. Die meisten der Beweise, die ich gesammelt habe, stammen aus seinem Büro. Es war zwar kein richtiges Büro, aber er führte ein Notizbuch, in dem er immer seine Gespräche aufgeschrieben hatte, und die Dinge über Anweisungen aus dem Hauptbüro, wie er es immer nannte, festgehalten hatte, die den Schaustellerchefs befahlen, die Kosten der Instandhaltung zu kürzen, um den Gewinn zu steigern. Dad und ich haben lange darüber gesprochen, und wenn die nicht von ihm kamen, mussten sie von jemandem mit Autorität gekommen sein. Jemandem wie Huck oder Marvin. Jemandem, der für Dad sprechen konnte, ohne Aufsehen zu erwecken.«

Coop runzelte die Stirn. »Wenn Sie nichts davon wussten und es auch nicht veranlasst haben, Frank, dann sieht es so aus, als hätte jemand von innen gegen Sie gearbeitet. Vielleicht hat jemand dafür gesorgt, dass Red Fulton das Unternehmen zu einem Spottpreis erwerben konnte.«

Frank seufzte und schüttelte den Kopf. »Ich kann mir nicht vorstellen, dass Red sich so weit herabgelassen hätte, aber leider ist alles möglich. Am Ende hat er das Unternehmen zu einem niedrigeren Preis bekommen, als mir lieb gewesen wäre. Das lag zum großen Teil an den Unfällen, zum Teil aber auch an der Trauer, die ich über den Verlust von Laura Beth und Dax empfand. Es hat mich einfach nicht mehr interessiert.«

Lindsay und Dax streckten beide eine Hand aus, um ihren Vater zu trösten. Er blickte auf die Tischplatte. »Ich weiß nur, dass derjenige, der dafür verantwortlich ist, mich um viel zu viele Jahre mit meinem Sohn beraubt hat. Dax ist überzeugt, dass es kein Unfall war, und obwohl ich wünschte, er hätte mir vertraut, verstehe ich, dass er weggelaufen ist, um sich zu schützen.«

Dax' Augen füllten sich mit Tränen, als er den Arm seines Vaters tätschelte. »Wie ich Ihnen schon gesagt habe, Coop, war mit dem Wohnmobil alles in Ordnung. Ich hatte den Warmwasserbereiter jeden Tag benutzt und hatte nie ein Problem mit der Zündflamme. Es war nicht windig, und ich bin überzeugt, dass sich jemand daran zu schaffen gemacht hat, sodass sich der Innenraum mit Propangas füllte. Alles, was es brauchte, war ein Funke. Wie von einer Zigarette. Nate hatte geraucht, und ich hatte ihm meine Schachtel Zigaretten überlassen. Ich hatte nur geraucht, um mich einzugliedern und so viel wie möglich von den Arbeitern zu lernen, die sich immer zu Rauchpausen versammelt hatten. Tief im Inneren weiß ich, dass es kein Zufall oder Unfall war.«

Coop legte seinen Stift weg. »Ich stimme Ihnen zu, Dax. Es war einfach ein zu großer Zufall und könnte leicht für einen Unfall gehalten werden. Das Problem ist, dass die Beweise von vor fünfundzwanzig Jahren verschwunden sind. Niemand hat ein Verbrechen in Betracht gezogen, also war der Unfall eine plausible Schlussfolgerung.«

Dax ließ den Kopf hängen. »Ich hätte schon längst anrufen sollen oder so. Es ist schwer zu erklären, aber es war einfacher, es zu ignorieren und mich einfach in mein falsches Leben zu vertiefen. Es tat zu sehr weh, an die Vergangenheit zu denken.«

Lindsay tupfte sich die Augen ab. »Wir sind einfach froh, dass du wieder da bist, Dax. Das ist das Wichtigste.« Sie warf einen Blick auf ihren Vater. »Lass uns etwas essen gehen,

Dad. Und dann bringen wir dich nach Hause, damit du dich ausruhen kannst.«

Der Stress der Situation zeigte sich in Franks eingefallenen Wangen und müden Augen. Er lehnte sich an Dax, als dieser aufstand, und reichte Coop die Hand. »Danke, dass Sie uns helfen, und ich bete, dass Sie der Sache auf den Grund gehen können.«

»Ich werde mein Bestes tun, Sir. Wir melden uns, sobald wir die neuen Dokumente zur Unterschrift bereit haben.«

Coop begleitete sie hinaus, übergab AB die Nachlasspapiere und ließ sich dann auf die Couch im Empfangsbereich sinken, nicht weit von ABs Schreibtisch entfernt. »Setz das Testament und den Nachlass an die erste Stelle. Frank macht sich Sorgen und will alles unter Dach und Fach bringen, bevor es ihm noch schlechter geht.«

»Ich kümmere mich sofort darum. Es ist so traurig, zu wissen, dass sie all die Jahre verpasst haben, und jetzt hat er nicht mehr viel Zeit.«

Der völlige Zusammenbruch von Dax und seiner Familie war leicht zu sehen und schwer mit anzusehen. Es war nicht fair und bestärkte Coop in seiner Entschlossenheit, dem Ganzen auf den Grund zu gehen. Nachdem er ein paar Akten in seinem Büro abgehakt und einen kleinen Happen gegessen hatte, klopfte er Gus auf den Kopf. »Du bleibst hier bei AB, und sie sorgt dafür, dass du heute Abend nach Hause kommst, Kumpel.«

Gus war immer für einen Ausflug zu haben, aber da AB einer seiner Lieblingsmenschen war, hatte er nichts dagegen und rollte sich auf einem Lieblingsplatz am Fuß ihres Schreibtisches zusammen.

»Wünsch mir Glück, AB! Wenn ich bis zum Ladenschluss nicht zurück bin, setz Gus einfach zu Hause ab!«

Coop schaffte es in weniger als einer Stunde nach Mt. Juliet und fuhr an Marvins ordentlichem Backsteinhaus in der ruhigen Nachbarschaft unweit des Ufers des Cumberland River vorbei. In der Einfahrt stand eine ältere Limousine, was Coop als gutes Zeichen dafür wertete, dass der Besitzer zu Hause war. Er parkte am Ende der Straße und tippte Marvins Telefonnummer ein.

Es klingelte ein paar Mal und dann meldete sich ein Mann, der sich auf Coops Nachfrage als Marvin herausstellte. Coop erklärte, dass er in einem alten Fall im Zusammenhang mit *Royal Amusement* und Frank Covington ermittelte, und Marvin stimmte zu, Coop zu empfangen. Coop legte auf und wartete zehn Minuten, bevor er den Jeep startete und am Straßenrand parkte.

Ein schlaksiger Mann mit glänzender Glatze, umrahmt von langen grauen Strähnen, öffnete die Tür. Das silbrig-weiße Haar reichte ihm nicht nur bis zum Kragen, sondern hing Marvin bis zur Mitte des Rückens. Er begrüßte Coop mit einem freundlichen Lächeln und führte ihn in ein gemütliches Wohnzimmer.

Coop bemerkte eine Gitarre, die in der Ecke stand, als er sich setzte. Marvin zeigte auf eine Tasse Kaffee, die auf dem Beistelltisch neben seinem Stuhl stand. »Möchten Sie auch eine Tasse?«

Coop schüttelte den Kopf. »Nein, danke!«

Marvin nickte und setzte sich ebenfalls. »Sie sagten, Sie ermitteln etwas für Frank Covington?«

»Richtig. Es geht um den Vorfall vor fünfundzwanzig Jahren, als sein Sohn bei dem Brand auf dem Jahrmarkt in Georgia ums Leben kam. Soweit ich weiß, haben Sie damals bei *Royal* gearbeitet, und zwar schon seit mehreren Jahren.«

»O ja, das war schrecklich. Armer Frank. Er hatte ein paar Monate zuvor seine Frau verloren. Es war eine furchtbare Zeit, wirklich.«

Coop stellte viele der Fragen, die er auch Adele und Gavin gestellt hatte. Marvins Erinnerungen stimmten mit ihren überein, auch was den ungehinderten Zugang zu Franks Büro betraf. Coop hörte aufmerksam zu, während Marvin von seinem Arbeitstag erzählte, der zum Großteil aus Telefongesprächen und der Organisation von Buchungen für den Jahrmarkt in den gesamten Vereinigten Staaten bestanden hatte.

»Stimmt es, dass Sie für *Big Top* gearbeitet haben, nachdem *Royal* aufgekauft wurde?«

Marvin nickte und rollte mit den Augen. »Ja, für eine kurze Zeit. Ich war nicht begeistert, nach Ohio zu ziehen, aber damals hatte ich nicht viele Möglichkeiten. Sagen wir einfach, ich habe es versucht, bin aber nach etwa einem Jahr wieder gegangen. Schließlich kehrte ich in die Gegend um Nashville zurück und arbeitete als Talentscout für Musiker. Das war von Anfang an eine Herzensangelegenheit. Ich glaube, ich habe mir eingeredet, dass ich nur als Schausteller gut wäre, und es brauchte den Ruck, den mir der Umzug gegeben hat, und die Arbeit an einem Ort, den ich nicht liebgewinnen konnte, um mich dazu zu bringen, einen neuen Weg einzuschlagen.«

Coop machte sich eine Notiz. »Glauben Sie, dass Red hinter den Unfällen auf den Jahrmärkten von *Royal* stecken könnte? Es war allgemein bekannt, dass Red das Unternehmen kaufen wollte, also dachte er vielleicht, er könnte einen besseren Preis erzielen oder Frank zum Verkauf zwingen?«

Er wölbte die Augenbrauen. »Wow, ich weiß es ehrlich gesagt nicht. Ich hätte nicht gedacht, dass jemand so extreme

Schritte unternehmen würde, aber wer weiß? Frank führte *Royal* wie eine Familie. Wir waren eine kleine Gruppe in der Zentrale, und wir haben dort alle hart gearbeitet und das Flair genossen, aber *Big Top* war eine andere Geschichte. Ich hatte nie viel mit Red zu tun. Ich war nur ein kleines Rädchen im Getriebe.«

»Soweit ich weiß, war es Teil der Verkaufsvereinbarung, allen Außendienstmitarbeitern und vielen Mitarbeitern in der Geschäftsstelle einen neuen Arbeitsplatz anzubieten. Hat Ihre Assistentin Penny auch eine Stelle bei *Big Top* angenommen? Und kennen Sie ihren Nachnamen?«

Marvin gluckste. »Penny Robbins war und ist ihr Name. Und nein, sie war schlauer als ich. Sie wollte ihre Familie nicht entwurzeln und umziehen. Sie hat einen Job in einer Schule gefunden und wohnt immer noch in der Gegend.«

Coop schrieb den Namen und die Kontaktinformationen auf. »Was ist mit Bethany Lewis, wissen Sie, wo sie jetzt sein könnte?«

»Oh, sie hat die Veränderungen mit *Big Top* auch nicht gut verkraftet. Ich weiß, dass sie am Ende geschieden wurde. Penny könnte Ihnen wahrscheinlich mehr erzählen. Sie stand Bethany und Alice, der Assistentin in der Lohnbuchhaltung, sehr nahe. Sie waren mehr in den Büroklatsch eingebunden und verbrachten auch außerhalb der Arbeit Zeit miteinander.«

»Gab es jemanden, mit dem Sie bei *Royal* zusammengearbeitet haben, der vielleicht einen Groll gegen Frank hegte oder bei diesen Unfällen eine Rolle gespielt haben könnte und Red vielleicht geholfen hat?«

Seine hellblauen Augen weiteten sich. »Daran habe ich noch nie gedacht.« Er runzelte die Stirn, während er nachdachte. »Alle schienen glücklich zu sein und arbeiteten gut zusammen. Der einzige Störfaktor war Gavin. Ich glaube, er und Huck haben sich nicht verstanden, und Gavin war, nun ja, arrogant und jung. Eingebildet.«

Coop nickte und vermutete, dass Gavin sich vermutlich nicht sehr verändert hatte. »Sie haben Huck erwähnt. Ich habe versucht, ihn zu erreichen, und ein paar Nachrichten hinterlassen, aber ich habe keine Antwort erhalten. Haben Sie noch Kontakt zu ihm?«

»Ich weiß, dass er in Brentwood wohnt. Ich bin ihm mal zufällig begegnet, ich glaube, das war im vergangenen Jahr. Wir haben geplaudert, aber ich stehe ihm nicht nahe. Ich weiß, dass er gegangen ist, bevor der Verkauf abgeschlossen war, und einen Job in Memphis angenommen hat.«

»Hat Sie das überrascht?«

Marvins Stirn legte sich in Falten. »Ja, ein bisschen. Er hat sich von Anfang an gut mit Frank verstanden. Vielleicht sah er die Zeichen der Zeit und wollte aussteigen, solange er noch konnte. Er war auch schlauer als ich. Red hielt sich an die Vereinbarung und bot jedem einen Job an, aber es war nicht so, wie wir es bei *Royal* gewohnt waren. Ich hatte immer das Gefühl, dass Frank meine Meinung schätzte, aber bei Red war das nicht der Fall. Ich habe es gehasst, zur Arbeit zu gehen, und ich habe mich dafür gehasst, dass ich umgezogen bin und dann wieder von vorne anfangen musste, als ich hierher zurückkam.«

»Was ist mit dem Tod von Dax bei dem Feuer? Haben Sie dazu irgendwelche Erkenntnisse oder Theorien?«

Marvin ließ den Kopf hängen und seine Schultern sanken. »Das war ein furchtbarer Tag. Einfach furchtbar. Frank tat mir so leid. Er war immer noch geschockt von dem Verlust von Laura Beth, die übrigens eine ganz reizende Frau war. Dax war ein netter junger Mann gewesen. Ich stand der Familie nicht nahe, aber ich weiß, dass Frank schockiert war, als er erfuhr, dass Dax mit Rex' Crew in Georgia unterwegs war. Es war so ein Schlag für den armen Mann. Er war danach nicht mehr derselbe.«

Coop fragte, ob Marvin sich daran erinnerte, ob an diesem Tag jemand bei der Arbeit gefehlt hatte. Marvin schüttelte den Kopf. »Das kann ich Ihnen nicht sagen. Ich erinnere mich, dass ich an diesem Tag gearbeitet habe, und ich weiß, dass Penny da war, aber wir waren die meiste Zeit in unserer eigenen kleinen Blase. Ich weiß nicht, ob noch jemand im Büro war.«

»Gab es jemals einen Hinweis darauf, dass es sich nicht um einen Unfall gehandelt haben könnte?«

Marvin lehnte sich auf seinem Stuhl zurück und seufzte. »Junge, nicht, dass ich wüsste. Alles deutete auf einen Unfall hin, etwas mit einer defekten Zündflamme, wenn ich mich recht erinnere. Wollen Sie damit sagen, dass es kein Unfall war?«

»Frank hat uns beauftragt, die Angelegenheit zu untersuchen. Es gibt einige neue Informationen in dem Fall, und er ist nicht davon überzeugt, dass es ein Unfall war. Das Gleiche gilt für die angeblichen Unfälle auf den Jahrmärkten. Haben Sie jemals etwas von gefälschten Wartungsprotokollen gehört?«

Marvins Augen verengten sich. »Nein, niemals. Frank hätte das nicht zugelassen. *Royal* hatte einen guten Ruf, was die Instandhaltung anging. Das war eine der Prioritäten. Die Geschäftsstelle führte akribisch Buch über alle Geräte und Geschäfte an jedem Standort. Ich weiß, dass es eine lange Untersuchung gab, und soweit ich mich erinnere, zahlte die Versicherung von *Royal* hohe Summen an die armen Familien aus. Sie gingen unsere Unterlagen präzise durch. Ich habe nie eine Andeutung in diese Richtung gehört.«

Coop klappte den Deckel seines Notizblocks zu. »All das scheint *Big Top* und Red Fulton genutzt zu haben, nicht wahr? Die Unfälle, die Berichterstattung in der Presse, die Auszahlung der Versicherung und Franks anschließende Zustimmung zum Verkauf, nachdem er sich so viele Jahre gewehrt hatte. All das, zusammen mit dem Verlust seiner Frau und dem Tod von Dax, schien mehr als nur Pech gewesen zu sein.«

Marvin nahm einen weiteren Schluck aus seiner Tasse und betrachtete Coop. »Wenn Sie es so ausdrücken, verstehe ich, was Sie meinen. Ich kann Ihnen nur sagen, dass mir das nie in den Sinn gekommen ist, und ich habe auch nie etwas darüber gehört. Wir waren alle am Boden zerstört wegen Frank und der Firma. Ich weiß, dass Frank sehr krank ist, und ich bin sicher, dass er zu kämpfen hat. Ich sollte mir die Zeit nehmen, ihn zu besuchen. Bevor es zu spät ist.«

»Ich bin sicher, dass er das zu schätzen wüsste.« Coop stand auf und reichte Marvin seine Visitenkarte. »Sie waren sehr hilfreich. Wenn Ihnen noch etwas einfällt, insbesondere im Zusammenhang mit den Unfällen oder dem Brand in Georgia, rufen Sie mich bitte an.«

Marvin stand auf und schüttelte Coop die Hand. »Es ist lange her, aber ich werde noch einmal darüber nachdenken.« Er begleitete Coop zur Tür. »Grüßen Sie Frank von mir, ich werde ihn bald besuchen.«

Coop dankte ihm und ging zum Jeep. Er tippte die Telefonnummer von Penny Robbins ein und hinterließ eine Nachricht auf ihrem Anrufbeantworter. Es war kurz vor Feierabend, und er musste das, was Marvin ihm gesagt hatte, noch ein wenig sacken lassen. Er fuhr zurück auf den Highway und lenkte den Jeep zum Büro, um Gus abzuholen und mit ihm einen Spaziergang im Park zu machen, bevor er nach Hause fuhr.

Gus würde das Herumtollen lieben, und ein Spaziergang an der frischen Luft half auch Coop immer, besser zu denken. Marvin schien ihm ein ehrlicher Kerl zu sein. Sein Bauchgefühl sagte ihm, dass Marvin in nichts Böses verwickelt war, aber er musste über alle Details nachdenken. Er hoffte, dass sich durch die Ablenkung etwas ergeben würde und er den Schlüssel zur Lösung dieses Falles finden würde.

KAPITEL ZWÖLF

Am nächsten Morgen rief Penny Robbins an. Er sprach ein paar Minuten mit ihr und vereinbarte in ihrer Mittagspause ein Treffen in einem Café in der Nähe des Büros. Er fragte sie, ob sie zufällig wüsste, wie man mit Bethany Lewis in Kontakt treten könne, und Penny teilte ihm mit, dass sie jetzt Bethany Hooper hieß und im gleichen Schulbezirk arbeitete. Penny bot an, sich mit ihr in Verbindung zu setzen und sie zu ihm zu schicken, wenn Bethany es einrichten könnte.

Coop aktualisierte Bethanys Daten und belohnte sich dafür, dass er zwei Personen von der Liste streichen konnte, indem er den letzten Rest seines koffeinhaltigen Kaffees trank, den er hätte aufwärmen sollen.

AB war am Telefon beschäftigt, um die ursprünglichen Zeugen des Brandes ausfindig zu machen. Ben hatte aktuelle Informationen darüber besorgt, aber keiner von denen lebte in der Nähe, sodass die Befragung online und am Telefon einige Zeit dauern würde. Coop wollte sie per Video befragen, da Körpersprache und Mimik oft aussagekräftiger waren als Worte.

Coop saß auf der Couch und streichelte Gus, während AB die Telefonate beendete. Als sie aufgelegt hatte, sagte er: »Kannst du dich heute mit dem Büro von Richter Monroe in Verbindung setzen und sehen, ob er mich für eine Anhörung einplanen kann, damit wir Dax auf legalem Wege wieder zum Leben erwecken können? Ich möchte, dass die Sterbeurkunde aufgehoben wird, und zwar so schnell wie möglich und in einem offiziellen Dokument. Stell bitte die Informationen aus der DNS-Analyse, den Berichten der Strafverfolgungsbehörden und der Exhumierungsanordnung für mich zusammen, und ich sorge dafür, dass wir alles erledigt bekommen, wann immer er mich zu einer Anhörung einplanen kann.«

AB kritzelte eine Notiz auf ihren Block. »Ich werde alles zusammensuchen und noch heute Vormittag anrufen.« Sie runzelte die Stirn über das Shirt, das er trug – *Ich bin nur hier, um ein Alibi zu haben.*

Er blickte auf seine Brust und schloss den Reißverschluss seiner Jacke. »So sollte es gehen. Ich verspreche, dass ich die Jacke geschlossen lasse.« AB verdrehte die Augen und ging zurück an ihre Arbeit.

Coop machte sich auf den Weg zum *Mainline Coffee* und bestellte sich einen koffeinfreien Mokka. Er konnte dem freundlichen Lächeln der Frau namens Liz hinter dem Tresen nicht widerstehen, die ihm eine kostenlose Zimtrolle anbot, die er ebenfalls unwiderstehlich fand. Da es elf Uhr und der morgendliche Ansturm vorbei war, hatte er die Wahl unter den Tischen und wählte einen in der Ecke mit Blick auf den Eingang.

Er hatte gerade die Hälfte des Gebäcks gegessen und den ersten Schluck genommen, als er zwei Frauen, die beide

Schlüsselbänder mit Schulausweisen trugen, durch die Tür kommen sah – die eine blond, die andere brünett. Er nahm Blickkontakt mit beiden auf und sagte: »Sie müsst Penny und Bethany sein.«

Sie lächelten und nickten. Er wies ihnen den Weg zum Tresen. »Ich lade Sie ein, meine Damen.« Bei seinem zweiten Besuch war die Barista nicht mehr ganz so freundlich und bot kein kostenloses Gebäck an, als er erklärte, dass er das Mittagessen für die Frauen bezahlte.

Sie bestellten Kaffee und Salat, und nachdem er bezahlt hatte, warteten sie auf ihre Getränke und setzten sich zu ihm an den Tisch. »Vielen Dank, dass Sie sich heute mit mir treffen.« Er konzentrierte sich auf Bethany, deren dunkles Haar von dicken grauen Strähnen durchzogen war. Er schätzte sie auf Mitte fünfzig. »Ich bin Cooper Harrington, und wie Penny wahrscheinlich schon erklärt hat, untersuche ich einen Fall für Frank Covington.«

Er ging seine Litanei von Fragen durch, und sie bestätigten, dass Franks Büro für alle zugänglich gewesen war, aber wie Marvin vermutet hatte, waren sie mehr auf Büroklatsch eingestellt als er. Bethany wiederholte, was die anderen über Huck und Gavin gesagt hatten. »Huck war ein großartiger Chef, der seine Arbeit ernst nahm, aber immer freundlich war. Das änderte sich, als Gavin in unserer Abteilung anfing. Er tat so, als müsste er wegen seiner Mutter Adele nicht besonders hart arbeiten. Nicht jeder hatte die familiäre Verbindung zwischen beiden verstanden, weil sie Adele West hieß und sein Nachname Pierce war. Es dauerte aber nicht lange, bis er zugab, dass sie seine Mutter war. Das war, gelinde gesagt, peinlich.«

Coop sah in seinem Notizbuch nach. »Hat Gavin gute Arbeit geleistet? Was war Ihr Eindruck?«

Bethanys Stirn legte sich in Falten. »Er hatte die

Ausbildung und kannte alle Prozesse, aber er hatte keinen Respekt vor Huck. Er war ein Besserwisser und kam arrogant rüber. Er war der Jüngste dort und dachte, er hätte das Sagen. Huck tat mir leid. Er tat sein Bestes, um Gavin zu tolerieren, und versuchte, ihn in die richtige Richtung zu lenken, aber Gavin hatte die Angewohnheit, Huck zu umgehen und über seine Mutter zu Frank durchzudringen. Huck hatte es satt und suchte nach einem Job, schon bevor Frank beschloss zu verkaufen.«

Coop notierte sich alles. »Frank ist überzeugt, dass hinter den Unfällen auf den Jahrmärkten mehr steckte. Haben Sie eine Idee, dass jemand im Büro versucht haben könnte, *Royal* zu sabotieren? Vielleicht jemand, der mit Red Fulton zusammenarbeitete, um Frank eins auszuwischen?«

Penny hob die Brauen und blickte Bethany mit blassblauen Augen an. Nach einem winzigen Nicken der dunkelhaarigen Frau wandte sie ihre Aufmerksamkeit Coop zu. »Ich bin sicher, es war nichts, aber eines Abends im Dezember, ich erinnere mich wegen der ganzen Dekoration, ging ich mit einer Freundin in die *Oak Bar* im Heremitage Hotel. Normalerweise würde ich dort nicht hingehen, aber sie war geschäftlich in der Stadt und übernachtete dort.« Sie nahm einen langen Schluck aus ihrer Tasse. »Ich habe Adele und Red dort gesehen. Er war Anfang der Woche im Büro gewesen und hatte sich mit Frank getroffen. Damals kam mir das seltsam vor, denn ich wusste, dass Red versuchte, das Geschäft zu kaufen, und Adele war Frank gegenüber immer so loyal, dass dieses Treffen keinen Sinn ergab.«

Coop machte sich weitere Notizen. »Und das war im Dezember? Vor den Unfällen im Frühjahr?«

Sie nickte.

»Haben sie Sie gesehen?«

Penny schüttelte den Kopf. »O nein. Sie standen an der

Seite, und wir waren auf der anderen Seite des Raumes. Sie waren immer noch da, als wir zum Abendessen gingen, und hatten es sich gemütlich gemacht. Ich habe es Bethany gegenüber erwähnt, und wir haben es einfach so abgetan, weil Adele eben Adele ist. Wir hatten immer den Eindruck, dass sie auf der Suche nach einem reichen Mann war, und das hört sich jetzt vielleicht schlimm an, aber ich hatte immer den Eindruck, dass sie mehr sein wollte als nur Franks Sekretärin. Als dann seine Frau starb und sie so schnell heirateten, machte uns das stutzig.«

Coop lehnte sich auf seinem Stuhl zurück. »Glauben Sie, dass die beiden eine Affäre hatten, bevor Laura Beth starb?«

Pennys Kinnlade straffte sich und sie zuckte mit den Schultern. »Ich habe nie gesehen, dass Frank sich unprofessionell verhalten hat. Es war nur ein Gefühl, eine Ahnung, dass Adele nach mehr suchte. Wie eine schnurrende Katze, die sich an einem reibt.«

Bethany nickte. »Sie war eine dieser charmanten, zierlichen Frauen, die gerne den Dummen und Unschuldigen spielten, wenn es ihnen nützt. Sie stellte sich über uns alle, als ob sie etwas Besonderes wäre, weil sie Franks Sekretärin war. Ich glaube, unter dem süßen blonden Haar und dem süßen Gesicht war sie gerissen.«

Penny stocherte mit der Gabel im Salat. »Nachdem Frank seine Frau verloren hatte, sprang sie sofort ein und kümmerte sich um ihn und Lindsay. Es war keine große Überraschung, als sie ankündigten, dass sie heiraten würden.«

Bethany kicherte. »Das Einzige, was uns schockiert hat, war, dass sie so kurz nach Dax' Tod heirateten. Es war so tragisch, und Frank war wie ein leerer Mann, der einfach nur sein Leben weiterführen wollte. Ich bin mir nicht sicher, ob er überhaupt realisiert hatte, was passiert war. Er hat uns allen so leidgetan.«

Coop nickte. »Ich kann mir nicht vorstellen, wie man zwei so tiefe Verluste verwinden kann. Sie erwähnten Dax. Erzählen Sie mir, woran Sie sich an diesem Arbeitstag erinnern. Hat jemand an diesem Tag gefehlt? Wie haben alle reagiert?«

Bethany schüttelte den Kopf. »Ich habe es am nächsten Morgen in der Zeitung gelesen. Es geschah, nachdem wir alle die Arbeit verlassen hatten. Ich weiß noch, wie ich an diesem Morgen zur Arbeit ging und überlegte, was ich zu Frank sagen sollte. Alle fühlten sich schrecklich, wir standen alle unter Schock. Niemand wusste, dass Dax in Rex' Abteilung arbeitete. Es war unfassbar.«

Penny nickte. »Wir waren alle krank vor Sorgen. Jeder hat Essen organisiert, um es zu Frank nach Hause zu bringen, und wir haben uns alle Sorgen um ihn und die arme kleine Lindsay gemacht. Das war kaum zu ertragen.«

»Erinnern Sie sich bitte an diesen Morgen und den Tag davor«, sagte Coop und tippte mit seinem Stift auf seinen Notizblock. »Hat jemand bei der Arbeit gefehlt?«

Ihre Stirnen legten sich in Falten, während sie nachdachten. Nach ein paar Minuten ergriff Bethany das Wort: »Ich weiß, dass Huck da war und alle Angestellten in unserem Büro, denn ich erinnere mich, dass ich mit dem Anmeldebogen für das Essen herumging. Ich glaube, dass Gavin nicht bei der Arbeit war, weil ich mich daran erinnere, dass ich an seinem Büro vorbeiging und dachte, dass es kein großer Verlust war, da man sich sowieso nicht auf ihn verlassen konnte, wenn es um eine Mahlzeit ging. Ich glaube, er war unterwegs und besuchte ein paar Baustellen. Huck schickte ihn manchmal los, um die Kassen und die Buchführung an den Einlasskontrollen zu überprüfen. Eine

Art Überraschungsinspektion.« Sie lachte und fügte hinzu: »Ich glaube, er tat das hauptsächlich, um Gavin aus dem Weg zu haben.«

Penny lächelte. »Ich weiß, dass Marvin dort war. Er war damals verheiratet und sagte, er und seine Frau würden der Familie eine Mahlzeit bringen. Adele war auf jeden Fall da, huschte rein und raus und tat so, als würde sie Frank vertreten, obwohl wir in Wirklichkeit alle unsere Arbeit wie immer machten. Frank hatte sich zu Hause ein paar Tage frei genommen, deshalb war er am nächsten Tag nicht da. Er kam erst nach der Beerdigung zurück.«

»Wurde jemals erwähnt, dass das Feuer, bei dem Dax ums Leben kam, kein Unfall gewesen wäre?«

Sie keuchten beide. Bethany schüttelte den Kopf. »Ach du meine Güte. Wollen Sie damit sagen, dass jemand Dax getötet hat?«

Coop hielt seinen Blick auf die beiden gerichtet. »Ich sage nichts, ich stelle nur Fragen.«

»Armer Frank«, sagte Penny und starrte ihn mit weit geöffneten Augen an.

Bethany nahm einen Schluck von ihrem Kaffee und schüttelte dann den Kopf. »Ich habe nie etwas Derartiges über das Feuer gehört. Ich wusste nicht, dass Frank so etwas vermutete. Es hat uns alle sehr getroffen, dass er einen weiteren Verlust erleiden musste, obwohl er Dax so sehr geliebt hat.«

Coop tippte auf den Rand seines Notizblocks. »Zurück zu Adele. Hat jemand sie zu einem anderen Zeitpunkt mit Red gesehen? War sie überhaupt an den Verhandlungen über den Verkauf von *Royal* beteiligt?«

Penny schüttelte den Kopf. »Ich habe sie nur dieses eine Mal gesehen, weshalb es mir seltsam vorkam, überhaupt etwas zu sagen. Es war wahrscheinlich nur ein freundschaftlicher Feiertagsdrink oder etwas Unschuldiges.«

Bethany stieß einen Seufzer aus. »Ich weiß, dass Frank an den Verhandlungen über den Verkauf beteiligt war. Huck war zu dem Zeitpunkt schon weg, und Gavin hat geholfen, aber ehrlich gesagt waren es keine großen Verhandlungen. Frank wollte aussteigen und Red stand in den Startlöchern und wartete. Wenn ich mich recht erinnere, stellten wir einige Informationen aus den Bilanzen und Cashflows zusammen, Red prüfte sie und machte ein Angebot. Ich weiß, dass es niedriger war als das, was wir für richtig hielten, aber Frank hat sich nicht dagegen gesträubt.«

Coop nickte und wandte sich an Penny. »Basierend auf Bethanys Erinnerung, dass Frank an der Vereinbarung beteiligt war und nicht Adele, glauben Sie, dass sie mit Red gemeinsame Sache gemacht hat, um ihm beim Kauf der Firma zu helfen? Ich versuche nur, zum Kern der Sache vorzudringen und zu sehen, ob was dahinterstecken könnte.«

Penny biss die Zähne zusammen. »Ich weiß es ehrlich gesagt nicht. Ich würde nicht denken, dass ein Treffen in der Bar auf eine geheime Absprache hindeutet.«

Bethany schüttelte den Kopf. »Sie war nicht übermäßig in den Verkauf involviert. Sie war nur eine Vermittlerin, wenn wir Frank Dokumente vorlegen mussten und er nicht im Büro war. Gavin war die Person, die am meisten mit Frank zu tun hatte. Die Angestellten und ich bereiteten nur Berichte vor. Natürlich war Franks Anwalt involviert.«

Coop warf einen Blick auf seine Notizen. »Weiß eine von Ihnen mehr über Alice, die dort mit Ihnen gearbeitet hat, Bethany, glaube ich? Ihren Nachnamen und wo sie jetzt lebt?«

Bethany setzte ihre Tasse ab. »Alice war eine nette junge

Frau, gerade von der Highschool, und es war ihr erster Job.« Sie holte ihr Handy aus der Handtasche und scrollte durch die Kontakte. »Sie ist jetzt verheiratet und heißt Alice Bartlett. Sie lebt in Texas, aber ich habe ihre Telefonnummer.« Sie gab Coop die Nummer. »Ich sehe sie nicht oft, aber wir schicken uns Weihnachtskarten. Sie sollten sie nach Gavin fragen.«

Coop fügte die Nummer in seinen Notizblock ein. »Gut, okay. Ich glaube, ich hab's. Ich weiß es zu schätzen, dass Sie sich die Zeit genommen haben, mit mir zu reden.« Coop reichte ihnen seine Karte. »Wenn Ihnen noch etwas einfällt oder Sie denken, dass etwas wichtig sein könnte, egal wie klein, rufen Sie mich bitte an.«

Er griff nach seiner Tasse und stand auf. Bethany zeigte auf ihn und grinste. »Sieht aus, als hätten Sie eine Verehrerin. Die Barista hat Ihnen ihre Telefonnummer auf Ihre Tasse geschrieben.«

Coop drehte sie um, und tatsächlich hatte Liz eine Telefonnummer und ihren Namen mit einem kleinen Herz darüber hinzugefügt. Er schüttelte den Kopf. »Ich habe es gar nicht bemerkt.«

Er ging zur Tür und hoffte, den Blickkontakt mit Liz zu vermeiden. Er fragte sich, wie oft die Masche funktionierte. Er liebte Kaffee, aber er war nicht auf ein Date mit einer Barista aus, schon gar nicht mit einer, die, wie er vermutete, mehr als ein Jahrzehnt jünger war. Er hatte seine Lektion im vergangenen Jahr mit Shelby gelernt.

KAPITEL DREIZEHN

Als Coop ins Büro zurückkam, hatte AB Videogespräche mit zwei Zeugen aus den Polizeiberichten in Georgia organisiert. Bei der Suche nach den anderen hatte sie noch kein Glück gehabt. Beide Termine waren für den späteren Nachmittag angesetzt, sodass Coop Zeit für ein kurzes Mittagessen hatte.

Tante Camille hatte Suppe und frisches Brot vorbeigebracht, während er sich mit Penny und Bethany getroffen hatte. Coop bediente sich mit einer Schüssel der Hühner-Reis-Suppe und einem Stück Brot, während er seine Notizen von der Besprechung durchging. Er kreiste den Hinweis ein, dass Gavin am Tag nach dem Brand nicht zur Arbeit erschienen war.

Als er in der Küche fertig war, kam er an ABs Schreibtisch vorbei. Sie hielt Franks Nachlassakte hoch. »Ich werde das heute fertigstellen. Wenn du morgen Zeit hast, sie durchzusehen, werde ich ihm einen Termin geben, damit er am Freitag kommt und den Papierkram unterschreibt.«

Coop nickte. »Großartig, ich werde dafür sorgen, dass es

klappt. Ich weiß, dass er sich Sorgen macht, also ruf ihn ruhig an! Dann wird er sich besser fühlen. Bis dahin sollte ich auch Neuigkeiten über die Exhumierung haben.«

Er gab AB die Notiz über Alice und bat sie, so schnell wie möglich ein weiteres Videogespräch mit ihr zu vereinbaren. Während er auf seine erste Videobefragung wartete, rief er Dalton Jennings an. Franks Anwalt hatte die Kanzlei seines Vaters Alistair Jennings übernommen, als dieser vor einigen Jahren gestorben war. Er wartete nur ein paar Minuten, bis Dalton sich meldete.

»Mr. Harrington, Frank ließ uns wissen, dass Sie anrufen würden. Wie kann ich Ihnen helfen?«

»Ich weiß, dass es weit hergeholt ist, aber ich frage mich, ob Sie irgendwelche Unterlagen aus der Zeit haben, als Ihr Vater vor fünfundzwanzig Jahren bei den Verhandlungen über den Verkauf von *Royal Amusement* geholfen hat. Ich recherchiere gerade die alten Unfälle, die in dem Unternehmen passiert sind, und dachte, Sie hätten vielleicht ein paar Akten, die ich durchsehen könnte. Da Ihr Vater tot ist, war ich mir nicht sicher, ob es jemanden gibt, mit dem ich reden kann und der sich vielleicht erinnert.« Das Klicken von Tastaturtasten ertönte durch das Telefon. Wenige Augenblicke später sagte Dalton: »Alles, was ich im Moment in unseren alten Akten finde, ist der Ehevertrag, den Dad für Franks Ehe mit Adele gefertigt hat.«

»Der ist etwas, das ich auch brauchen werde. Könnten Sie mir den an mein Büro mailen?«

»Sicher, und lassen Sie mich ein bisschen graben. Dad wäre eine großartige Quelle gewesen, und ich weiß nicht, ob er jemanden hatte, der ihn dabei unterstützt hat. Er hat akribische Notizen und Aufzeichnungen zu all seinen Akten geführt, und sofern wir sie noch haben, wären sie der beste Anfang. Ich fürchte, alle aus Dads Zeit sind nicht mehr da.

Ich werde mich darum kümmern und alles, was wir haben, für Sie zusammensuchen und an Ihr Büro schicken. Ist das in Ordnung?«

Coop bedankte sich, legte den Hörer auf und starrte Gus an, der auf dem Ledersessel lag, die Beine in der Luft und den Mund teilweise geöffnet, sodass seine rosa Zunge seitlich heraushing, während er schlief. Coop beneidete ihn um seine Fähigkeit, sich völlig zu entspannen und überall schlafen zu können.

Nach einem Blick auf die Notizen, die AB über den ersten Befragten, Buster Riggs, angefertigt hatte, startete Coop den Videoanruf. Buster war zum Zeitpunkt des Vorfalls ein junger Schausteller gewesen. Er war am Brandort gewesen und hatte den Notruf gewählt.

Wenige Augenblicke später erschien auf dem Bildschirm das Gesicht eines Mannes, von dem Coop wusste, dass er ungefähr so alt war wie er, aber die tiefen Falten in seinem Gesicht, die schweren Tränensäcke unter seinen Augen und die eingefallenen Wangen ließen ihn älter erscheinen. Buster war ein Arbeiter auf dem Jahrmarkt gewesen, der manchmal auch einige der Spiele bediente, bei denen die Besucher Münzen oder Bälle werfen mussten, um Preise zu gewinnen. Zurzeit arbeitete er in einer Reifenwerkstatt in Nebraska.

Coop erklärte ihm, dass es um den Brand ging. »Sie waren einer der Ersten vor Ort. Haben Sie zufällig jemanden gesehen, der sich an diesem Tag auf dem Gelände herumgetrieben hat? Jemanden, der neu war oder nicht dazugehörte?«

Buster schüttelte den Kopf. »Nein, ich bin nur in diese Richtung gelaufen und habe die Explosion gesehen. Gott sei

Dank war ich nicht in der Nähe. Ich rannte hinauf und hoffte, dass Johnny nicht drinnen war, aber als ich ihn nirgends sah, wusste ich es irgendwie. Es war furchtbar.« Buster seufzte. »Dann hörten wir alle, dass Johnny der Sohn von Frank Covington gewesen war, und konnten es nicht glauben.«

Coop hörte ihm zu und fragte dann: »Es gibt neue Beweise, die darauf hindeuten, dass das Feuer vorsätzlich gelegt wurde. Fällt Ihnen jemand ein, der vielleicht einen Groll gegen Johnny hegte oder wusste, dass er Dax Covington war?«

Buster schüttelte den Kopf. »Wow, das ist ja furchtbar. Wir haben alle angenommen, dass es ein Unfall war. Irgendetwas mit der Zündflamme. Johnny, äh, ich meine, Dax hat geraucht, und als es hieß, dass die Explosion durch ein Propanleck verursacht worden war, ergab das einen gewissen Sinn. Es war für alle ein schwerer Schlag. Wir alle haben ihn gemocht. Er war ein netter Junge. Alle waren schockiert, dass er ein Covington gewesen war. Ich weiß noch, dass Rex ganz außer sich war. Er hatte ja keine Ahnung. Ich bin nie jemandem begegnet, der vermutet hat, dass Johnny jemand anderes als Johnny gewesen war.«

Coop befragte ihn zu den Gewohnheiten der Leute, die auf dem Jahrmarkt gearbeitet hatten, und zu den Arbeitern, deren Wohnwagen in der Nähe von Dax' Wohnwagen gestanden hatte. Aus den Fotos und Skizzen in den Ermittlungsakten ging hervor, dass Dax' Wohnwagen nicht inmitten der anderen stand, sondern seitlich von den anderen Zelten und Wohnwagen abgestellt worden war. Ein Glücksfall für sie alle. Das bedeutete auch, dass sich jemand unbemerkt in das Wohnmobil geschlichen und sich am Propangas zu schaffen gemacht haben könnte.

Buster hatte nicht viel hinzuzufügen, stimmte aber zu,

dass es relativ einfach gewesen wäre, die Zündflamme zu löschen und das Wohnmobil mit Propan zu füllen. Er schüttelte den Kopf und fügte hinzu: »Ich hoffe, Sie finden den, der das getan hat. Ich weiß, dass viele uns Schausteller verurteilen und uns für Abschaum halten, aber ich bin sicher, dass niemand, der dort gearbeitet hat, so etwas getan hätte.«

Coop tippte mit seinem Stift auf sein Notizbuch. »Erinnern Sie sich, ob jemand, der dort gearbeitet hat, nach dem Brand abgehauen ist? Hat jemand den Jahrmarkt direkt nach diesem Tag verlassen?«

Buster runzelte die Stirn. »Mann, das ist schon lange her. Gelegenheitsarbeiter gingen ein und aus, also war es nichts, was Aufmerksamkeit erregt hätte. Ich schätze, es ist möglich, aber es fällt mir niemand ein. Wir waren alle ziemlich erschüttert darüber, also denke ich, dass jemand etwas gesagt hätte, wenn jemand einfach verschwunden wäre.«

Coop nickte. »Haben Sie noch Kontakt zu jemandem aus dieser Zeit? Fällt Ihnen jemand ein, der dort gearbeitet hat, mit dem ich reden sollte und der vielleicht weitere Informationen haben könnte?«

Buster schüttelte den Kopf. »Nein, ich bin nicht lange geblieben, nachdem Frank den Laden verkauft hatte. Es war nicht mehr dasselbe, nachdem wir von *Big Top* übernommen worden waren. Rex wäre der Einzige, der mir einfallen würde, aber der ist jetzt schon ziemlich alt, und ich habe keine Ahnung, wo er ist.«

Coop erzählte ihm, dass Rex verstorben war, und dankte ihm für seine Zeit. Bevor Coop die Videoverbindung unterbrach, gab er Buster seine Kontaktdaten und sagte ihm, er solle ihn anrufen, wenn ihm etwas einfiele.

Coop hatte Zeit für eine Kekspause, bevor er Dale Pressman befragen musste. Während er auf einem der Kekse von Tante Camille kaute, ging er zu ABs Schreibtisch. Sie reichte ihm mit einem Lächeln Franks Nachlassakte. »Alles fertig und bereit für dich zur Durchsicht. Er kommt am Freitag um elf Uhr zu uns. Frank ist ein sehr ehrenwerter Mann. Trotz ihres Ehevertrags hat er sich gegenüber Adele und Gavin sehr großzügig gezeigt.«

»Ja, so etwas wie Frank gibt es heute nur noch selten. Ich sehe mir das heute Abend mal an. Kannst du mal *Big Top* kontaktieren und nachsehen, ob sie zufällig irgendwelche Unterlagen zu den Angestellten aus der Zeit haben, als sie *Royal Amusement* übernommen haben? Ich weiß, dass es weit hergeholt ist, aber ich würde mir in den Hintern treten, wenn ich es nicht wenigstens versuchen würde. Unsere Zeugenliste wird dadurch zwar riesig, aber vielleicht finden wir so jemanden, der etwas von dem Tag des Brandes weiß.«

AB nickte und sagte: »Ich kümmere mich darum.«

Coop nahm Franks Akte und ging zurück in sein Büro, wo Gus immer noch schlief, dem es wenigstens gelang, ein Auge zu öffnen, um sich zu vergewissern, dass kein Hundeleckerli zur Debatte stand, bevor er es wieder schloss.

Coop sah sich die Akte von Dale Pressman an, der ihm aufgefallen war, weil er beim *Swing-n-Shake* gearbeitet hatte, einem der gefährlicheren Fahrgeschäfte, die in den tödlichen Unfall auf einem anderen Jahrmarkt verwickelt gewesen waren. Er war jetzt Mechaniker, besaß eine eigene Autowerkstatt und lebte in Utah. Aus seiner Akte ging hervor, dass er nicht in der Nähe geblieben war, um für *Big Top* zu arbeiten, sondern stattdessen einen Job in einer Autowerkstatt im ländlichen Kentucky angenommen hatte, wo er aufgewachsen war und Familie hatte.

Coop rief Dale an und stellte sich vor. Der Mann trug ein blaues Mechanikerhemd, auf dessen Brusttasche sein Name aufgestickt war. Dale hatte eine Glatze, und ein Blick in seine Akte verriet Coop, dass er fünfzig Jahre alt war.

Coop ging die grundlegenden Fragen durch, die er allen gestellt hatte, und als er die Unfälle und die Fälschung der Wartungsunterlagen erwähnte, nickte Dale. »Das ist interessant, denn die Wartung war bei *Royal* immer eine große Sache gewesen. Es wurde uns eingebläut, alles zu überprüfen und im Zweifelsfall verschlissene Teile zu ersetzen. Kurz vor diesen Unfällen haben sich die Dinge ein wenig verschoben. Rex war frustriert. Er sagte, dass aus der Hauptgeschäftsstelle, also aus der Unternehmenszentrale in Nashville, unterschiedliche Anweisungen gekommen wären. Er sagte nicht viel, aber er erzählte mir, dass sie den Gürtel enger schnallen müssten und wollten, dass wir kein Geld für unnötige Teile und Wartungen verschwenden. Sie wollten aus allem so viel wie möglich herausholen. Rex und ich waren uns einig, dass wir so weitermachen würden wie bisher, um den gleichen guten Standard beibehalten zu können. Wartung ist der Schlüssel zur Langlebigkeit der Dinge, also ergab es keinen Sinn, zu knausern, aber Rex war es leid, zu streiten. Er griff in seine eigene Tasche oder schöpfte manchmal einfach das Geld aus den Konzessionen ab, um sicherzustellen, dass wir alle benötigten Teile kaufen konnten.«

Coop kritzelte in sein Notizbuch. »Wurden Sie jemals aufgefordert, die Wartungsunterlagen zu fälschen?«

Dale schnitt eine Grimasse. »Rex sagte, man hätte ihm gesagt, er sollte nur die normalen Wartungsarbeiten auf unseren Protokollen abhaken, aber seine Prämie wäre daran gebunden, dass diese Kosten niedrig gehalten würden. Also, nicht mit so vielen Worten, aber Rex weigerte sich trotzdem. Er wollte, dass alle Wartungsarbeiten wie üblich durchgeführt werden. Wir konnten nur nicht zeigen, dass wir Geld für die Wartung ausgeben.« Dale lachte. »Ich glaube, ihm gefiel die Idee, die Erbsenzähler zu überlisten. Er sagte immer, sie hielten sich für so schlau und wir wären nur ein Haufen ungebildeter Arbeiter. Wenn wir einen guten Abend hatten, kaufte er einen Haufen Ersatzteile, die wir immer brauchten. Mit den Eintrittskarten selbst konnte er das nicht machen, da es bei ihnen eine strenge Buchführung gab, aber die Konzessionen wurden alle in bar gezahlt, und wir hielten die Möglichkeit, erwischt zu werden, gering. Er machte das schon lange genug, er wusste, wie er die Ausgaben pro Person im Rahmen des Durchschnitts halten konnte. Er war ein kluger Mann. Ein netter Kerl. Ein guter Kerl.«

Coop fügte weitere Notizen hinzu. »Hat Rex jemals verraten, wer ihm gesagt hat, er sollte den Unterhalt kürzen? War es Frank?«

Dale schüttelte den Kopf. »Das hat er nie gesagt. Er hat eigentlich nie viel über die Leitung gesagt. Es handelte sich um eine neue Anweisung, und als dann diese Unfälle passierten, war Rex sogar noch unnachgiebiger, dass wir so weitermachen würden und die Dinge korrekt warteten. Wir waren die größte Abteilung und hatten das größte Risiko eines Unfalls, und er wollte nicht, dass das unter seiner Aufsicht passierte.«

Coop nickte. »Hat Rex noch jemanden in seinen Plan verwickelt, die Dinge so weiterlaufen zu lassen wie bisher und sozusagen Geld von einer Hand in die andere zu leiten?«

Dale zuckte mit den Schultern: »Das glaube ich nicht. Rex hat mir vertraut, und ich war schon damals gut darin, Dinge zu reparieren. Ich überwachte die Wartung aller großen Fahrgeschäfte und sagte nie ein Wort zu irgendjemandem. Für meine Leute änderte sich nichts. Ich bin mir sicher, dass Rex nicht wollte, dass sich das herumspricht, und er wusste, dass er mir vertrauen konnte.

Ich hatte den Ruf, hart zu arbeiten, den Kopf unten zu halten und meine Nase aus jedem Klatsch und Tratsch herauszuhalten. Ich war nicht sehr gesellig.«

»Hat jemand von der Zentrale die Dinge inspiziert oder die Kassenbuchführung überprüft?«

Dales Stirn legte sich in Falten. »Nicht, dass ich wüsste, aber ich bin mir nicht sicher, ob ich das bemerkt hätte. Ich habe mich an meinen Bereich gehalten. Ich weiß, dass Rex vorhatte, Frank aufzusuchen, wenn wir wieder in Nashville wären, besonders nach den Unfällen. Er wollte mit ihm persönlich sprechen und ihm seine Bedenken über die Politik mitteilen.«

Coop stellte noch ein paar Fragen über Dax, und wie Buster hatte auch Dale keine Ahnung, dass der junge Mann, der sich als Johnny ausgegeben hatte, zur Covington-Familie gehört hatte. Er hatte niemanden gesehen, der nicht zur Familie gehörte, gab aber zu, dass er sich auf den Aufbau der Fahrgeschäfte konzentriert und immer lange gearbeitet hatte. Er bestätigte, wie einfach es gewesen wäre, die Zündflamme zu manipulieren und das Wohnmobil mit Propan zu befüllen, und wie wenig Zeit dies in Anspruch genommen hätte. »Sobald es mit Gas gefüllt wäre, brauchte es nur noch einen Funken und dann … Kawumm.«

Coop dankte ihm für seine Zeit und erinnerte ihn daran, sich zu melden, wenn ihm noch etwas einfiele, das hilfreich sein könnte.

Während Coop seine Notizen studierte, kam AB in sein Büro, einen Keks für sich und einen weiteren für ihn in der Hand. Sie ließ sich auf den Stuhl sinken und schlug die Beine übereinander, während sie ein Stück von ihrem Keks abbrach. »Schlechte Nachrichten über *Big Top*. Sie haben keine Aufzeichnungen, die so weit zurückreichen. Die Dame, mit der ich gesprochen habe, hat nur gekichert und so getan, als wäre ich gerade vom Rübenlaster gefallen, um so etwas überhaupt zu fragen. Sie erklärte mir höflich, dass sie keine Unterlagen aufbewahren, die so weit zurückreichen, und dass niemand, der heute im Unternehmen arbeitet, vor fünfundzwanzig Jahren für sie gearbeitet hat und mir helfen könnte. Sie schlug mir vor, das Internet zu nutzen, und legte auf.«

»Wusste sie, dass du für einen Privatdetektiv arbeitest?«

AB warf ihren Kopf zurück und lachte. »Natürlich nicht. Sie hält mich für eine Journalistin, die sich mit dem Leben der Schausteller und der Geschichte des Jahrmarkts beschäftigt.«

Er grinste. »Dumm von mir, zu fragen. Du bist eine so überzeugende Lügnerin, dass es manchmal beängstigend ist. Gute Arbeit!« Er aß seinen Keks und informierte sie darüber, was er bei den beiden Befragungen erfahren hatte. »Wir müssen mit Huck sprechen. Er wird am meisten über die von Dale erwähnten geschäftlichen Aspekte wissen. Außerdem möchte ich noch einmal mit Frank sprechen. Er hat nie erwähnt, dass Rex mit ihm über die Unfälle oder die Anweisung der Firma gesprochen hat.«

AB wischte sich die Kekskrümel von den Fingern. »Ich habe noch einmal angerufen und eine Nachricht hinterlassen. Vielleicht ist er verreist?«

»Wir müssen ihn ausfindig machen und sehen, ob wir Verwandte oder etwas anderes finden, das uns helfen könnte, ihn zu finden.«

Sie erhob sich vom Stuhl. »Ich werde mich gleich morgen früh darum kümmern. Ich habe auch Alice erreicht, und sie ist bereit, sich heute Abend mit dir zu unterhalten. Ich habe ihr einen Link für einen Videoanruf geschickt. Um sechs Uhr unserer Zeit passt es ihr am besten. Wir sehen uns morgen.« Sie streckte die Hand aus, um Gus' Nase zu streicheln, bevor sie ging.

»Danke, AB. Schönen Abend noch.« Coop packte die Nachlassakte und sein Notizbuch in seine Lederaktentasche, schloss das Büro ab und lud Gus in den Jeep.

Coop hatte vor seinem Telefonat mit Alice noch Zeit für einen schnellen Happen. Er überließ es Gus, Tante Camille und seinem Vater zu helfen, das Geschirr zu säubern. Wie immer stand er am Abend neben der Spülmaschine und schleckte die letzten Essensreste von den Tellern. Tante Camille war normalerweise sehr nachsichtig, wenn es darum ging, ihm ein paar Extrabissen von dem Fleisch zu geben, das sie zum Abendessen hatten. Da er sich auf den Stapel Teller konzentrierte, bemerkte Gus nicht einmal, wie Coop den Raum verließ.

Coop ließ sich an seinem Schreibtisch nieder, stellte die Verbindung her und wartete darauf, dass Alice dem Gespräch beitrat, während er die von AB vorbereitete Akte durchging. Alice lebte außerhalb von Dallas und war Buchhalterin. Nach ein paar Minuten tauchte sie auf dem Bildschirm auf. »Hey, Alice, danke, dass Sie mich heute Abend noch reinquetschen konnten.«

Sie lächelte und sagte: »Kein Problem. Ich helfe gerne.«

Coop erläuterte seine Ermittlungen und erklärte, dass er die Unfälle und das Feuer auf dem Jahrmarkt untersuchte, bei dem Franks Sohn ums Leben gekommen war. Alice nickte, während er sprach.

»Ich erinnere mich an den Morgen, als ich zur Arbeit kam. Der Tag nach dem Brand. Es war einfach furchtbar. Alle waren so aufgeregt und besorgt.«

Coop stellte viele der Fragen, die er auch Bethany und Penny gestellt hatte, und Alice bestätigte deren Erinnerungen. Sie hatte bei der Lohnabrechnung geholfen und wusste nicht viel über die Wartungsunterlagen, erinnerte sich aber auch daran, dass Gavin am Morgen nach dem Brand nicht im Büro war.

Coop nickte und sagte: »Bethany dachte, Sie könnten mir vielleicht mehr über Gavin erzählen.«

Ihr Lächeln verblasste. »Er machte es einem nicht leicht, dort zu arbeiten.« Sie seufzte und fuhr fort: »Es war mein erster richtiger Job, und ich wollte alles richtig machen, um einen guten Eindruck zu hinterlassen. Er kam in mein Büro, und ich merkte nicht einmal, dass er da war, bis ich ein komisches Gefühl im Nacken hatte. Er war unheimlich und machte immer anzügliche Bemerkungen über meine Kleidung oder mein Haar. Ich habe ihn einfach ignoriert, weil ich keine Probleme verursachen wollte.«

Coop runzelte die Stirn, während er sich eine Notiz machte. »Ging es darüber hinaus, dass er mit Ihnen sprach und Sie belästigte?«

Sie zuckte mit den Schultern. »Nicht wirklich. Manchmal legte er seinen Kopf direkt auf meine Schulter, während ich arbeitete, und lachte, als ob das lustig wäre. Er hat mich ständig gefragt, ob ich mit ihm ausgehen würde, und ich habe immer Nein gesagt oder dass meine Eltern mir nicht erlauben, mit älteren Männern auszugehen. In Wirklichkeit war er wohl nur etwa vier Jahre älter, aber er war mir unheimlich.«

»Haben Sie es Mr. Covington gesagt?«

Sie schüttelte den Kopf. »Nein, ich wollte keine Probleme verursachen und brauchte den Job. Es war mir peinlich, überhaupt darüber zu reden. Gavins Mutter arbeitete dort, und sie war Franks Assistentin. Ich wollte kein Aufsehen erregen.«

Coop erinnerte sich daran, wie die Dinge damals funktionierten. Es war üblich, dass Frauen, insbesondere junge Frauen, die neu im Berufsleben standen, unerwünschte Annäherungsversuche hinnehmen mussten.

Sie fügte hinzu: »Eines Tages erzählte ich Bethany davon, aber das war kurz bevor das Unternehmen verkauft wurde. Da war nicht mehr viel zu machen. Ich wollte nicht mehr mit Gavin zusammenarbeiten und musste mir sowieso einen neuen Job suchen. Sie war der Meinung, dass es zu diesem Zeitpunkt keine Rolle mehr spielen würde, und es gab bereits so viel Chaos, dass es keinen Sinn ergab, Frank wegen etwas Belanglosem zu nerven, wenn er gerade seinen Sohn verloren hatte.«

»Offensichtlich hat Gavin einen negativen Eindruck bei Ihnen hinterlassen. Hatten Sie, abgesehen von diesen unangemessenen Interaktionen, eine Meinung zu seiner Arbeit oder seinen Methoden? Haben Sie direkt für ihn gearbeitet?«

»Ich habe nichts direkt für ihn getan, aber ich hatte auch keine hohe Meinung von seiner Arbeit. Er war faul und von sich selbst beeindruckt, sagte immer etwas über seinen Abschluss und wie klug er wäre. Er war unsympathisch. Alle dachten, er hätte den Job nur wegen seiner Mutter. Ich glaube, nicht einmal Huck mochte ihn.«

Er stellte ihr noch ein paar Fragen über die Geschäftsstelle, aber ihr Wissen beschränkte sich auf die Gehaltsabrechnung und nichts über den gesamten Betrieb. Sie sagte ihm, dass Huck die Person gewesen wäre, die all diese Fragen hätten beantworten können. »Er kannte den Kontenplan, die Einnahmen und die Ausgaben auswendig. Er war gut in seinem Job. Als ich die Schule besuchte, um

Buchhalterin zu werden, dachte ich oft an Huck. Er war ein Naturtalent.«

Coop bedankte sich bei ihr und bat sie, sich zu melden, falls ihr noch etwas einfiele, bevor er die Verbindung beendete.

Er starrte auf seine Notizen und kreuzte Gavins Namen an. Nicht, dass es ein Verbrechen wäre, ein Dreckskerl und ein verachtenswerter Mensch zu sein, aber Alice' Aussage trug zu dem hässlichen Bild bei, das sich von Gavins Charakter abzeichnete.

KAPITEL VIERZEHN

Der Donnerstag war voller Frustrationen, als AB die beiden Töchter von Huck ausfindig machen konnte, die in der Gegend wohnten, aber nur mit Mailboxnachrichten begrüßt wurde, als sie die Nummern anrief, die sie gefunden hatte.

Coop verbrachte den größten Teil des Tages damit, die Informationen zu verarbeiten, die er bei seinen Gesprächen und Recherchen erhalten hatte. Das Gespräch mit Penny und Bethany hatte weitere Fragen an Gavin und sein Fernbleiben von der Arbeit am Morgen nach dem Brand aufgeworfen. Wenn er unterwegs gewesen war, um die anderen Jahrmärkte zu besuchen, wäre es hilfreich zu wissen, wo und welche. Alice' Erinnerungen bezogen sich eher auf Gavins Charakter im Allgemeinen als auf eine bestimmte Aktion im Zusammenhang mit dem Brand. AB schauderte, als er Alice' Aussage wiederholte. »Ich wusste vom ersten Tag an, dass er ein Schwein ist. Männer wie er machen Jagd auf Unschuldige wie Alice.«

Pennys Enthüllung, dass sie Adele mit Red gesehen hat,

war ein weiterer Punkt, der näher untersucht werden musste. Das wäre noch so eine heikle Angelegenheit. Er und AB überlegten und beschlossen, dass es am besten war, mit Frank zu sprechen, wenn er morgen kam, um die Nachlasspapiere zu unterschreiben. Coop wollte, dass er informiert war, bevor er sich mit Adele näher beschäftigte.

Durch die Gespräche mit Buster und Dale wurde Dax' Theorie über die Unfälle noch glaubwürdiger. Auch wenn es immer noch keine physischen Beweise für einen Zusammenhang zwischen den Unfällen und dem Feuer gab, war es schwer, dies als Zufall abzutun. Dax verdiente es zu wissen, dass sie seine Erkenntnisse bestätigten. Am späten Nachmittag kam AB mit einem Lächeln durch die Bürotür von Coop. »Gute Nachrichten. Richter Monroe kann dich morgen als Erstes einplanen. Du musst das Frühstück abkürzen oder früher gehen.« Sie reichte ihm die Akte, die sie für die Anhörung vorbereitet hatte.

»Danke, AB. Das ist toll. Ich werde dir dein Frühstück vorbeibringen, bevor ich zum Gericht fahre.« Er zwinkerte, als er und Gus zur Hintertür hinausgingen.

Am Freitagmorgen verrührte Coop gerade den Zucker in seiner Tasse Kaffee, als Ben kurz nach sechs Uhr durch die Tür von *Peg's Pancakes* kam. Er pfiff, als er Coop in Anzug und Krawatte sah. »Ah, meinst du, dass Richter Monroe das *Zählt Zuspätkommen als Sport?* auf deinem T-Shirt nicht zu schätzen weiß?«

Coop wies den Humor seines alten Freundes mit einer Handbewegung zurück. Nachdem sie Bens Tasse gefüllt hatte, setzte Myrtle ihren Stift auf ihren Bestellblock. »Blaubeerwaffeln und Pfannkuchen sind heute im Angebot.

Es gibt sie mit Eiern und Speck, falls ihr daran interessiert seid.«

Beide nahmen ihren Vorschlag an. Ben lehnte sich an die Rückwand der Bank. Ben schob einen Ordner über den Tisch. »So, die Exhumierung ist abgeschlossen. Ich habe die Unterlagen gestern Abend an dein Büro gefaxt, aber ich war mir nicht sicher, wie schnell du sie erhalten würdest, und dachte, du würdest sie heute vor Gericht brauchen.« Er griff nach dem Zucker. »Wir haben uns unauffällig verhalten, und niemand schien unserem Tun große Aufmerksamkeit zu schenken. Das heißt nicht, dass es nicht doch jemand mitbekommen hat, aber wenigstens haben wir es geschafft, ohne dass uns die Presse im Nacken saß.«

Coop nickte und tippte auf den Aktenordner. »Danke für den Bericht. Es sollte eine schnelle Anhörung werden.« Er nahm einen langen Schluck von dem reichen Gebräu, nach dem er sich sehnte, und seufzte. »Frank kommt heute, also werde ich ihm Bescheid sagen, dass es erledigt ist.«

»Das Friedhofsteam hat den Grabstein entfernt und eingelagert. Wir dachten, das Interesse wäre geringer, wenn er entfernt würde.« Er fuhr fort, dass ein spezialisiertes forensisches Team die Überreste untersuchen würde, einschließlich einer Zahnanalyse und Isotopenprofilen, um zu versuchen, das geografische Gebiet, aus dem Nate stammen könnte, einzugrenzen. Er hoffte, dass die Zahnvergleiche etwas mit den vermissten Personen zu tun haben könnten.

»Ich weiß, dass Dax beunruhigt ist, dass Nate, wenn das überhaupt sein richtiger Name war, getötet wurde und seine Familie die ganze Zeit im Dunkeln tappte. AB und ich haben gestern versucht, in all unseren Befragungen und Nachforschungen irgendetwas zu finden, was zu einer Antwort auf die Frage führen könnte, wer hinter dem Feuer stecken könnte. Ohne physische Beweise ist es schwer, dem Ganzen auf den Grund zu gehen.«

»Willkommen in der Welt der ungeklärten Fälle. Apropos … gibt es Fortschritte bei meiner Kiste?«

Coop schüttelte den Kopf. »Ich habe noch nicht einmal angefangen. AB und ich konzentrieren uns auf diese Covington-Sache. Madison und Ross machen ein paar Nebenjobs und nehmen sich eine Auszeit, bis das Geschäft ein wenig anzieht.«

Myrtle kam mit ihrem Frühstück, und Coop übergoss seine Waffeln mit heißem Sirup. »Alle Nachforschungen, die wir bisher angestellt haben, bestätigen Dax' Theorie, dass die Informationen, die er über die Unfälle und die fragwürdige Wartung erfahren hat, in direktem Zusammenhang mit dem Feuer in seinem Wohnmobil standen. Ich bin mir sicher, dass jemand in Franks Büro diese Nachricht abgefangen und Maßnahmen ergriffen hat, um zu schützen, was auch immer mit den falschen Unterlagen geschah. Ich bin überzeugt, dass Dax recht hatte und allen Grund hatte, zu verschwinden.«

»Der arme Kerl hat sein Leben und all die Jahre mit seiner Familie aufgegeben. Wer auch immer hinter all dem steckt, ist mehr als herzlos.«

»Wir müssen Huck Grover finden. Er war jahrelang für die geschäftliche Seite von Franks Firma zuständig und weiß bestimmt etwas. Oder er ist bis über beide Ohren darin verwickelt. AB hat seine erwachsenen Töchter gefunden, aber auch bei ihnen zu Hause meldet sich niemand.«

Bens Telefon klingelte, und nach ein paar knappen Worten schaufelte er sich den letzten Rest seines Frühstücks in den Mund. »Ich muss los.«

Coop hob die Hand, als Ben in seiner Gesäßtasche nach seiner Brieftasche kramte. »Ich bin dran. Wir haben nichts an deinen Fällen gemacht, also hast du dir diese Woche das Frühstück verdient.«

Ben grinste und schlüpfte in seinen Mantel, während er zur Tür eilte.

Coop lehnte sich zurück und beendete in aller Ruhe sein Frühstück, während er auf ABs Bestellung wartete und eine dritte Tasse Kaffee trank. Genau genommen waren es höchstens zwei Tassen. Pegs Tassen waren kleiner als seine normale, übergroße Tasse, und Myrtle füllte sie immer nach, bevor sie leer war.

Er bezahlte die Rechnung und trug die Bestellung zum Jeep, wo Gus bereits wartete. Obwohl es früher als sonst war, fanden sie AB an ihrem Schreibtisch und stellten ihr das Frühstück zum Mitnehmen vor sie hin.

Sie beendete das Tippen einer E-Mail und wandte sich an Coop. »Gute Neuigkeiten, ich habe gerade einen Vertrag für einige Hintergrundnachforschungen für eine Produktionsfirma abgeschlossen, die Chandler Hollund an uns verwiesen hat. Sie wollen, dass wir eine Sicherheitsbewertung durchführen und alle Hintergrundinformationen für ihre Mitarbeiter bearbeiten.«

Coop klatschte in die Hände. »Das ist eine tolle Neuigkeit. Ist das genug Arbeit, um Madison und Ross zu beschäftigen?«

»Es ist eine große Firma mit über zweihundert Angestellten, also ja, und es ist ein großartiger Vertrag, da sie dazu neigen, eine gewisse Fluktuation zu haben, sodass wir ein laufendes Geschäft haben werden.« Sie öffnete die Schachtel und schnupperte an den Pfannkuchen.

»Das ist Musik in meinen Ohren. Sag Madison und Ross, dass sie nächste Woche wieder anfangen können, und wir sollten in der Lage sein, sie zumindest für einen halben Tag zu beschäftigen, vor allem, wenn sie schon andere Arbeit haben. Sag ihnen, sie sollen einfach kommen, wenn es ihnen passt.«

Coop vergewisserte sich, dass AB eine Kopie von Bens Bericht hatte, während Gus sich so nah wie möglich an AB heranschlich, die ihm immer ein oder zwei Bissen von ihrem Frühstück abgab. »Es dürfte schnell gehen, also sollte ich innerhalb einer Stunde zurück sein«, sagte Coop, bevor er durch die Hintertür verschwand und zum Gerichtsgebäude fuhr. Nachdem er in der Tiefgarage geparkt hatte, machte er sich auf den Weg zum Gerichtssaal von Richter Monroe und bedankte sich bei dessen Sekretärin, dass sie ihn so schnell in den Terminkalender hatte aufnehmen können.

Wie Coop vermutet hatte, dauerte die Anhörung nur ein paar Minuten, und er ging mit den Papieren nach Hause, die Dax wieder zu einer rechtlich lebenden Person machten. Er wollte nicht, dass es irgendwelche Probleme mit den neuen Nachlasspapieren gab, und die Entscheidung des Richters würde jede Möglichkeit ausschließen, dass jemand Dax' Status anfechten könnte, denn technisch gesehen hatte ihn eine Sterbeurkunde vor fünfundzwanzig Jahren für tot erklärt.

Er belohnte sich selbst mit einem kurzen Zwischenstopp in einem Coffeeshop für einen Milchkaffee und fuhr dann zurück ins Büro. Coop setzte sich an seinen Schreibtisch und machte sich ein paar Notizen für das bevorstehende Treffen mit Frank.

Als er damit fertig war, wandte er sich seinem Computer zu und überprüfte seine E-Mails. Seine Augen verengten sich, als er eine Nachricht las. »Das soll wohl ein Scherz sein.«

Er lehnte seinen Kopf an die Rückenlehne seines Stuhls und seufzte. In diesem Moment kam AB durch die Tür. »Was ist los?«

»Marlene.«

»Was?«, fragte sie und ließ sich auf einen Stuhl sinken.

»Die Anwältin hat gerade gemailt und geschrieben, dass sie Marlene besucht hat, um ihr das Motel zu nennen, in dem sie wohnen kann, wenn sie am Montag entlassen wird, damit sie ihre gemeinnützige Arbeit ableisten kann. Anscheinend hat Marlene in ihrer unendlichen Weisheit das Angebot rundheraus abgelehnt und plant, bei Ruben zu wohnen. Er ist der Typ, der mit ihr verhaftet wurde.«

AB schüttelte den Kopf. »Diese Frau. Ich habe keine Worte.«

»Miss Flint ist immer höflich, aber ich merke, dass sie mit ihren Kräften am Ende ist. Sie hat versucht, Marlene zu erklären, dass es nicht in ihrem Interesse ist, sich mit Ruben zu treffen. Er hat schon einmal Ärger gemacht und ist den örtlichen Behörden als lästiger Krimineller bekannt.« Coop nahm einen Schluck von seinem Milchkaffee. »Nervensäge und Kriminelle sind zwei der freundlichsten Worte, die mir für meine Mutter einfallen.«

»Sie wird wieder im Gefängnis landen, wenn sie ihre Sozialstunden nicht ableistet. Ich vermute, der Richter hat inzwischen jede Zurückhaltung verloren.«

Coop schüttelte den Kopf. »Ich habe keine Zeit für ihren Unsinn, und wie Miss Flint sagte, hat Marlene nicht mitbekommen, dass Ruben vor ihr aus dem Gefängnis gekommen ist und sich nicht die Mühe gemacht hat, sie zu besuchen oder zu versuchen, sie auf Kaution rauszuholen.«

AB verdrehte die Augen. »Du hast alles getan, was du tun konntest, Coop. Wie oft hast du so etwas schon mit ihr durchgemacht? Sie wird sich nicht ändern.«

»Ich weiß. Ich hasse es einfach, darauf zu warten, dass das nächste Drama ausbricht. Ich weiß ehrlich gesagt nicht, wie Dad es überhaupt mit ihr ausgehalten hat.«

»Charlie ist ein Heiliger, und ich kann mir vorstellen, dass er seine Kinder an die erste Stelle gesetzt und sein Bestes getan hat, um dich und deinen Bruder vor ihrem schlechten Verhalten zu schützen. Du bist nicht für sie verantwortlich. Sie ist die Einzige, die die Macht hat, ihre Einstellung und ihr Verhalten zu ändern.«

Coop starrte auf seine Tasse. »Das weiß ich hier.« Er tippte sich an die Stirn. »Aber hier tut es weh.« Er bewegte seine Hand auf seine Brust. »Man sollte meinen, ich hätte mich inzwischen daran gewöhnt – an ihre Sch... ihren Schwachsinn.« Er grinste und zuckte mit den Schultern.

AB lachte. »Ich habe das Wort gern im Kopf, wenn es um sie geht. Sie bringt mich dazu, ihr etwas Verstand einhämmern zu wollen. Buchstäblich. Also, ich verstehe dich, glaub mir.«

Coop legte seine Hände auf die Tastatur. »Nun, es ist nicht Miss Flints Schuld. Sie hat alles getan, was sie tun konnte. Am kommenden Montag wird Marlene in Vermont frei herumlaufen, und wer weiß, was sie als Nächstes für Probleme haben wird.«

AB ließ ihn mit seinen Grübeleien allein und kümmerte sich um die E-Mail. Ein paar Minuten später hörte Coop, wie sie Frank, Dax und Lindsay begrüßte. Frank entschuldigte sich immer noch, als sie den Flur hinunterkamen. »Ich hoffe, es ist in Ordnung, aber ich wollte Dax und Lindsay hier haben, damit sie Fragen stellen können.«

AB lächelte ihn an. »Das ist überhaupt kein Problem. Kommen Sie herein und setzen Sie sich an den Konferenztisch. Ich bringe Ihnen in ein paar Minuten Tee und Kaffee.« Coop hatte das Whiteboard in Vorbereitung auf das Treffen mit einem beeindruckenden Foto der Smoky Mountains versehen und stand auf, um die drei zu begrüßen.

Sie versammelten sich um den Tisch mit warmen Getränken und Keksen, während Coop sie über die Exhumierung und seinen Erfolg vor Gericht vor ein paar Stunden informierte. Er ließ Dax die Nachricht von seiner Rückkehr ins Leben genießen, und sie scherzten alle ein wenig darüber, bevor Coop das ernstere Thema ansprach.

»Interessanterweise habe ich auch mit einigen der Arbeiter von damals gesprochen, die zum Zeitpunkt des Wohnmobilbrandes vor Ort waren, und einer von ihnen, der für die Wartung zuständig war, bestätigte, was Dax vermutet hatte. Rex hätte ihm erzählt, dass er Infos von der Unternehmensleitung erhalten hatte, in denen vorgeschlagen wurde, bei der Wartung und den Ersatzteilen zu sparen, und dass sein Bonus an diese Einsparungen gebunden wäre. Wie sich herausstellte, wollte Rex damit nichts zu tun haben und sorgte dafür, dass die Wartungen wie gewohnt weiterliefen, wobei er sogar so weit ging, dass er einen Teil der Konzessionen abschöpfte, um sie für den Kauf von Ersatzteilen zu verwenden.«

Frank legte seine Finger an die Schläfen. »Das macht mich krank. Es kam nicht von mir, das kann ich Ihnen versichern. Gott segne Rex dafür, dass er sich diesen Unsinn nicht angehört hat. Diese Abteilung war unsere größte, und es hätte noch schlimmer laufen können als die Unfälle. Rex war ein kluger Kopf und der Beste, weshalb er meine größte Abteilung leitete.«

Coop nickte. »Einer der Arbeiter sagte, dass Rex vorhatte, Sie persönlich zu treffen, nachdem seine Division nach Nashville zurückgekehrt wäre. Das wäre natürlich nach dem Brand gewesen. Hat Rex jemals mit Ihnen gesprochen?«

Frank schüttelte den Kopf. »Nein, ich war nach dem Brand nicht sehr gut drauf, aber ich hätte mich an das Treffen mit Rex erinnert. Alle haben sich von mir ferngehalten oder mich in Ruhe gelassen. Ich bin mir nicht sicher, was von beidem, aber es ergibt Sinn, dass Rex ein geschäftliches Gespräch vermieden hätte. Er kam zu Dax' Beerdigung, aber wir haben nie über die Unfälle gesprochen.« Frank fuhr sich mit der Hand an die Stirn. »Ich habe gehofft, dass das, was Dax herausgefunden hat, nicht wahr war, aber gleichzeitig wusste ich tief in meinem Inneren, dass da etwas dran sein musste. Huck und Marvin waren die Einzigen, die den Status im Unternehmen hatten, um auf diese Weise mit den Bossen zu kommunizieren.« Seine Stimme brach, und Tränen füllten seine Augen. »Ich wünschte, einer von ihnen wäre zu mir gekommen und hätte es mir gesagt. Vielleicht hätte ich diesen ganzen Albtraum verhindern können.«

Dax seufzte, legte seine Hand auf den Arm seines Vaters und sah Coop in die Augen. »Ich bin erleichtert zu hören, dass du bestätigst, was ich herausgefunden habe. Ich dachte, ich hätte es mir ausgedacht oder mich falsch erinnert. Hätte ich Dad nicht angerufen und die Nachricht hinterlassen, wäre ich nie auf die Idee gekommen, dass er dahintersteckte, aber zu diesem Zeitpunkt ging es um Kampf oder Flucht, und mir kam nur die Flucht in den Sinn.«

»Es ist nicht deine Schuld, mein Sohn. Ganz und gar nicht. Ich hoffe nur, dass ich lange genug lebe, damit Mr. Harrington dem Ganzen auf den Grund gehen kann.«

Coop nahm einen Schluck Kaffee, bevor er sich den Nachlasspapieren zuwandte, in denen Franks Wünsche beschrieben und bestätigt wurden. »Adele wird eine einmalige Auszahlung erhalten, ebenso wie Gavin. Das Familienhaus und die Ländereien gehen an Dax, und Lindsay wird ihr Haus behalten, das Frank für sie gekauft hat. Adele erhält außerdem ein kleineres Haus, das derzeit vermietet ist. Die Mieter erhalten eine neunzigtägige Kündigungsfrist, ebenso wie

Adele, damit sie das Familienhaus räumen und in das Miethaus einziehen kann. Sie wird auch ihren gesamten Schmuck, ihre persönlichen Gegenstände, einige bestimmte Haushaltsgegenstände und ihren Mercedes behalten.«Coop blickte zu Frank auf. »Weiß Adele von dieser neuen Regelung?«

Frank schüttelte den Kopf. »Noch nicht. Ich habe vor, es ihr bald zu sagen.«

Coop blickte wieder auf den Papierkram hinunter. »Derzeit sind Frank und Lindsay als Firmeninhaber der Versicherungsgesellschaft aufgeführt. Wir haben heute Dax als weiteren Inhaber hinzugefügt und werden den neuen Papierkram einreichen. Nach Franks Tod wird die Versicherungsgesellschaft auf Lindsay und Dax übergehen. Gavin wird seinen jetzigen Job und sein Gehalt behalten, bis er sich entscheidet zu gehen.« Coop blickte über den Tisch hinweg zu Lindsay und Dax. »Sollten Sie beschließen, ihm zu kündigen, erhält er eine großzügige Abfindung, wie in dem Dokument beschrieben.« Die beiden nickten.

Frank unterbrach Coop. »Ich habe Dax erklärt, dass ich Lindsay nicht mit dem Geschäft belasten wollte. Ich weiß, dass es zu viel für sie wäre, deshalb hatte ich vorgesehen, dass Gavin die Leitung übernimmt. Da Dax nun da ist, kann er es leiten, und er und Lindsay können zusammenarbeiten oder es verkaufen oder was immer sie tun wollen. Gavin kennt das Geschäft in- und auswendig, also wird er eine Bereicherung sein, aber er kann auch anstrengend sein. Ich möchte nicht, dass beide auf ihm sitzen bleiben. Außerdem möchte ich Gavin gegenüber fair sein und ihn für seine jahrelange Loyalität belohnen.«

Dax griff hinüber und tätschelte den Arm seines Vaters. »Ich verstehe, Dad. Was immer du willst und für das Beste hältst, ist für mich in Ordnung.«

Coop hob den nächsten Abschnitt hervor. »Die restlichen Fahrzeuge, einschließlich des Mustangs, gehen an Dax, zusammen mit einem speziellen Konto, das Frank für Dax eingerichtet hat, damit er seine College-Ausbildung fortsetzen kann.« Frank lächelte, während in Dax' Augen Tränen glitzerten. Coop fuhr fort: »Franks Investmentkonten, Aktien, Anleihen, Immobilien und alle anderen Vermögenswerte werden zwischen Dax und Lindsay zu gleichen Teilen aufgeteilt.«

Frank tippte mit dem Finger auf den Tisch. »Wir werden auf dem Heimweg bei der Bank anhalten und Dax bitten, die Konten zu unterschreiben. Im Moment sind Lindsay und ich die Unterzeichner.«

Coop vergewisserte sich, dass es keine Fragen gab, bevor er Frank mehrere Kopien der Dokumente unterschreiben ließ und AB sie beglaubigte.

Nachdem er alles unterschrieben hatte, lehnte sich Frank auf seinem Stuhl zurück und seufzte. »Ich fühle mich so viel besser, wenn ich weiß, dass das alles geregelt ist. Ich weiß nicht, was ich getan hätte, wenn ich gestorben wäre und alles im Chaos hinterlassen hätte.«

»Kein Grund zur Sorge. Wir werden die Unternehmensänderungen heute einreichen. Sie können Ihre unterschriebenen Kopien behalten, und wir werden eine Kopie hier in unserem Büro aufbewahren.«

Frank lächelte seine beiden Kinder an und nickte. »Nächste Woche hat Lindsay Geburtstag, und da Dax jetzt zu Hause ist, habe ich beschlossen, dass es höchste Zeit für eine kleine Party im Haus ist. Ich hoffe, Sie und Annabelle werden kommen und mit uns feiern. Ohne Sie hätte ich meinen Jungen nicht wieder bei mir, und Lindsay verdient es, an ihrem besonderen Tag ein bisschen Spaß zu haben.

Wir würden uns geehrt fühlen, wenn Sie daran teilnehmen würden.«

Coop warf einen Blick auf AB, die den Kopf zustimmend neigte. »Wir würden gerne kommen. Sie können AB die Details geben, und sie wird mich daran erinnern.«

»Prächtig. Sollen wir das mit einem Mittagessen feiern?« Er griff nach Lindsays Hand.

Coop hielt einen Finger hoch. »Ich muss nur kurz mit Frank sprechen. Es wird nur eine Minute dauern.«

Dax stand auf. »Natürlich. Wir geben AB alle Einzelheiten über die Party und treffen dich draußen, Dad.«

Nachdem sie gegangen waren, sah Coop Frank in die Augen. »Das ist leider etwas taktlos, aber bei meinen Befragungen fand ich einen Zeugen, der Adele im Dezember mit Red Fulton etwas trinken sah, nur wenige Monate vor den Unfällen im Frühjahr des folgenden Jahres. Soweit ich weiß, kam Red ein paar Mal im Jahr in die Stadt, um Sie davon zu überzeugen, *Royal* zu verkaufen. Das war, nachdem er in Ihrem Büro gewesen war.«

Franks Schultern sackten nach unten. »Ich weiß nichts davon, dass Adele mit ihm etwas getrunken hat. Red kam alle paar Monate vorbei und versuchte immer, mich davon zu überzeugen, mich zurückzuziehen und ihm das Geschäft zu verkaufen. Es war fast schon ein Witz, denn er wusste, dass ich nicht an einem Verkauf interessiert war. Ich kann nur vermuten, dass er dachte, wenn er Adele ausführt, könnte sie mich zum Verkauf bewegen. Ich kann Ihnen sagen, es hätte nicht funktioniert. Adele war nie schüchtern, deutlich zu machen, dass sie nach männlicher Gesellschaft suchte. Ich kann mich nicht erinnern, dass sie etwas über Red gesagt hätte, und sie hat nie dafür plädiert, dass ich an ihn verkaufe.«

Coop fuhr mit dem Finger über seinen Notizblock. »Ich

wollte nur, dass Sie wissen, dass ich mich mit Adele in Verbindung setzen werde. Ich wollte nicht, dass Sie unvorbereitet sind, falls sie sich darüber aufregt.«

Frank lachte. »Ich glaube, die Papiere, die ich gerade unterschrieben habe, werden sie viel eher verärgern. Sagen Sie nichts, wenn Sie sie sehen. Ich muss den richtigen Zeitpunkt finden, um es ihr zu sagen, und Lindsay und Dax wollen bei mir sein. Es ist kompliziert mit einer zweiten Frau, aber ich denke, sie wird verstehen, nachdem Dax nach Hause gekommen ist, wie wichtig es für mich ist.«

»Ich werde kein Wort darüber verlieren. Ich bin an das Anwaltsgeheimnis gebunden und würde ohnehin nicht darüber sprechen. Das ist eine private, familiäre Angelegenheit. Glauben Sie mir, ich weiß, wie kompliziert Familien sein können.«

Frank stand auf und reichte Coop die Hand. »Ich kann Ihnen nicht genug danken ... für alles.«

Coop folgte ihm in den Flur, wo sie Dax und Lindsay im Empfangsbereich fanden. »Alles bereit?«, fragte Dax.

Frank nickte und wandte sich an AB. »Wir freuen uns darauf, Sie auf der Party zu sehen.«

Coop und AB sahen zu, wie Lindsay und Dax ihren Vater in die Arme nahmen und ihn zum Auto führten. AB starrte aus dem Fenster und beobachtete sie. »Es ist eine Schande, wenn man bedenkt, dass Frank wahrscheinlich so glücklich ist wie seit fünfundzwanzig Jahren nicht, er aber weiß, dass es bald zu Ende sein wird.«

KAPITEL FÜNFZEHN

Nach einem entspannten Wochenende mit Kartenspielen und einem Kinobesuch mit Tante Camille und seinem Vater fuhr Coop am Montagmorgen zu *Covington Versicherungen*. Coop öffnete die Glastür des hübschen Büros und ging ein paar Schritte über einen Plüschteppich zum großen hölzernen Empfangstresen. Die höfliche Sekretärin begrüßte ihn mit einem freundlichen Lächeln, und Coop bat darum, Gavin zu sprechen.

Sie betätigte die Gegensprechanlage, und kurz darauf kam Gavin um die Ecke geschlendert. »Mr. Harrington, der berühmte Privatdetektiv, der den geliebten Dax von den Toten zurückgebracht hat. Was kann ich für Sie tun? Noch Fragen?«

Coop ignorierte den Sarkasmus. »Das ist genau der Grund, warum ich hier bin. Hätten Sie ein paar Minuten Zeit?«

Gavin wies ihm den Weg in einen Konferenzraum, wo Coop einen Stuhl nahm und sein Notizbuch aufschlug, während Gavin sich Coop gegenübersetzte und die Brauen hob. »Ich habe nicht viel Zeit, also hoffe ich, dass es schnell geht.«

»Ich habe letzte Woche mit mehreren Zeugen gesprochen und erfahren, dass Sie zum Zeitpunkt des Wohnmobilbrandes in Georgia nicht in der Stadt waren. Ich hatte gehofft, dass das Ihr Gedächtnis auffrischen würde und Sie mir sagen könnten, wo Sie waren?«

Gavin lachte. »Ich habe keine Ahnung. Ich könnte Baustellen besichtigt haben oder im Büro gewesen sein. Ich weiß es nicht mehr. Wie ich schon sagte, sind fünfundzwanzig Jahre eine lange Zeit, und ich kann mich so oder so an nichts mehr erinnern.«

»Wirklich?«, fragte Coop. »Ihre Mutter hatte vor, Frank zu heiraten, und er erfährt, dass sein Sohn gestorben ist, und Sie können sich an nichts erinnern? Sie erinnern sich nicht daran, dass Ihre Mutter Sie angerufen hat, um es Ihnen mitzuteilen, oder was Sie auf der Arbeit gemacht haben? Das müsste doch ein denkwürdiges Ereignis gewesen sein.«

Gavin warf den Kopf zurück und starrte an die Decke, die Hände vor der Brust verschränkt. Er ruckte den Kopf zurück, um Coop anzusehen. »Da ist nichts. Sie dürfen nicht vergessen, dass ich jung war und mich mit den Vorgängen im Büro nicht so gut auskannte. Diese Leute gehörten nicht gerade zu meinem sozialen Umfeld.«

Coop widerstand dem Drang, die Hand auszustrecken und Gavin das Grinsen aus dem Gesicht zu wischen. »Stimmt es, dass Huck Sie auf die Baustellen geschickt hat, um die Kassenführungen zu überprüfen?«

Er rollte mit den Augen. »O ja. Er hat mich in all diese abgelegenen Städte geschickt, damit ich unangekündigte Inspektionen durchführen konnte.« Er lachte. »Das war irgendwie lustig. Sie waren immer verärgert und manchmal auch nervös, wenn ich ihre Abläufe überwachte und die

Kassenbelege doppelt zählte, um sicherzustellen, dass sie übereinstimmten. Huck wollte nicht, dass ich ihnen erzählte, wer ich war, bevor die Kasse schloss, also hing ich einfach in Jeans und T-Shirt herum und beobachtete sie und die Konzessionen, um zu sehen, ob ich etwas Ungewöhnliches entdeckte, und stellte mich dann am Ende des Abends vor.«

»Haben Sie zufällig die Abteilung von Rex Fitch in Georgia besucht? Er leitete die größte Abteilung, richtig? Ich denke, das hatte eine Inspektion gerechtfertigt.«

Gavin runzelte die Stirn. »Sie laufen alle irgendwie zusammen. Ich bin sicher, dass ich diese Abteilung hätte besuchen können, da ich hauptsächlich in Tennessee, Georgia, Kentucky und manchmal in North Carolina oder Alabama war. Huck wollte, dass ich nicht zu weit wegfuhr, um unsere Kosten niedrig zu halten.«

»Ich dachte, Sie würden sich daran erinnern, wenn Sie an diesem Ort waren, an dem Franks Sohn bei einem Feuer ums Leben kam.« Coop starrte Gavin an.

»Aber er ist ja nicht wirklich in dem Feuer gestorben, oder? Nach allem, was wir wissen, könnte er das Feuer selbst gelegt haben. Er hat sich die letzten fünfundzwanzig Jahre versteckt und taucht jetzt auf, um was zu tun? Um sein Erbe zu kassieren?« Die Bitterkeit in Gavins Stimme kam mit jedem Wort durch.

»Um auf Sie zurückzukommen: Sie erinnern sich nicht daran, dass Sie unterwegs waren, als Sie die Nachricht erhielten, oder dass Sie dort waren, als das Feuer ausgebrochen ist.«

Gavin schüttelte den Kopf. »Ich kann mich nicht erinnern. Ich denke, ich würde mich erinnern, wenn ich zur Zeit des Brandes dort gewesen wäre. Ich könnte sehr wohl unterwegs gewesen sein, und die Person, mit der Sie gesprochen haben, muss ein sehr gutes Gedächtnis haben, um sich zu erinnern, dass ich nicht im Büro war. Ich hätte überall sein können.«

Coop lehnte sich auf seinem Stuhl zurück. »Waren Sie glücklich, als Ihre Mutter und Frank geheiratet haben? War es eine Überraschung?«

Gavin grinste. »Wenn Mom glücklich ist, bin ich auch glücklich. Das habe ich schon vor langer Zeit gelernt. Es war keine wirkliche Überraschung. Sie haben viel Zeit miteinander verbracht, und sie war sehr aufmerksam gegenüber Lindsay. Es schien eine natürliche Entwicklung gewesen zu sein.« Er atmete tief ein und aus. »Frank ist gut zu mir gewesen. Ich kann mich nicht beklagen. Und jetzt, nachdem Dax von den Toten auferstanden ist … wer weiß?«

»Sie haben erwähnt, dass Huck darauf bedacht war, die Ausgaben niedrig zu halten. War das ein allgemeines Thema bei ihm, immer auf der Suche nach Kosteneinsparungen?«

Gavins Stirn legte sich noch tiefer in Falten. »Nun, das ist eine Priorität für einen guten Geschäftsleiter. Ich glaube, das ist einer der Gründe, warum er mich gerne losschickte, um die Belege zu prüfen. Das hielt alle auf Trab und verhinderte Betrug. Es war ein Bargeldgeschäft, was es den Angestellten leicht machte, zu stehlen. Bei den Eintrittskarten hatten wir gewisse Möglichkeiten der Überprüfung, aber bei den Konzessionen konnten wir uns nur darauf stützen, was in der Kasse war, und da war Raum für Fehler. Huck war zwar altmodisch, aber er wusste, wie man ein Geschäft profitabel hält, und er sorgte dafür, dass wir alles im Auge behielten und auswerteten.«

»Sind Sie mit Huck in Kontakt geblieben, nachdem er die Firma verlassen hat?«

Gavin schnitt eine Grimasse, als wäre er in etwas Ekliges getreten. »Nein, warum sollte ich? Wir hatten nichts gemeinsam, und ich brauchte ihn für nichts.« Gavin fügte schnell hinzu: »Eine Referenz oder so. Frank hat mir einfach die Stelle überlassen, als Huck weg war.«

»Ich habe alle befragt, die damals im Büro gearbeitet haben. Erinnern Sie sich an eine junge Frau namens Alice, die mit Bethany gearbeitet hat?«

Ein lüsternes Grinsen erschien, als Gavin nickte. »O ja, wie könnte ich sie vergessen. Sie war eine Schönheit. Ich frage mich, was aus ihr geworden ist?«

»Sie ist eine sehr erfolgreiche Buchhalterin. Hat ihren MBA und eine wunderbare Familie. Sie erinnerte sich vor allem an Ihre unbeholfenen Versuche, sie zu einem Date zu überreden, und an die unheimliche Art, wie Sie hinter ihr aufgetaucht sind.«

Gavins Blick verhärtete sich und er schüttelte den Kopf. »Sie muss jemand anderen meinen.«

»Nein, ich bin mir sicher, dass Sie es waren.« Coop schloss den Einband seines Notizbuchs. »Nochmals vielen Dank für Ihre Zeit. Wenn Sie sich noch an etwas aus den Tagen um den Brand erinnern, rufen Sie mich an.« Er stand auf. »Ich finde allein hinaus.«

Coop lächelte die Sekretärin an und wünschte ihr einen schönen Tag, als er ging. Mit dem Alter werden Männer oft milder, aber Coop fand Gavin unsympathisch und konnte sich nicht vorstellen, wie viel schlimmer er wahrscheinlich noch war, als er jünger gewesen war. Er umklammerte das Lenkrad des Jeeps fester, als er sich an den herablassenden Tonfall und das unheimliche Grinsen erinnerte, als er Alice erwähnt hatte.

Bald darauf fuhr er auf den Parkplatz hinter seinem Büro und goss sich sofort eine Tasse koffeinfreien Kaffee ein, den AB freundlicherweise gebrüht hatte. Er nahm einen Schluck und schlenderte zu ihrem Schreibtisch, wo Gus neben ihr lag. Sie wandte sich vom Computerbildschirm ab und hob die Brauen. »Und, hast du etwas in Erfahrung bringen können?«

Er ließ sich auf die Couch sinken und nahm einen langen Schluck aus seiner Tasse. »Ich bin froh, dass du nicht bei mir warst, du hättest dich auf ihn gestürzt. Er ist ein harter Brocken. Unter all seiner Arroganz verbirgt sich eine starke Ader der Eifersucht auf Dax. Er ging sogar so weit zu behaupten, dass Dax das Feuer selbst gelegt hat. Wenn er erfährt, dass Dax sein neuer Chef wird, wird er ausrasten.«

»Sein Gedächtnis wurde also nicht wachgerüttelt, nachdem du ihn mit der Tatsache konfrontiert hast, dass er nicht im Büro war?«

Coop schüttelte den Kopf. »Er behauptet, er erinnere sich nicht, würde sich aber erinnern, wenn er am Brandort gewesen wäre.« Coop trank noch mehr Kaffee. »Er ist widerlich, und ich traue ihm nicht, aber wenn er an der Legung des Brandes beteiligt war, wird es schwer sein, ihm etwas nachzuweisen.«

AB seufzte. »Da er die einzige Person war, die im Büro gefehlt hat, wirft das ein offensichtliches Licht des Verdachts auf ihn. Ganz zu schweigen davon, dass er mehr als unsympathisch ist.«

»Wenn das ein Verbrechen wäre, hätten wir viel zu viele Leute im Gefängnis.« Coop lachte, während er seine Tasse in der Hand hielt. »Du meinst also, Gavin hat die Nachricht abgefangen und ist nach Georgia gefahren, um Dax zum Schweigen zu bringen?«

Sie zuckte mit den Schultern. »Ich weiß es nicht. Ein junger Kerl wie er. Klingt, als wäre er damals schon genauso unsympathisch gewesen, aber Mord ist ein großer Schritt. Vielleicht hat ihn jemand angewiesen, es zu tun? Würde er von allein darauf kommen?«

Coop zuckte mit den Schultern. »Die meisten Leute

halten ihn für faul, also erscheint mir der Schritt als zu ehrgeizig für ihn, aber vielleicht wurde er ja angestiftet.«

ABs Augen verengten sich. »Aber hätte er die Person dann nicht schon längst verpfiffen?«

Coop grinste. »Nicht, wenn er denkt, es käme nicht heraus. Es ergibt keinen Sinn, zu gestehen, wenn man glaubt, damit durchzukommen. Ehrlich gesagt bin ich mir nicht sicher, ob wir es jemals beweisen können. Es gibt keine physischen Beweise, die noch existieren.«

»Das hat uns noch nie abgeschreckt.« AB stand auf und brachte ihre Tasse in die Küche, um sie nachzufüllen.

Coop folgte ihr. »Ich denke, ich werde etwas zu Mittag essen. Ich brauche eine Stärkung, bevor ich mich mit Adele befasse. Ich kann mir nur vorstellen, wie sie auf meine Fragen zu einem Abend mit Red reagieren wird.«

Nach den köstlichen Resten des Sonntagsessens von Tante Camille ließ Coop Gus bei AB und machte sich auf den Weg zu Franks Haus. Er fuhr durch die riesige Einfahrt und begutachtete die Sechsfachgarage des massiven Backsteinhauses, das das Grundstück dominierte. Da er in Belle Meade lebte, waren Coop die aufwendigen Häuser und Villen in der Nachbarschaft nicht fremd, und Franks Haus war keine Ausnahme.

Dankbar, dass er heute ein schönes Hemd statt eines der von ihm bevorzugten T-Shirts trug, ging er die Backsteintreppe hinauf zu der dicken doppelten Holztür und klingelte. Nach einigen Minuten öffnete Adele die Tür. »Mr. Harrington, das ist eine Überraschung.«

»Ich entschuldige mich, dass ich nicht vorher angerufen

habe, aber ich war auf dem Weg zurück ins Büro und habe eine Frage an Sie. Haben Sie ein paar Minuten Zeit?«

»Ja, natürlich. Kommen Sie herein!« Sie hielt ihm die Tür auf, und er betrachtete die hohen Decken des beeindruckenden Eingangs. Sie führte ihn hindurch und in den riesigen Wohnbereich, der mit zwei Sofas und mehreren Stühlen um den großen Kamin herum ausgestattet war. »Ich war gerade im Familienzimmer neben der Küche. Da können wir uns unterhalten. Ich habe eine Tasse Tee getrunken und etwas Papierkram erledigt, möchten Sie auch eine?«

»Das wäre toll, danke.«

Sie wies ihm den Weg in einen Raum neben der offenen Küche, in dem ein Flachbildfernseher stand, auf dem eine Telenovela lief. Er nahm auf einem gepolsterten Stuhl Platz und wartete auf seine Gastgeberin.

Einige Minuten später kam sie mit einem Teetablett zurück. »Frank verbringt heute Nachmittag ein paar Stunden im Büro. Er hält große Stücke auf Sie, und ich muss mich noch einmal für mein schlechtes Benehmen entschuldigen, als Sie nach Florida kamen. Ich stand einfach unter Schock, glaube ich.«

Coop nahm die Tasse an, die sie ihm anbot. »Kein Grund, sich zu entschuldigen. Dies ist ein einzigartiger Fall, und ich bin sicher, dass die Nachricht erschreckend war.«

Sie lächelte und nahm Platz. »Also, was kann ich heute für Sie tun?«

Coop stellte seine Tasse auf dem Kaffeetisch ab. »Ich fürchte, ich muss Ihnen eine ziemlich indiskrete Frage stellen.« Ihre Augenbrauen hoben sich über den Rand ihrer Tasse, und Coop fuhr fort: »Wie Sie wissen, haben wir ehemalige Mitarbeiter und alle, die mit *Royal* vor fünfundzwanzig Jahren in Verbindung standen, befragt. Dabei sind wir auf einen Zeugen gestoßen, der Sie im

Dezember, ein paar Monate vor den Unfällen, in der *Oak Bar* im Heremitage Hotel gesehen hat. Sie waren mit Red Fulton zusammen – nur Sie beide. Sie werden sicher verstehen, dass sein Interesse am Kauf von *Royal* die Frage nach der Art Ihrer Beziehung und jenem Abend aufwirft.«

Sie lächelte und lachte dann fast kichernd. »Oje, ich hatte den Abend mit Red ganz vergessen. Nun, wissen Sie, es ist alles ganz unschuldig. Red kam ein paar Mal im Jahr nach Nashville, besuchte Frank und versuchte, ihn davon zu überzeugen, *Royal* zu verkaufen. Frank wollte nichts davon wissen und lehnte seine Angebote immer ab. Es war zu einem Ritual geworden, und obwohl sie geschäftlich Rivalen waren, schienen sich die beiden gut zu verstehen.« Sie seufzte. »Jedenfalls lud Red mich ein, mit ihm etwas zu trinken, um die Feiertage zu feiern. Es war nur eine Feierabendsache, bei der man mit einem Drink auf die Saison anstößt. Nichts Ruchloses, glauben Sie mir!«

Ihre Stimme hatte einen freundlichen Klang, und ihre blauen Augen schimmerten. Sie war charmant, und Coop konnte sich nur vorstellen, wie sie in ihrer Jugend gewesen war. *Unwiderstehlich* kam ihm in den Sinn. Er nickte. »Das habe ich mir auch gedacht, aber wie gesagt, wir gehen allem nach. War das etwas, das Sie schon einmal getan haben? Drinks mit Red?«

Sie fuhr mit dem Finger über den Rand ihrer Tasse. »Ich kann mich an kein anderes Mal erinnern.« Sie lächelte und fügte hinzu: »Nicht, dass er nicht gefragt hätte.« Die schnurrende Katze, die die Damen beschrieben hatten, kam ihm in den Sinn.

»Warum haben Sie an diesem Abend seine Einladung angenommen?«

Sie zuckte mit den Schultern. »Eine Schwäche und die Feiertage, nehme ich an. Dem Heremitage Hotel kann man nur schwer widerstehen, und es ist immer so schön weihnachtlich geschmückt. Das ist kein Ort, den sich eine alleinstehende Frau mit dem Gehalt einer Sekretärin leisten könnte. Wie ich schon sagte, es war nicht mehr als ein freundschaftlicher Drink.«

»Haben Sie Frank von dem Treffen erzählt oder dachten Sie, er würde sich aufregen, wenn Sie sich außerhalb des Büros mit Red treffen?«

Sie schüttelte den Kopf. »Nein, es war nicht wichtig, und ich habe es nicht erwähnt. Frank und ich waren zu der Zeit kein Paar. Sie wissen, dass das war, bevor Laura Beth starb.«

Coop nickte. »O ja, ich meinte nicht wegen Ihrer romantischen Beziehung. Ich dachte, dass Sie ihn vielleicht nur aus Höflichkeit wissen ließen, dass Sie Zeit mit der Konkurrenz verbrachten, nur für den Fall, dass Sie jemand gesehen hat oder so.«

Sie schüttelte den Kopf, ihr Lächeln verblasste ein wenig. »So habe ich das nicht gesehen. Wie ich schon sagte, Red und Frank standen sich freundlich nahe.«

»Hat Red Sie während des Gesprächs nach dem Geschäft gefragt oder vorgeschlagen, dass Sie ihm beim Erwerb helfen könnten? Hat er vielleicht versucht, Insiderinformationen von Ihnen zu bekommen?«

Ihre Augen weiteten sich. »Nein, nichts dergleichen. Er machte keinen Hehl daraus, dass er *Royal* kaufen wollte, und wie ich Ihnen bereits sagte, hatte er großes Interesse daran, aber er hat mich nie nach Informationen ausgefragt. Ich kann mir trotzdem nicht vorstellen, dass er diese Unfälle inszeniert hat. Ich meine, wer würde absichtlich Menschen, vor allem Kinder, wegen eines Geschäfts verletzen?«

»Es ist nur so, dass Red der Nutznießer all der tragischen Ereignisse war, die Frank und *Royal* widerfahren sind, also ist es eine natürliche Schlussfolgerung.«

Coop war fasziniert von der Tatsache, dass ihr Gesicht unbeweglich blieb. Er musste auf ihre Lippen und ihre Augen achten, denn alle anderen Teile ihres Gesichts waren ausdruckslos. »Ich kann mir vorstellen, dass er ein Hauptverdächtiger für die Unfälle ist, aber es fällt mir schwer, mir vorzustellen, dass er so etwas tun würde. Ich weiß, dass es schlecht aussieht und dass er mit *Royal* schließlich Erfolg hatte, aber ich glaube wirklich nicht, dass er etwas damit zu tun hatte, und er hat mich nie um Insiderinformationen gebeten. Ich glaube, er hat gehofft, ich könnte Frank mit meinem Charme dazu bringen, es in Erwägung zu ziehen, aber das war's.«

»Wie lange hat es nach den Unfällen gedauert, bis Red vorbeikam und ein neues Angebot machte?«

Sie lehnte sich zurück gegen das Kissen. »Oje. Mal sehen, die Unfälle passierten im Frühjahr, und alles war so verschwommen mit all den Untersuchungen und Anwälten – es war einfach schrecklich. Ich kann mich nicht erinnern, dass er vor dem Sommer noch einmal aufgetaucht ist.« Sie setzte sich aufrechter hin. »Ja, das war nach dem Tod von Laura Beth. Er hat Frank besucht und ihm sein Beileid ausgesprochen. Das war ein sehr schneller und unauffälliger Besuch. Ich kann mich ehrlich gesagt nicht einmal mehr daran erinnern, ob er zu diesem Zeitpunkt den Kauf der Firma erwähnt hat. Durch den Verlust von Laura Beth und den ganzen Stress mit den Gerichtsverfahren war Frank wie betäubt. Ganz zu schweigen davon, dass es pietätlos gewesen wäre.«

Coop blätterte einige Seiten in seinem Notizbuch zurück. »Sie und Frank haben im November geheiratet, nicht allzu lange nachdem er seine Frau verloren hatte und nur ein paar Monate nach dem Brand in Dax' Wohnmobil. Es heißt immer, man solle keine Entscheidungen treffen, wenn man unter Stress steht. Hat Sie das beunruhigt, dass Sie zu schnell gehandelt haben?«

Sie lächelte. »Ich weiß, dass es schnell aussieht, aber ich kannte Frank schon sehr lange, und wir haben gut zusammengepasst. Außerdem hat es mir einfach das Herz gebrochen, dass Lindsay so verzweifelt war. Sie brauchte jemanden, der auf sie aufpasst. Sie stand ihrer Mutter und Dax sehr nahe, sodass ihre ganze Welt auf den Kopf gestellt worden war.« Sie nahm einen Schluck Tee. »Wenn ich ehrlich bin, habe ich Frank immer bewundert, und er hat sich auf mich verlassen. Wir hatten ein sehr enges Verhältnis zueinander, und so war es ein Leichtes, sich für eine Heirat zu entscheiden.« Sie schaute sich in dem herrlichen Raum um, der sie umgab. »Wir haben eine wunderbare Ehe geführt, und ich bin gesegnet worden.«

Tränen füllten ihre Augen. »Ich versuche, nicht daran zu denken, was auf mich zukommt und wie ich ohne Frank weitermachen soll. Ich weiß, dass es unvermeidlich ist, aber ich hoffe immer noch auf ein Wunder. Ich kann mir nicht vorstellen, allein in diesem großen, alten Haus zu leben.« Sie tupfte sich mit dem Rand ihrer Serviette über die Augenwinkel.

Coop nahm die Tatsache zur Kenntnis, dass Frank sie nicht über die aktualisierten Nachlassunterlagen informiert hatte. »Frank ist ein wunderbarer Mann. Ich bin froh, dass er seinen Sohn wiedersehen konnte, und wünschte nur, es wäre früher geschehen. Ich weiß, dass es beide schmerzt, an die verlorene Zeit zu denken.«

»Nun, das ist Dax' Schuld. Er war dumm genug zu glauben, sein Vater stecke hinter dem Feuer.« Ihre nun belegte Stimme hatte ihren Tonfall verloren.

»Nach dem, was Sie mir erzählt haben, können wir also davon ausgehen, dass Sie die Zusammenarbeit mit Red leugnen, um ihm zu helfen, *Royal* zu sabotieren und schließlich das Unternehmen zu kaufen, richtig?«

Sie legte ihre Hand an ihren Hals. »Ja, Mr. Harrington. Man kann mit Sicherheit sagen, dass ich Red nicht geholfen habe, und als der Verkauf stattfand, hatte Frank jegliches Interesse an *Royal* verloren und war bereit, es aufzugeben. Red bot ihm einen fairen Preis. Mir ist zwar klar, dass Sie in Ihrem Beruf solche lächerlichen Fragen stellen müssen, aber zu sagen, ich sei beleidigt, wäre eine Untertreibung.«

Coop nickte und schloss sein Notizbuch. »Ich verstehe, und wie gesagt, ich wusste, dass das Thema nicht willkommen sein würde, aber wir sind entschlossen, allen Spuren zu folgen, egal wohin sie uns führen.«

Sie presste die Lippen zusammen, als Coop aufstand. »Vielen Dank für den Tee, Mrs. Covington. Ich freue mich darauf, Sie dieses Wochenende auf Lindsays Party zu sehen. Frank hat die Einladung ausgesprochen.«

Sie warf einen Blick auf den Papierstapel auf dem Couchtisch. »Ja, er hat mir gesagt, dass Sie und Ihre Assistentin kommen werden. Ich bin gerade dabei, die letzten Vorbereitungen zu treffen.«

Sie wollte sich von der Couch erheben, aber er hielt sie mit der Hand auf. »Ich kann mich selbst hinausbegleiten. Ich wünsche Ihnen noch einen schönen Tag!«

KAPITEL SECHZEHN

Am Dienstagmorgen, nachdem sie sich mit Ross und Madison getroffen hatten, die jeden Tag für ein paar Stunden ins Büro kamen, versammelten sich Coop und AB um den Konferenztisch und starrten auf die Glastafel, um alle Notizen und Hinweise, die sie gesammelt hatten, durchzugehen. AB zeigte auf Gavins Namen. »Wie ich gestern schon sagte, ist er der Einzige, der auf dem Jahrmarkt gewesen sein konnte. Alle anderen wurden im Büro gesehen.«

Coop nickte und starrte weiter. »Richtig, es sei denn, der Brandstifter wurde von jemandem im Büro angeheuert. Damit käme jeder infrage, der dort gearbeitet hat und Zugang zum Anrufbeantworter in Franks Büro hatte.«

»Wir sind also wieder am Anfang.« AB seufzte. »Ich habe eine weitere Nachricht für Huck und eine auf den Telefonen seiner Töchter hinterlassen, in der Hoffnung, dass uns jemand zurückruft.«

Coop fiel der Name von Adele auf der Tafel ins Auge. Er hatte eine Notiz über den Unterton in ihrer Stimme hinzugefügt, den er gespürt hatte, als er mit ihr sprach. »Sie und ihr Sohn teilen eine Abneigung gegen Dax, die nicht viel Sinn ergibt.«

»Glaubst du nicht, dass sie sich nur Sorgen um ihren Anteil am Erbe machen? Ich glaube, sie könnten Lindsay leicht kontrollieren, aber Dax ist stärker und eindeutig der Liebling seines Vaters. Wahrscheinlich sehen sie nur die drohenden Zeichen.«

Coop starrte weiter auf die Tafel. »Aber Adele hat keine Ahnung von den neuen Bedingungen in Franks Testament. Obwohl der Ehevertrag vorsieht, dass sie keinen Anspruch auf den Familienbesitz hat, muss er ihr im Laufe der Jahre etwas versprochen haben, oder sie ist davon ausgegangen, dass sie im Haus bleiben kann.«

AB wölbte die Brauen. »Er wartet wahrscheinlich bis nach der Party, um Probleme zu vermeiden. Ich glaube, er möchte, dass die Veranstaltung für Lindsay und Dax etwas Besonderes ist.«

Das Klingeln des Telefons unterbrach ihr Gespräch. AB nahm es von Coops Schreibtisch aus entgegen. Coops Kopf ruckte herum, als sie sagte: »Ja, ich übernehme die Kosten.«

Nur eine Person rief auf diese Weise an – Marlene.

Er hörte zu und schüttelte den Kopf, wobei er übertriebene Handgesten machte, damit AB ihn verstand. »Tut mir leid, Marlene«, sagte sie, »Coop ist nicht im Büro. Soll ich ihn bitten, dich zurückzurufen?«

Die krächzende Stimme seiner Mutter war so laut, dass er das meiste von dem, was sie sagte, verstehen konnte. Nachdem sie sich darüber ausgelassen hatte, dass sie Ruben nicht finden konnte und in sein Haus einbrechen musste, um eine Bleibe zu haben, machte sie AB klar, dass es sich um einen Notfall handelte. Sie müsste mit Coop sprechen, sobald er zurück wäre.

AB schrieb eine Telefonnummer auf einen Klebezettel und versprach, Coop Bescheid zu geben. Sie legte den Hörer auf und reichte ihm den Zettel.

Er nahm ihn, während sein Kopf pochte. »Ich habe dir gesagt, dass sie ein Problem sein würde, sobald sie aus dem Gefängnis kommt. Und jetzt sind wir vierundzwanzig Stunden später hier. Hat sie gesagt, sie sei in Rubens Haus eingebrochen?«

AB knirschte mit den Zähnen. »Ja, anscheinend war er nicht zu Hause, wie sie erwartet hat, und sie hat gewartet und ist gestern eingebrochen, damit sie einen Platz zum Schlafen hat.«

»Sie hat Glück, dass sie nicht wieder im Gefängnis sitzt.« Coop tippte mit dem Finger auf den leuchtend orangefarbenen Zettel. »Ich rufe in dem Motel an, das Miss Flint vorgeschlagen hat, und frage, ob sie ein Zimmer frei haben, bevor ich sie zurückrufe. Ich habe im Moment keine Zeit für Marlenes Drama.«

Er nahm seinen Kaffee und verschüttete etwas auf sein T-Shirt. Er zog eine Grimasse und tupfte es mit einer Serviette ab, dankbar, dass es dunkelblau war. Er musste lachen, als er den Schriftzug darauf bemerkte – *Geduld ist eine Tugend, nur nicht meine.*

AB verließ den Raum und Gus lümmelte auf seinem Stuhl, während Coop die Notizen auf seinem Schreibtisch durchwühlte, um den Namen des Motels zu finden. Er fand ihn auf einem Notizblock, und nach einem kurzen Gespräch erfuhr er, dass es freie Zimmer gab und seine Mutter für die nächsten drei Wochen dort unterkommen konnte.

Er atmete tief durch, lehnte sich auf seinem Stuhl zurück und blickte aus dem Fenster. Augenblicke später kam AB mit einer dampfenden Tasse Kaffee zurück. Echter Kaffee, dem Aroma nach zu urteilen. Mit einem Augenzwinkern stellte sie die Tasse und einen Keks vor ihn hin. »Ich dachte, du könntest das jetzt gut gebrauchen. Ich mache eine Ausnahme von der Eine-Tasse-Regel, aber nur für heute.«

Er griff nach dem übergroßen Becher, den er immer benutzte. »Gott segne dich, AB. Ich weiß wirklich nicht, was ich ohne dich tun würde.« Er nahm mehrere Schlucke, schloss die Augen und ließ das starke Gebräu seine Wirkung entfalten. Nach ein paar Bissen vom Keks und mehr Kaffee griff er zum Telefon und wählte die Nummer in Vermont.

»Mom, AB hat gesagt, du hast angerufen.«

»Ich stecke hier in einem ziemlichen Schlamassel. Ruben ist nirgends zu finden, und ich sollte bei ihm bleiben, während ich diese blöde gemeinnützige Arbeit erledige. Der Richter hatte es von Anfang an auf mich abgesehen.«

»Was brauchst du?«, fragte Coop und konzentrierte sich darauf, die Irritation aus seiner Stimme zu halten.

»Du musst das für mich in Ordnung bringen«, kreischte sie.

Er zählte langsam bis zehn, kam aber nur bis fünf. »Das kann man nicht ändern. Du musst bleiben und deine gemeinnützige Arbeit ableisten. Du kannst nicht bei jemandem einbrechen, sonst kommst du wieder ins Gefängnis.«

»Ich habe gute Lust, dieses Kaff zu verlassen. Es hat mir nichts als Ärger gebracht.«

»Wenn du nicht bleibst und deine Strafe nicht ableistest, stellen sie einen Haftbefehl gegen dich aus. Du musst nur die Stunden ableisten und fertig.«

»Ich bin viel zu alt, um Müll aufzusammeln oder hinter anderen Leuten aufzuräumen. Miss Flint, diese idiotische Anwältin, die du engagiert hast, hat mir eine Liste mit Stellen gegeben, wo ich arbeiten könnte, und die sind alle schrecklich. Das ist kein Ort für eine Frau in meinem Alter.«

Coop hätte sich fast ein Loch in die Zunge gebissen. »Miss Flint hat versucht, dir zu helfen, indem sie dafür gesorgt hat, dass du deine Stunden ableisten kannst. Die Aufgaben, die für Sozialstunden zur Verfügung stehen, sind nicht sehr begehrt. Es ist in der Regel eine lausige Arbeit, die niemand gerne macht. Du musst nur deinen Stolz herunterschlucken und es tun.«

»Sag mir nicht, ich soll meinen Stolz herunterschlucken. Ich bin immer noch deine Mutter und verdiene etwas Respekt. Was nützt es, einen Sohn zu haben, der Anwalt ist, wenn du mir nicht aus diesem kleinen Problem heraushelfen kannst. Du musst eine erbärmliche Ausrede für einen Anwalt sein.«

Sein Herz hämmerte in seiner Kehle. »Du hast das Gerichtsverfahren hinter dir und bist verurteilt worden. Die Zeit der Anwälte ist vorbei. Jetzt ist es an der Zeit, dass du für deine Taten bezahlst. Wenn du lieber ins Gefängnis gehst, lässt sich das sicher arrangieren.«

»Werd nicht frech, junger Mann!«

Coop blieb stumm und zählte wieder bis zehn. Er kam nicht bis drei, bevor Marlenes Stimme in sein Ohr schrillte. »Ich weiß nicht, wie man von mir erwarten kann, dass ich freiwillig und kostenlos arbeite, während ich kein Geld für Essen und keine Bleibe habe. Beantworte mir die Frage, Schlaukopf!«

»Wie Ms. Flint dir schon sagte, war ich bereit, für ein paar Wochen dein Motelzimmer zu bezahlen, damit du deine Sozialstunden ableisten kannst. Im Motel ist das Frühstück inbegriffen, und einer der Jobs, die auf der Liste standen, war das Geschirrspülen im Seniorenzentrum. Du würdest eine Mahlzeit bekommen, während du arbeitetest, und eine, die du mit nach Hause nehmen kannst. Damit wären beide Probleme gelöst, aber du hast diese Idee abgelehnt, weil du lieber bei deinem kriminellen Freund bleiben wolltest, der anscheinend nicht zu Hause ist.«

»Ich bin sicher, dass etwas Wichtiges dazwischen gekommen ist. Ruben würde mich nicht einfach so im Stich lassen.«

»Deine Möglichkeiten sind begrenzt. Entweder du findest einen Weg, deine gemeinnützige Arbeit zu leisten, oder du gehst ins Gefängnis.«

»Du bist keine Hilfe«, brüllte sie.

»Was soll das werden? Ich habe zu arbeiten und muss los.«

»Gut. Ruf die verdammte Anwältin an und sag ihr, sie soll das alles im Seniorenzentrum arrangieren. Ich kann nicht glauben, dass du zu kaltherzig bist, um etwas zu tun, das mir hilft.«

»Es hilft dir also nicht, wenn ich dein Motelzimmer bezahle? Du bist unglaublich. Geh einfach in Ms. Flints Büro, und ich rufe sie an.« Er knallte den Hörer auf, bevor sie etwas erwidern konnte.

Coop tippte mit der Spitze des Stifts, den er in der Hand hielt, auf den Tisch und starrte auf das Telefon. Er drehte sich zu AB um und schüttelte den Kopf. »Wir müssen die Büronummer ändern, damit sie mich nicht mehr anrufen kann.«

AB grinste. »Ich kümmere mich darum. Und damit meine ich, dass ich Miss Flint anrufe und sie darauf vorbereite, dass sie das Motel bezahlt und das Seniorenzentrum für Marlene arrangieren soll. Ich werde dafür sorgen, dass sie die Zahlungen immer nur für einen Tag auslöst, falls Marlene abspringt.«

Coop lehnte sich in seinem Stuhl zurück. »Du hast meine Gedanken gelesen, AB. Danke.«

Nachdem er mehr als dreißig Minuten lang auf die Tafel

gestarrt und nichts erreicht hatte, räumte Coop den Konferenztisch und seinen Schreibtisch auf, pfiff Gus zu und schaltete das Licht in seinem Büro aus.

AB legte gerade den Hörer auf, als sie an ihrem Schreibtisch vorbeikamen. »Tante Camille hat ihren Buchclub, also haben Dad und ich vor, mit ein paar Freunden aus dem Gemeindezentrum zu pokern, und Ben schließt sich uns an. Ich werde mich früh aus dem Staub machen. Ich kann mich sowieso nicht konzentrieren. Ich denke, ich werde mit Gus in den Park gehen, damit ich mich beruhigen kann, bevor ich nach Hause gehe. Ich will Dad und Tante Camille nicht mit dem Neuesten von Mom belasten.«

Beim Klang eines seiner Lieblingsworte wurden Gus' Ohren hellhörig, und er stand stramm vor Coop, wobei sein Schwanz hin und her wedelte.

Coop lächelte auf ihn hinab. »Du bist immer für einen schönen Spaziergang im Park zu haben, nicht wahr, Kumpel?«

AB lächelte Coop an und tätschelte Gus' Kopf. »Klingt gut. Miss Flint wird sich um die Dinge in Vermont kümmern. Genieße den Abend, Coop!«

KAPITEL SIEBZEHN

Am Mittwoch ging es ihm schon besser, denn Coop hörte nichts von Marlene. Nach einem Tag wie gestern war er froh, dass er sich geweigert hatte, ihr seine Handynummer zu geben. Es würde kein Entkommen geben, wenn sie leichteren Zugang zu ihm hätte. Er versuchte, die Schuldgefühle zu verdrängen, die immer auf einen Streit mit seiner Mutter folgten. Sie machte es ihm schwer, etwas anderes zu empfinden als Verachtung und Abneigung gegen sie.

Gus hatte eine Untersuchung in der Tierarztpraxis, also verbrachte Coop einen Teil des Vormittags dort, und als sie in das Büro zurückkehrten, war Gus erschöpft von all der sozialen Interaktion und dem Beschnüffeln aller Oberflächen. Coop hatte sein neues T-Shirt mit einem Golden Retriever und dem Spruch *Ich arbeite hart, damit mein Hund im Luxus leben kann* darauf angezogen, da er wusste, dass es jedem in der Tierarztpraxis gefallen würde.

Gus machte ein Nickerchen, und bei den Resten der gestrigen Pokersnacks sprachen Coop und AB über einige

Ideen zu dem Fall. Coop erwähnte erneut die Tatsache, dass jemand anderes als Gavin involviert gewesen sein könnte und den Anruf abgefangen und dann jemanden dafür bezahlt haben könnte, Dax loszuwerden.

»Das bringt uns zurück zu Marvin, Penny, Bethany und Huck, die wir noch nicht befragt haben, ganz zu schweigen von den anderen Angestellten, die dort gearbeitet haben. Apropos Huck, ich muss noch ein bisschen mehr über ihn recherchieren. Sein jetziges Haus liegt in einer gehobenen Wohngegend und ist einiges wert, aber er ist auch auf hohem Niveau in den Ruhestand gegangen, was bedeutet, dass er ein ausgezeichnetes Gehalt bezog. *Royal* zu verlassen, hat sich für ihn ausgezahlt.«

Coop tippte mit seinem Stift auf seinen Notizblock. »Vergiss Adele nicht! Sie hat ihr Bestes getan, um das Treffen mit Red in der *Oak Bar* zu vertuschen, aber die Tatsache, dass sie zugestimmt hat, sich mit ihm zu treffen, und der Zeitpunkt, nur wenige Monate vor den Unfällen, sind merkwürdig.«

AB nickte. »Keiner der Leute, die wir befragt haben, lebt einen extravaganten Lebensstil. Die einzigen beiden, die das tun, sind Gavin und Adele. Ich frage mich, ob sie in dieser Zeit irgendeine Art von Geldzufluss erhalten haben. Das einzige Motiv, das ich sehe, ist ein finanzielles: Red bezahlt sie, damit sie ihm hilft, die Kontrolle über das Unternehmen zu erlangen. Selbst wenn wir ihre Bank von vor fünfundzwanzig Jahren ausfindig machen könnten, gäbe es dort keine Aufzeichnungen, die so weit zurückreichen.«

»Wir sollten sie etwas genauer unter die Lupe nehmen. Schauen wir uns alle Immobilien an, die vor ihrer Heirat mit Frank auf ihren Namen liefen, und machen wir dasselbe mit Gavin. Schauen wir, ob einer von ihnen in dieser Zeit Eigentum erworben hat oder ob sich ihre finanzielle

Situation geändert hat. Wir sollten auch nachsehen, ob wir Freunde von ihr finden können, die mehr über sie wissen, vielleicht jemanden aus der Zeit, als sie mit Gavins Vater verheiratet war.«

AB nickte. »Ich werde mit der Suche beginnen.«

Coop überprüfte die von AB erstellten Lebensläufe aller Personen, von denen sie wussten, dass sie zum Zeitpunkt des Brandes in den *Royal*-Büros gearbeitet hatten, und nichts stach ihm ins Auge. Gavin hatte das College in Knoxville besucht und war Empfänger mehrerer Stipendien und Zuschüsse gewesen, die auf Bedürftigkeit beruhten. Dank Adeles Verdienst als alleinerziehende Mutter hatte er Anspruch auf staatliche Unterstützung, und da sie in einem bescheidenen Haus gelebt hatte, konnte sie das bezahlen, was die Stipendien nicht abdeckten. Nach dem Tod ihres Mannes lebte Adele weiterhin in Murfreesboro, etwas mehr als dreißig Meilen von Nashville entfernt, und blieb dort, bis sie Frank geheiratet hatte.

Aus den Immobilienunterlagen ging hervor, dass Adele das Familienhaus verkauft und Gavin sein erstes Haus gekauft hatte, das er später verkaufte und seitdem mehrmals umgezogen war, wobei er immer etwas Größeres und Teureres erworben hatte. All das schien normal zu sein. Viele Eltern halfen ihren Kindern beim Kauf ihres ersten Hauses.

Die Differenz zwischen dem Betrag, für den Adele ihr Haus verkauft hatte, und dem Betrag, den sie für Gavins neues Haus bezahlte, das auf beide Namen lautete, war gering. Nichts deutete auf einen Zufluss von Geldern aus einer externen Quelle hin.

Am späten Nachmittag kam AB mit einem Klebezettel durch Coops Tür. »Ich habe die Nachbarin von Adele in Murfreesboro gefunden. Eine Mrs. Davis wohnt immer noch im selben Haus neben Adeles Wohnung. Ich habe sie angerufen, und sie ist bereit, sich gleich morgen früh mit dir zu treffen.«

Am Donnerstagmorgen machte sich Coop auf den Weg nach Murfreesboro und fand Adeles altes Viertel, in dem Mrs. Davis noch lebte. Sie empfing Coop in ihrem kleinen Haus im Ranch-Stil in einer Straße mit vielen ähnlichen Häusern.

Die Jahre waren nicht so sanft zu ihr gewesen, wie sie bei Adele der Fall war. Mrs. Davis wankte, als täten ihr die Knie weh, und ihr kurzes graues Haar machte nicht viel her. Sie lächelte Coop an, was die tiefen Falten in ihrem Gesicht noch mehr betonte. Kein Fleckchen Make-up zierte ihr Gesicht, und ihre blauen Augen funkelten, als sie Coop eine Tasse Kaffee anbot.

Er nahm einen geblümten Becher dankend entgegen und setzte sich zu ihr an den Esstisch, der an ihre kleine Küche angrenzte. »Ich weiß es zu schätzen, dass Sie mich so kurzfristig empfangen, Mrs. Davis. Ich arbeite gerade an einem Fall und habe gehofft, mehr über Adele und Gavin und ihr Leben hier zu erfahren, als sie noch nebenan wohnten, wie meine Kollegin Ihnen sagte.«

»Adele und Roger, ihr Mann, zogen gleich nach uns ein. Die Häuser, diese ganze Siedlung war damals brandneu. Roger war Bewährungshelfer und Adele Hausfrau und kümmerte sich um den kleinen Gavin. Von Zeit zu Zeit trafen wir uns mit ihnen zum Abendessen oder zu Grillabenden. Wir haben Mädchen in Gavins Alter, und als sie jünger waren, spielten sie zusammen, dann aber nicht mehr so oft, als sie älter wurden.«

Sie nahm einen Schluck aus ihrer Tasse und sah in die Ferne. »Wir lebten einfach unser Leben, und als Roger dann bei diesem Autounfall starb, war das ein schwerer Schlag für die arme Adele und Gavin. Sie belegte Kurse an der Volkshochschule und arbeitete als Zeitarbeiterin, glaube ich, bis sie einen Job bei diesem großen Vergnügungsunternehmen in Nashville bekam. Sie wollte unbedingt, dass Gavin aufs College gehen konnte, und arbeitete hart, um einen gut bezahlten Job zu finden, damit sie das auch konnte.«

»Und sie hat in all den Jahren, in denen sie hier gelebt hat, nie wieder geheiratet?«, fragte Coop.

Mrs. Davis schüttelte den Kopf. »Nein, sie hat sich auf die Arbeit und Gavin konzentriert. Ich glaube, sie hat nach Rogers Tod alles in ihr Kind gesteckt, was sie hatte. Sie würde für diesen Jungen über glühende Kohlen gehen, um ihm alles zu geben, was er sich wünscht. Sie ist nicht aufs College gegangen, und ich weiß, dass es ihr sehr wichtig war, dass Gavin gehen kann. Sie wollte jede Chance und jeden Erfolg für ihn und musste sich nach Rogers Tod besonders anstrengen.«

Sie führte die Tasse an ihre Lippen und setzte sie dann ab. »Es gab einen Mann, einen Kollegen von Roger, der oft vorbeikam, um sich um den Garten zu kümmern und Dinge im Haus für sie zu reparieren. Ich glaube, er war in sie verliebt, aber es wurde nie etwas daraus. Sie war so charmant, mit einem wunderbaren Lächeln, wunderschönem blonden Haar, eine so zierliche Frau. Sie hatte so eine Art von Hilflosigkeit, aber sie war nicht hilflos.« Die Frau grinste. »Ich glaube, sie wusste, dass Männer Frauen wie sie gerne retten, wissen Sie?«

»Erinnern Sie sich an seinen Namen?«

Mrs. Davis starrte aus dem Fenster, die Stirn in Falten gelegt. »Es fällt mir sicher wieder ein.« Sie tippte mit den Fingern gegen den Rand ihres Bechers. »Ich weiß noch, wie er aussah. Er war ihr sehr zugetan, und mein Mann und ich waren sicher, dass sie zusammenkommen würden, aber es ist nie passiert.«

»Hat er für den Staat Tennessee oder den Bezirk gearbeitet?«

»Den Staat. Er und Roger haben im selben Büro gearbeitet.« Sie klatschte mit der Hand auf den Tisch. »Jerry Corman, das war sein Name.« Sie grinste. »Ich sagte doch, dass er mir einfallen würde.«

Coop notierte den Namen in sein Notizbuch. »Das ist eine große Hilfe, danke.« Er trank seinen Kaffee aus und ließ Mrs. Davis in Erinnerungen schwelgen, während sie auf die Fotos ihrer Familie zeigte, die an der Wand hingen.

Sie seufzte und fügte hinzu: »Ich vermisse die Zeit, als die Mädchen noch klein waren und das Leben einfacher war. Seit dem Tod meines Mannes bin ich hier größtenteils allein, abgesehen von ein paar Tagen im Jahr, wenn sie mich besuchen. Sie leben beide außerhalb des Staates und sind mit ihren Familien beschäftigt.«

Coops Herz schmerzte für die Frau, die sich nach Gesellschaft und Konversation sehnte, aber er hatte keine Zeit, zu trödeln. »Ich wohne zufällig mit meiner Tante zusammen, und sie ist fast so alt wie Sie. Sie verbringt ihre Tage mit Buchclubs und Gartenclubs und viel Zeit in unserem Gemeindezentrum. So etwas könnte Ihnen gefallen.« Er brachte seine leere Tasse zum Waschbecken. »Ich fürchte, ich muss zurück ins Büro, aber Sie waren mir eine große Hilfe, Mrs. Davis. Vielen Dank auch für den Kaffee.«

»Oh, es war mir ein Vergnügen. Ein Buchclub hört sich gut an. Ich werde mich nach einem erkundigen, wenn ich das nächste Mal die Bibliothek besuche. Wenn Ihnen noch etwas einfällt, hoffe ich, dass Sie mich wieder besuchen kommen.«

Sie wollte aufstehen, aber Coop legte eine Hand auf ihre Schulter. »Bleiben Sie sitzen und genießen Sie Ihren Kaffee. Ich finde den Weg hinaus. Nochmals vielen Dank.«

Coop setzte sich hinter das Steuer des Jeeps und eilte zurück ins Büro. Er fand AB an ihrem Schreibtisch und bat sie, mit den Nachforschungen über Jerry Corman zu beginnen, der für die Tennessee Strafvollzugsbehörde arbeitete, als Adele in Murfreesboro gelebt hatte.

Während sie den Computer abfragte, rief Coop Ben an, um ihn zu fragen, ob er Jerrys und Adeles ersten Ehemann über seine Kanäle überprüfen könne. Coop scannte gerade alte Zeitungsartikel und AB war damit beschäftigt, Datenbanken zu durchsuchen, als Gus von seinem Stuhl zur Hintertür eilte.

»Dad und Tante Camille müssen mit dem Mittagessen kommen.« Coop stieß sich vom Konferenztisch ab und eilte zum Parkplatz, um den beiden zu helfen. Tante Camille hatte genug Essen in den Kofferraum ihres Autos gepackt, um die ganze Nachbarschaft zu versorgen.

Während er die schwere Auflaufform mit Topflappen trug, nahm Coop den Duft des heißen braunen Truthahnauflaufs seiner Tante wahr. Er konnte es kaum erwarten, in die käsige und speckige Köstlichkeit einzutauchen. Nachdem er die Beilagen und eine Packung frischer Kekse hereingeschleppt hatte, sorgte Coop dafür, dass jeder ein Getränk hatte, und nahm am Küchentisch Platz.

Während sie aßen, erzählte Coop seiner Tante von Mrs. Davis und seinem Gespräch mit ihr. »Sie ist sehr nett, aber einsam, und sie liest gern. Ich dachte immer, dass eines der

Mitglieder deines Buchclubs in Murfreesboro wohnt. Trefft ihr euch nicht manchmal dort?«

Sie nickte, während sie einen Apfel aus dem Obstsalat aufspießte. »Ja, Ruby Faye wohnt dort draußen, und das schon seit Jahren.« Sie zwinkerte ihrem Neffen zu. »Ich sehe schon, worauf du hinauswillst. Gib mir einfach ihre Nummer, und ich rufe sie an, um sie zu überreden, sich uns anzuschließen. Sie wird es nicht ablehnen können, das verspreche ich.«

Coop grinste und nickte. »Ich wusste, dass ich auf dich zählen kann.«

Charlie und Camille gingen für den Rest des Nachmittags und einen Teil des Abends ins Gemeindezentrum. Dort fand ein Pinochle-Turnier statt, an dem sie als Partner teilnahmen. »Je mehr Spiele wir gewinnen, desto später werden wir nach Hause kommen, also wünscht uns Glück«, sagte Charlie grinsend.

Tante Camille bestand darauf, dass Coop und AB die Reste für das morgige Mittagessen aufbewahrten, und nachdem Charlie noch einen Keks verschlungen hatte, machten er und Camille sich auf den Weg zum Auto. Coop beobachtete, wie sie sich gegenseitig die Treppe hinunterhalfen, und bemerkte, dass sein Vater besser gehen konnte. Die Beweglichkeit seines Knies wurde von Tag zu Tag besser.

Er war erleichtert, dass er ihn hatte überreden können, sich in Nashville zu erholen, und Coop hatte sich daran gewöhnt, ihn im Haus zu haben. Charlie, so dachte Coop, genoss es, umsorgt zu werden, und all die Ausflüge, die Tante Camille ihm aufzwang. Coop freute sich nicht auf den Tag, an dem sein Vater nach Nevada zurückkehren musste, aber er wusste, dass es bald passieren würde.

Nachdem sie die Küche aufgeräumt hatten, nahmen

Coop und AB einen Teller mit Keksen und setzten sich wieder an den Konferenztisch. Jerry lebte immer noch in Murfreesboro und war in den Ruhestand getreten, nachdem er sein ganzes Berufsleben lang als Bewährungshelfer gearbeitet hatte. Er hatte keine Kinder und war geschieden, seit er in seinen Dreißigern gewesen war.

Nichts in seinen Unterlagen fiel auf. Er hatte ein schönes Haus, aber nichts, was über seinen Verhältnissen lag. Abgesehen von seiner Arbeit mit Roger hatte er keine andere Verbindung zu Adele. Coop trug seinen Namen und seine Telefonnummer in sein Notizbuch ein, in der Absicht, ihm einen Besuch abzustatten und zu sehen, was er über Adele erzählen konnte.

Am späten Nachmittag rief Ben Coop zurück und bestätigte die meisten der Informationen, die Coop und AB herausgefunden hatten. »Die Leute, die ich kenne, hatten nicht viel über ihn zu sagen, weder so noch so. Er war ein Karrieremensch, im Ruhestand, hat nie einen hohen Dienstgrad erreicht und schien damit zufrieden zu sein, seine Zeit abzusitzen. Niemand erinnert sich an eine Freundin oder etwas anderes über sein Privatleben. Ich habe seine Adresse, Telefon- und Handynummern, falls du sie brauchst.« Ben ratterte sie herunter, und Coop fügte die Handynummer seinem Notizbuch hinzu.

Am späten Nachmittag war Coops Begeisterung darüber, etwas über Jerry zu erfahren, verflogen. Nichts, was sie gefunden hatten, warf ein Licht auf den Fall.

Er war damit beschäftigt, auf die Notizen zu starren, die er auf die Glastafel geschrieben hatte, als ihn die eiligen Schritte von AB vor seiner Bürotür aufschreckten. Sie kam ins Büro und lächelte. »Ich habe gerade mit Huck Grover telefoniert. Er hat sich entschuldigt und gesagt, er war verreist und ist gerade nach Hause gekommen.«

KAPITEL ACHTZEHN

Huck war von einem Familienausflug mit seinen Töchtern zurück und erklärte sich bereit, sich mit Coop zu treffen, sobald der vorbeikommen konnte. AB erinnerte ihn daran, sein T-Shirt durch eines der schönen Hemden der Firma zu ersetzen, die er in seinem Büro aufbewahrte. Sie wollte, dass Huck ihn ernst nahm, und die ältere Generation schätzte einen gut gekleideten Profi.

Coop gab ihr recht, stopfte sein T-Shirt in den Schrank und schlüpfte in ein schwarzes Button-down-Hemd. Er gab Gus, der an ABs Schreibtisch saß, einen kurzen Kuss und machte sich auf den Weg nach Brentwood.

Weniger als dreißig Minuten später fuhr er Hucks Einfahrt hinauf und bewunderte das makellose Backsteinhaus im Kolonialstil mit dem gepflegten Garten. Coop klingelte, und ein fröhlich aussehender Mann mit einem schneeweißen Haarkranz um seinen sonst kahlen Kopf reichte ihm die Hand. »Sie müssen Mr. Harrington sein. Kommen Sie herein!«

»Nennen Sie mich Coop, bitte!« Coop schritt durch die Doppeltür.

Der Mann nickte. »Sie können mich Huck nennen, und wir gehen hier hinein. Meine Frau ist im Laden und macht ein paar Besorgungen, aber ich habe frischen Kaffee, wenn Sie eine Tasse mit mir trinken möchten.«

Ein Mann nach seinem Geschmack, und was AB nicht wusste, könnte sie nicht ärgern. »Sehr gerne. Kann ich ein wenig Zucker haben, wenn es Ihnen nichts ausmacht?«

Huck kam mit zwei Tassen zurück und setzte sich auf eines der dunklen Ledersofas. »Also, Ihre Kollegin sagte, dass Sie sich mit einem Fall befassen, der Frank Covington betrifft.«

»Richtig.« Coop nickte, während er einen Schluck des köstlichen Kaffees nahm. »Es ist eine vertrauliche Angelegenheit, aber ich versuche, mehr über *Royal Amusement* zu erfahren, insbesondere über den Zeitraum, in dem es zu den Unfällen kam, bevor er die Firma verkaufte, und zu dem Zeitpunkt, als Sie sie verließen. Soweit ich das beurteilen kann, waren Sie von Anfang an dabei, mehr als zwanzig Jahre lang.«

Huck nickte, mit einem fernen Blick in den Augen. »Ich habe bei Frank angefangen, kurz nachdem ich meine Prüfung zum Buchhalter bestanden hatte. Sein Unternehmen wuchs, und er war ein großartiger Ideengeber, aber er brauchte jemanden, der sich um die Details kümmerte und die Bücher führte. Wir arbeiteten gut zusammen, und das Unternehmen war recht erfolgreich. Es war ein toller Arbeitsplatz … bis er es nicht mehr war.«

Huck hielt in Gedanken inne und Coop nippte an seinem Kaffee, während er wartete.

»Frank gab dem jungen Gavin eine Chance und brachte

ihn dazu, unter mir zu arbeiten. Er kam frisch von der Schule mit seinem MBA und dachte, er wüsste alles. Frank wollte, dass ich ihm alles beibringe und ihn darauf vorbereite, das Geschäft zu übernehmen, wenn ich in den Ruhestand gehen würde. Wie auch immer, er hatte große Ideen und drängte auf mehr Gewinn. Das war alles, was er sehen wollte. Er wollte die Ausgaben senken, um die Gewinne zu steigern. Er übte viel Druck auf die Schausteller aus und versuchte, sie mit Prämien und dergleichen zu motivieren.«

Coop nickte interessiert. »Glauben Sie, das hat bei den Unfällen eine Rolle gespielt?«

Hucks Augen trübten sich und er nickte. »Leider ja, das tue ich. Ich erwähnte, dass ich über Gavins Taktik besorgt war, aber Frank meinte, ich solle mir keine Sorgen machen. Ich solle mich auf die neuen Ideen einlassen, und er wollte, dass ich Gavin eine faire Chance gebe. Nachdem ich ein paar Mal sagte, dass ich Zweifel hatte, und Frank mich abwimmelte, habe ich das Thema nicht mehr angesprochen. Erschwerend kam hinzu, dass Gavin der Sohn von Adele war.«

Er nahm einen langen Schluck aus seiner Tasse. »Ich mochte Gavin und seine neuen Ideen nicht. Ich hatte Frank immer mit den Fakten konfrontiert und ihm meine Meinung oder meine Ideen mitgeteilt, aber überließ ihm die Entscheidung. Gavin wollte dem Unternehmen eine neue Richtung geben, und nach den Unfällen hatte ich mich entschlossen, mir etwas anderes zu suchen. Ich war unglücklich und hasste es, zur Arbeit zu gehen. Nach dem Tod von Mrs. Covington schien Frank noch weniger an dem interessiert zu sein, was ich zu sagen hatte. Meine Frau und ich beschlossen, sosehr wir den Gedanken an einen Umzug auch hassten, er würde unser Leben einfacher machen, und so hatte ich gerade meine Kündigung ausgesprochen, als Franks Sohn starb.«

Coop kritzelte auf seinem Notizblock herum. »Erzählen Sie mir mehr über diese Zeitspanne. Kannten Sie Dax?«

Huck lächelte. »Dax war ein guter Junge gewesen. Er war auf dem College und am Boden zerstört nach dem Tod seiner Mutter und den schrecklichen Unfällen, die dem vorausgegangen waren. Er stand seiner Mutter näher als Frank, das weiß ich. Soweit ich weiß, versuchte er herauszufinden, was passiert war, und gab sich als Schausteller aus, kam aber schließlich bei einem schrecklichen Feuer ums Leben, als der Jahrmarkt in Georgia war. Frank war danach völlig am Boden zerstört, und sein Kopf war nicht mehr bei der Arbeit. Danach gab es für mich keinen Grund mehr, hierzubleiben. Ich bin ein paar Tage nach der Beerdigung gegangen.«

»Einige der Leute, mit denen ich gesprochen habe, sagten, Sie seien ein großartiger Geschäftsführer gewesen und haben gewusst, wie man den Laden profitabel hielt, hätten immer ein Auge auf die Ausgaben und wollten sie niedrig halten. Sie erwähnten, dass Gavin einige neue Ideen hatte, um Boni an den Gewinn zu koppeln. Das scheint ein Anreiz zu sein, der Ihren Vorstellungen entsprechen könnte, was halten Sie davon?«

Huck nickte. »Mir ging es darum, die Ausgaben niedrig und die Einnahmen hoch zu halten. Das ist die einfache Gleichung für den Gewinn, und ich verstehe, dass die Prämien an den Gewinn gekoppelt sind, aber ich hatte Bedenken, dass einige unserer Chefs alles tun würden, um diese Zahlen oben zu halten, was bedeutet, dass sie bei der Wartung Abstriche machten. Das war ein Bereich, der in diesem Geschäft nicht geopfert werden darf. Es ging um eine Frage der Sicherheit und konnte letztlich die Marke so stark beschädigen, dass sie implodierte. Ich dachte, es gäbe andere, weniger rücksichtslose Wege, um unsere Ausgaben so niedrig wie möglich zu halten.«

»Ich habe gehört, dass Sie Gavin zu den Standorten geschickt haben, um die Kassenführung zu überwachen und Stichproben zu machen. Erinnern Sie sich, ob er auf einem solchen Besuch war, als der Brand in Georgia war?«

Seine Stirn legte sich in Falten. »Hmm, wissen Sie, ich erinnere mich nur deshalb, dass er nicht im Büro war, weil einige der Damen Essen für Frank und die Kinder organisierten und Gavin nicht da war, um zu helfen. Nicht, dass er das getan hätte. Ich bin mir sicher, dass Adele für ihn eingesprungen wäre, aber er hätte keinen Finger gerührt, um jemand anderem zu helfen. Ihm ging es nur um Gavin und darum, die Karriereleiter zu erklimmen.«

»Könnte er bei Rex' Markt gewesen sein?«

Huck schüttelte den Kopf. »Das bezweifle ich. Rex leitete unseren größten Markt und leistete hervorragende Arbeit. Er war schon lange dabei und wir hatten nie ein Problem. Ehrlich gesagt konnte ich es an den Zahlen ablesen, ich war lange genug dabei, um zu wissen, wann es einen Rückgang oder einen Anstieg der Kasseneinnahmen gab. Ich schickte Gavin in den Außendienst, um ihn größtenteils loszuwerden. Seine Arbeit half mir nicht viel, und ich hasste es, Rex ihm zu unterstellen. Durch die Reisen fühlte sich Gavin wichtig, und das hielt ihn bei Laune.«

»Nach dem, was Sie sagen, klingt es so, als wären Sie und Frank jahrelang gut miteinander ausgekommen, aber Gavins Einmischung trieb einen Keil zwischen Sie. Ist das richtig?«

Huck zuckte mit den Schultern. »Es war nichts, worüber ich mich bei Frank beschwert habe. Es war nur ein Unbehagen, das ich verspürte, und Adele machte es unangenehm. Ich fühlte mich ein wenig ausgegrenzt, da sie alles tat, um Gavin zu helfen, wie ein strahlender Stern auszusehen. Immer öfter schien sie mir den Zugang zu Frank zu verwehren, oder ich vereinbarte ein Treffen, und dann war er nicht da, und sie sagte, es sei ein Fehler gewesen. Frank vertraute Adele, und sie standen sich nahe. Es wäre nicht klug gewesen, mich gegen sie und ihren Sohn zu stellen. Ich war vorsichtig. Es war einfacher, einfach zu gehen.«

Coop kritzelte alles in sein Notizbuch. »Nach dem, was Sie mir erzählt haben, klingt das vielleicht merkwürdig, aber haben Sie jemals die Schausteller angewiesen, bei der Wartung zu sparen und die Protokolle zu fälschen?«

Hucks Lächeln verschwand und er wurde blass. »Niemals. So etwas würde ich nie tun. Meine größte Befürchtung war, dass der Bonusplan, den sich Gavin ausgedacht hat, sie dazu bringen würde, so etwas Dummes zu tun. Gavin hat es auch nicht mit Frank besprochen. Ich glaube, er wollte ihn beeindrucken und ihm zeigen, dass er einen besseren Job machen kann als ich.«

»Ich habe mit Marvin und Frank darüber gesprochen, und beide streiten ab, dass es jemals eine solche Anweisung gegeben hätte, aber ich habe einen ehemaligen Mitarbeiter, der ausgesagt hat, dass Rex angewiesen wurde, das zu tun.«

Huck schüttelte den Kopf und seufzte. »Marvin hätte das nicht getan, und Frank auch nicht. Es muss Gavin gewesen sein. Er war so versessen darauf, Frank zu zeigen, dass er mit seinen Ideen mehr Profit machen konnte, dass er zu allem bereit gewesen wäre. Er wollte mich hinausdrängen, das ist mir jetzt klar. Glauben Sie mir, es gab nicht viel mehr, was wir tun konnten, um die Gewinnspanne zu erhöhen. Sie war so hoch, wie ich dachte, dass wir sie sicher erreichen könnten.«

Coop erkundigte sich nach dem Verfahren für die

Wartungsprotokolle, und Huck bestätigte, dass sie in der Regel per Fax oder Post in Papierform übermittelt wurden, woraufhin die Sachbearbeiter die Daten in das Computersystem eingaben und die Software Berichte erstellen konnte. Huck stellte seine Tasse auf dem Kaffeetisch ab. »Gavin wusste, dass meine Mitarbeiter sich auf keinen Fall an den Unterlagen zu schaffen machen würden, also ging er zur Quelle. Wahrscheinlich hat er meinen oder Franks Namen benutzt, um andere Anweisungen zu geben.«

Er lehnte sich zurück und starrte einen Moment lang an die Decke. »Wir haben es mit der Sicherheit und der Wartung übertrieben, aber wir hatten eine makellose Bilanz, und Frank wollte, dass das so bleibt. Niemand will sein Kind auf einen Jahrmarkt mitnehmen, wo die Maschinen und Fahrgeschäfte aussehen, als würden sie auseinanderfallen. Es klingt seltsam, aber wenn Sie sich das vorstellen können, haben wir ein erstklassiges Jahrmarktserlebnis geboten, und das war einer der Gründe für unseren Erfolg. Frank duldete keine schlampige Arbeit und wollte, dass die Mitarbeiter sauber aussehen und passende Hemden tragen. Er wollte, dass es so professionell wie möglich ist.«

»Glauben Sie, dass Red Fulton von *Big Top* daran beteiligt gewesen sein könnte, jemanden, vielleicht Gavin, davon zu überzeugen, das Unternehmen von innen heraus zu sabotieren, da er es kaufen wollte?«

»O Mann. Das wäre ein ziemlich mieses Manöver. Ich kann mir nicht vorstellen, dass er das tun würde. Red hat die Sache viel lockerer angehen lassen, aber ich kann mir nicht vorstellen, dass er Leben gefährdet hätte. Er und Frank lebten einen freundschaftlichen Wettkampf. Ich kann mir nicht vorstellen, dass er so etwas getan hat, aber ich weiß es wirklich nicht.«

Coop überprüfte seine Notizen. »Waren Sie überrascht, als Frank und Adele geheiratet haben?«

Seine Augen weiteten sich. »Ja und nein. Adele hatte eine Art, sich bei Männern wie Frank einzuschmeicheln – reich, erfolgreich. Ich glaube, es war kein Geheimnis, dass sie ihn bewunderte.« Er hob eine Hand. »Verstehen Sie mich nicht falsch. Frank hat sie nicht ermutigt, und ich habe nie eine Andeutung von Unangemessenheit seinerseits gesehen. Die Art und Weise, wie sie sich ihm gegenüber verhielt und ihn anhimmelte, war subtil, besonders nach Laura Beths Tod. Ich war also nicht wirklich überrascht, aber gleichzeitig war ich schockiert, dass Frank so kurz nach dem Verlust von Dax wieder heiraten würde. Ich bin mir nicht sicher, ob er in der Lage war, so wichtige Entscheidungen zu treffen. Er war völlig am Boden zerstört.«

Coop legte seinen Stift auf sein Notizbuch. »Es gibt neue Beweise, die darauf hindeuten, dass das Feuer auf dem Jahrmarkt kein Unfall gewesen war, und Frank glaubt, dass es vorsätzlich gelegt wurde.«

Huck schüttelte den Kopf. »O mein Gott. Das sind furchtbare Nachrichten, einfach schrecklich. Armer Frank, und ich weiß, dass er nicht bei bester Gesundheit ist. Das ist unglaublich.«

»Dax hat Frank am Tag vor dem Brand angerufen und ihm eine Nachricht auf seinem privaten Anrufbeantworter hinterlassen. Wissen Sie etwas über diesen Anruf oder diese Nachricht?«

Huck runzelte die Stirn. »Nein, ganz und gar nicht. Frank hatte zwar einen Anrufbeantworter auf seinem Schreibtisch, aber ich habe ihn nie benutzt oder gesehen, dass ihn jemand außer Frank und Adele benutzt hat.«

»Hätte Gavin Zugang gehabt?«

Huck nickte. »Sicher, genau wie alle anderen, die im Büro

arbeiteten. Franks Büro war selten abgeschlossen, und es gingen ständig Leute ein und aus.«

Coop nahm einen kurzen Schluck Kaffee. »Das wird jetzt nicht sehr freundlich klingen, aber ich muss das fragen. Der Zeitpunkt Ihres Ausscheidens aus der Firma hat mein Interesse geweckt, denn es war kurz nach dem Brand und nicht lange nach den vielen Unfällen. Ich muss sagen, das macht mich misstrauisch.«

Huck seufzte und ließ den Kopf hängen. »Das ist eine schreckliche Nachricht über Dax' Tod, und ich kann verstehen, warum mein schneller Abgang Ihre Aufmerksamkeit erregt hat. Ich weiß nicht, wie man das Gegenteil beweisen kann, aber ich kann Ihnen versichern, dass ich nichts mit dem Feuer, Dax' Tod oder den Unfällen zu tun hatte. Ich hatte es einfach satt, mit anzusehen, wie das, was wir aufgebaut hatten, unter uns zusammenbrach, und konnte nicht bleiben. Es hat mein Glück beeinträchtigt, und ich wollte weg von einem Familienunternehmen. Bei allem Guten, das daraus entstanden ist, gab es auch eine Menge Dysfunktionalität, und das war zu viel für mich.« Huck ließ die Schultern hängen. »Das klingt härter, als ich wollte. Glauben Sie mir, ich habe lange über meine Entscheidung nachgedacht und mich schuldig gefühlt, Frank zu verlassen, als er sich in einer so dunklen Lage befand, aber der Gedanke, noch enger mit Gavin zusammenarbeiten zu müssen, machte mir die Entscheidung leicht. Ich wusste, dass Gavin durch die Heirat von Frank und Adele nur noch mehr Macht bekommen würde. Ich konnte es nicht ertragen, also bin ich gegangen.«

Coop trank seinen Kaffee aus, und sie unterhielten sich noch ein paar Minuten, aber Huck hatte nichts hinzuzufügen. Er hatte Frank nicht mehr gesehen, nachdem der nach Memphis gezogen war. Als er in die Gegend von

Nashville zurückkehrte, dachte er nicht daran, sich wieder mit ihm zu treffen. »Dieser Teil meines Lebens war längst vorbei. Jetzt will ich meinen Ruhestand mit meiner Frau, unseren erwachsenen Töchtern und Enkelkindern genießen.«

Coop ließ ihm seine Visitenkarte da und bat ihn, ihn anzurufen, wenn er sich noch an etwas aus der Zeit des Brandes erinnerte. Er hütete sich, die Neuigkeiten über Dax preiszugeben, auch wenn sie nach der Party, die Frank und Adele veranstalteten, zwangsläufig an die Öffentlichkeit gelangen würden.

KAPITEL NEUNZEHN

Am Freitagmorgen saß Ben an ihrem Platz, als Coop bei *Peg's* ankam. Er trug ein schwarzes T-Shirt mit weißer Aufschrift: *Zu meiner Verteidigung: Ich war unbeaufsichtigt.* Myrtle kicherte, als sie es sah, und schenkte ihm Kaffee ein, während sie mit ihm über die Apfel-Zimt-Pfannkuchen sprach. Ben schob einen Aktenordner über den Tisch. »Der erste Zahnvergleich an den Knochen in Dax' Grab passt zu dieser vermissten Person.«

Coop öffnete die Akte und sah das Foto eines jungen Mannes, der lächelte. Er sah ein bisschen aus wie Dax, und in der Akte stand sein Name – Jacob Nathan Harris. Er stammte aus Mississippi und war einige Monate nach dem Brand als vermisst gemeldet worden. Als er sein Gesicht sah und in seinem Herzen wusste, dass er ermordet worden war, verging Coop der Appetit. »Seine arme Familie.«

Ben nickte und verschluckte sich an einem Schluck Kaffee. »Ich weiß. Ich hasse diese Art von Fällen. Wir werden mit einer formellen Benachrichtigung warten, bis wir die gesicherten forensischen Daten haben, hoffentlich heute Nachmittag. Mein Bauchgefühl sagt mir, dass er es ist.«

»Gib mir Bescheid, wann ich es Frank und Dax sagen kann. Ich weiß, dass es Ihnen wichtig ist.«

Coops Handy klingelte, und ein Blick darauf zeigte, dass AB anrief. Er drückte auf den Knopf auf dem Display. »Hey, AB. Was gibt's? Hast du einen Frühstückswunsch?«

Er hörte einige Augenblicke zu und sagte dann: »Okay, ich fahre rüber, sobald wir hier fertig sind.«

Er unterbrach die Verbindung und nahm einen langen Schluck aus seiner Tasse. »Gestern habe ich mit Huck Grover gesprochen, dem Geschäftsführer, der jahrelang für Frank gearbeitet hat und gleich nach dem Wohnmobilbrand gegangen ist. Er rief gerade bei AB an und sagte, er wolle, dass ich vorbeikomme. Er erinnerte sich, dass er eine Kiste mit alten Unterlagen aus seiner Zeit bei *Royal* aufbewahrt hatte, und dachte, sie könnte hilfreich sein.«

»Vielleicht ist das der Glücksgriff, den du brauchst.« Ben stürzte sich auf seine Pfannkuchen mit warmen Apfelstückchen, die mit Zimt und Sirup zu einer karamellähnlichen Soße veredelt waren.

»Ich war davon überzeugt, dass Huck etwas mit all dem zu tun haben muss, da er eine Autoritätsperson bei *Royal* war und nach dem, was Gavin gesagt hat, die Rentabilitätsperspektive betont hat, was zu den Unterlassungen bei der Wartung und den Unfällen geführt haben könnte. Nachdem ich mit ihm gesprochen habe, glaube ich nicht, dass er etwas damit zu tun hatte, und jetzt, da er angerufen und seine Unterlagen angeboten hat, bin ich mir noch sicherer, dass das nicht der Fall war. Er scheint ein netter Kerl zu sein, der genug davon hatte, in einem Familienunternehmen zu arbeiten, und einfach aussteigen wollte. Ich glaube, er wusste, dass das Geschäft irgendwann implodieren würde.«

»Ich bin mir sicher, dass du recht hast, aber wie ich dich kenne, wirst du AB die Unterlagen mit einem feinen Kamm durchgehen lassen, um sicherzugehen.«

Coop grinste seinen alten Freund an. »Schon dabei.« Er frühstückte schnell, weil er unbedingt zu Huck wollte. Ben bot an, AB das Frühstück zu bringen, damit Coop sich auf den Weg nach Brentwood machen konnte. Gus liebte es, mit dem Auto zu fahren, und saß auf dem Beifahrersitz, wobei er den Kopf schwenkte und alles auf dem Weg aufnahm.

Coop sorgte dafür, dass die Fenster heruntergelassen waren, damit Gus die nötige Frischluft bekam, und eilte zur Tür. Huck begrüßte ihn mit einem Lächeln und zeigte auf einen vergilbten Karton. »Nachdem Sie gestern Abend gegangen waren, dachte ich an diese Zeit zurück und erinnerte mich daran, dass ich Kopien von einigen Dingen gemacht und aufbewahrt hatte, vor allem aus Sorge über die Klagen, die eingereicht wurden, und darüber, dass jemand versuchen könnte, mich oder meine Mitarbeiter darin zu verwickeln. Ich bin mir nicht sicher, ob etwas Hilfreiches dabei ist, aber das Einzige, was ich gefunden habe, ist eine Spesenabrechnung von Gavin, die zeigt, dass er am Tag des Brandes außerhalb von Chattanooga war. Damit war er nur etwas mehr als eine Stunde vom Ort des Geschehens in Georgia entfernt.«

»Das ist sehr hilfreich. Ich werde es mit ins Büro nehmen und durchgehen, wenn das für Sie in Ordnung ist.«

Huck nickte. »Sicher, ich brauche nichts davon zurück. Ich hatte ein schlechtes Gefühl, als ich ging, und ich fühlte mich sicherer, wenn ich es behielt. Ich hoffe, es hilft.«

Coop bedankte sich erneut und trug die Kiste zum Jeep.

Unter den wachsamen Augen von Gus legte er sie auf den Rücksitz, und sie fuhren zurück ins Büro.

Gestärkt mit koffeinfreiem Kaffee, der so schmeckte, als würde man Chinesisch essen und erwarten, Stunden später immer noch satt zu sein, kramte er in der Schachtel und ging die Ordner und Papiere durch. Die Spesenabrechnung, die Huck erwähnt hatte, lag ganz oben auf dem Stapel.

Es gab Ordner mit Kopien der Wartungsberichte für jeden Standort, Einnahmen und Ausgaben, einschließlich ciniger detaillierter Kopien der bezahlten Rechnungen, und Stundenzettel der Angestellten, die sich als hilfreich erweisen könnten, wenn es darum ging, andere Personen ausfindig zu machen, die zum Zeitpunkt des Brandes bei *Royal* gearbeitet hatten. Es sah so aus, als hätte er ein bisschen von allem in die Kiste gestopft, einschließlich seines Kalenders für dieses Jahr. Coop und AB lasen die Papiere durch, in der Hoffnung, dass ihnen etwas auffallen würde. Anhand der Zeiterfassungsbögen konnten sie alle Angestellten im Büro und die Namen der Schausteller an den Unfallorten ermitteln. Ein flüchtiger Blick ins Internet zeigte, dass auch sie wie Rex verstorben waren.

Die Stunden vergingen wie im Flug, und ehe sie sich versahen, war es Zeit für den Feierabend und dafür, sich auf die Party bei den Covingtons vorzubereiten. AB bot an zu fahren und versprach, Coop in weniger als einer Stunde abzuholen.

Coop entledigte sich seines T-Shirts und wählte nach einer kurzen Dusche ein Jackett und ein grünes Hemd, von dem AB immer sagte, es wäre eines ihrer Lieblingshemden, aber er konnte sich nicht dazu durchringen, eine Krawatte zu tragen. Er vergewisserte sich, dass er sein Handy dabei hatte, und steckte sein Notizbuch in die Innentasche des Jacketts, für den Fall, dass er auf etwas Wichtiges stieß.

Er kraulte Gus hinter den Ohren und verabschiedete sich von Tante Camille und seinem Vater, die in der Küche zu Abend aßen und sich noch von ihrem dritten Platz beim gestrigen Turnier erholten. Sie hatten Geschenkgutscheine für ein lokales Café gewonnen, das für seine hausgemachten Kuchen bekannt war, und die beiden hatten vor, sie am Wochenende einzulösen.

Coops Herz schlug höher, als er sah, wie glücklich Tante Camille war, seit Charlie bei ihnen zu Gast war. Er gab ihr eine Aufgabe, und sie zwang ihn, sich mit anderen Menschen zu treffen, und trotz seines anfänglichen Widerstands konnte Coop feststellen, dass sein Vater die Zeit genoss.

Er schob sich aus der Tür und kletterte auf den Beifahrersitz von ABs wartendem VW Käfer. Jedes Mal, wenn er sich hineinsetzte, hatte er das Gefühl, dass seine Knie bis zum Kinn reichten, aber es war nur eine kurze Fahrt die Straße hinunter. AB trug eine Anzughose und den gleichen schimmernden Pullover, den sie getragen hatte, als sie bei *Houston's* zu Abend gegessen hatten. Sie reichte ihm die schön verpackte Schachtel, die sie in die Hand genommen hatte, damit er sich setzen konnte.

»Oh, schön. Was schenken wir Lindsay zum Geburtstag?«

»Ein hübsches Ledertagebuch, in das ihr Name eingraviert ist.« AB zuckte mit den Schultern. »Das ist mein Lieblingsgeschenk, wenn ich die Person nicht gut genug kenne.«

»Klingt perfekt und stilvoll.« Coops Telefon klingelte und er sah eine SMS von Ben. »Ah, Ben sagt, sie haben gerade die offizielle Bestätigung für die Überreste erhalten. Es handelt sich definitiv um Jacob Nathan Harris. Wir können Frank Bescheid sagen.«

Wenige Minuten später erreichten sie das große Anwesen

und waren sich einig, dass sie lieber am Straßenrand parken sollte als in der weitläufigen Einfahrt. Coop deutete auf einen guten Platz. »Ich will nicht lange bleiben, dann können wir uns hinausschleichen, ohne dass uns Autos zugeparkt haben.«

Als sie über das Gelände liefen, deutete AB auf die Autos. »Mit so vielen Leuten habe ich nicht gerechnet.«

Sie erreichten die Stufen zur Eingangstür. Leise Klaviermusik drang aus dem Inneren des Hauses. Eine junge Frau in einer schwarzen Catering-Uniform öffnete die Tür und hieß sie willkommen. Sie bot ihnen an, die Mäntel abzunehmen, und legte das Geschenk auf einen mit Paketen überfüllten Tisch, bevor sie sie durch den Eingang in das riesige Wohnzimmer führte, wo das Summen der Gespräche den Raum erfüllte und von der hohen Decke widerhallte. Frische Blumensträuße schmückten den Raum zusammen mit Tausenden von glitzernden Lichtern, die auf dem Balkon über dem Haus und auf der großen Terrasse vor den Glastüren angebracht waren. Es gab sogar tragbare Heizgeräte, um sicherzustellen, dass sich die Gäste in dem Raum wohlfühlten.

Es dauerte nicht lange, bis Lindsay sie bemerkte, und sie schritt durch den Raum, um sie zu begrüßen. Sie war die Schönheit des Abends in einem tiefblauen Kleid, das zu ihren Augen passte und mit ihrem dunklen Haar umwerfend aussah. »Danke, dass Sie gekommen sind. Es bedeutet Dad und Dax so viel … und mir.«

Coop reichte ihr die Hand und wünschte ihr alles Gute zum Geburtstag. AB umarmte sie. »Alles Gute zum Geburtstag, Lindsay. Ich kann mir vorstellen, dass es unwirklich ist, Dax dieses Jahr hier bei Ihnen zu haben.«

Sie lächelte und nickte begeistert. »Das ist der schönste

Geburtstag, den ich seit Langem hatte. Für Dad war es auch toll. Er hat eine neue Perspektive, trotz seiner Diagnose.«

Coop deutete auf Frank, der am anderen Ende des Raumes den Arm um Dax gelegt hatte. »Er hat sich so gefreut, dieses Treffen zu Ihrem Geburtstag und Dax' Heimkehr zu veranstalten. Es ist toll, ihn und Dax zusammen zu sehen.«

Lindsay lächelte den beiden zu und wandte dann ihre Aufmerksamkeit Coop und AB zu. »Sind Sie der Lösung des Problems schon näher gekommen?«

Coop runzelte die Stirn. »Die Polizei hat gerade die Bestätigung der Identifizierung der Leiche erhalten. Sie benachrichtigen heute Abend seine Familie. Was die Frage angeht, wer hinter dem Feuer oder den Unfällen stecken könnte, machen wir einige Fortschritte, aber noch nichts Konkretes.«

Lindsay legte ihre Hand auf ihre Brust. »Das ist furchtbar für seine Familie. Ich weiß, dass Dad und Dax darüber sehr aufgebracht sind. Ich versuche, mich auf den Segen zu konzentrieren, meinen Bruder wieder zu Hause zu haben.«

Sie führte sie in den großen Küchenbereich mit den Buffet-Tischen, auf denen sich das Essen stapelte. Das Catering-Personal bewegte sich mit Champagnerflöten und einer Vielzahl anderer Angebote durch das Haus.

»Bitte nehmen Sie sich etwas zu essen. Mir wurde gesagt, dass es eine Geburtstagstorte gibt, die später am Abend enthüllt wird. Es ist meine Lieblingstorte – eine Schokoladentorte, gefüllt mit Mokka-Mousse und überzogen mit Schoko-Fondant-Glasur.« Ihre Augen funkelten, als sie sie beschrieb.

Coop wölbte die Augenbrauen. »Sie hatten mich schon bei Schokolade.«

Lindsay lachte und winkte einem Paar zu, das gerade durch den Eingang kam. »Ich lasse Sie beide allein, damit Sie sich unter die Leute mischen können. Nochmals danke fürs Kommen.«

AB beobachtete, wie sie hinüberging und das ältere Paar umarmte. »Sie ist ein netter Mensch. Nicht wie die meisten Frauen ihres Alters, die in einen solchen Reichtum hineingeboren werden. Sie ist sehr aufrichtig.«

Coop nickte. »Hoffentlich hilft es ihr, wenn Dax wieder zu Hause ist, ihre Ängste zu überwinden. Es wäre hart für sie gewesen, wenn Frank irgendwann stirbt. Sie wäre allein gewesen, und ich glaube, Gavin und Adele hätten sie definitiv überwältigen können.«

Sie füllten ihre Teller mit den schweren Vorspeisen und nahmen im Familienzimmer Platz, in dem Coop Anfang der Woche Adele getroffen hatte. Es lag etwas abseits, und sie waren die einzigen beiden Gäste hier, sodass sie die Feierlichkeiten gut beobachten konnten. Coop erkannte mehrere Leute von den verschiedenen Soireen, die er im Laufe der Jahre mit Tante Camille besucht hatte. Wie die meisten ihrer Generation, die schon seit Jahren in Belle Meade lebten, war sie mit den gängigen noblen Ereignissen in ihren Kreisen vertraut.

Adele war in ihrem Element und schwebte in einem eleganten rosafarbenen Chiffon-Hosenanzug, der mit Stickereien und Glitzerperlen an den Manschetten und am Ausschnitt verziert war, zwischen den Gästen hindurch. Sie lächelte und lachte mit jeder Gruppe und achtete darauf, dass Lindsay sich mit jedem unterhalten konnte. Alle Zeugen, die Coop befragt hatte, beschrieben Adele als charmant, und sie war auch die einnehmende Gastgeberin.

Bei einem ihrer Streifzüge durch die Küche, bei dem sie

dem Koch über die Schulter schaute und sich vergewisserte, dass alles reibungslos ablief, entdeckte sie Coop und AB. Nachdem sie sich vergewissert hatte, dass noch mehr von den beliebten Schweinefleischstückchen übrig waren, ging sie direkt auf die beiden zu. »Schön, Sie beide heute Abend hier zu sehen. Lindsay sagte, sie habe vorhin mit Ihnen geplaudert.«

»Danke, dass wir kommen durften. Sie haben sich selbst übertroffen. Es ist ein wunderbarer Abend. Lindsay ist begeistert von ihrem Kuchen, und Frank sieht heute Abend fantastisch aus.«

Sie klimperte mit den Wimpern, als sie das Kompliment hörte, und ließ dann ihren Blick durch den Raum schweifen, bis sie Frank fand. »Ich hoffe, er übertreibt es nicht. Ich mache mir Sorgen, dass er zu müde wird.«

AB lächelte und sagte: »Ich finde, er sieht großartig und sehr glücklich aus. Es ist wunderbar, dass er diese Zeit mit Dax und Lindsay hat.«

»O ja. Er hat seit seiner Rückkehr nicht mehr als ein paar Stunden von Dax getrennt verbracht.« Coop starrte auf ihr glückliches Lächeln, bemerkte aber auch die leichte Irritation in ihrem Tonfall.

Coop wies mit einer Geste auf die beiden, wobei Frank den Arm um seinen Sohn legte, während er ihn einem anderen Freundespaar vorstellte. »Ich bin sicher, die beiden versuchen nur, die verlorene Zeit aufzuholen. Es ist nicht einfach, fünfundzwanzig Jahre voller Erinnerungen und Erfahrungen in so kurzer Zeit nachzuholen.«

»Nun, das ist doch nicht Franks Schuld, oder?« Bei dem Geräusch von zerbrechendem Glas drehte sie den Kopf. Sie rollte mit den Augen und fügte hinzu: »Ich sehe besser nach. Heutzutage ist es schwer, gute Hilfe zu bekommen.«

Mit flatterndem Chiffon machte sie sich auf den Weg in die Küche.

Coop kehrte zu seinem Platz und seinem Teller mit dem Essen zurück. AB beobachtete, wie Adele einem der Catering-Mitarbeiter eine Standpauke hielt. »Ich frage mich, ob Dax ihre Feindseligkeit ihm gegenüber mitbekommen hat. Sie ist nicht gerade nachsichtig mit ihm.«

»Ich kann mir nicht vorstellen, dass sie es verheimlicht. Sie und Gavin scheinen die einzigen Menschen in Franks Umfeld zu sein, die Dax' Rückkehr nicht feiern.« Coop neigte den Kopf in die andere Richtung, wo Gavin mit einem finsteren Gesichtsausdruck an einer der Säulen zwischen dem Eingangsbereich und dem Wohnraum lehnte.

Coop wischte sich den Mund mit einer Serviette ab und nahm einen Schluck aus seinem Glas Eistee. »Wir sollten Gavin wissen lassen, dass wir eine Spesenabrechnung haben, aus der hervorgeht, wo er am Tag des Brandes war. Vielleicht erinnert er sich an etwas.«

AB lächelte. »Ich bezweifle, dass das seine Stimmung verbessern wird. Ich bleibe hier und behalte die Menge im Auge.«

Coop machte sich auf den Weg zu Gavin. »Genießen Sie die Party?«, fragte er.

Gavin zuckte mit den Schultern und nahm einen kräftigen Schluck Champagner. »Ich bleibe nicht lange. Ich schaue nur kurz vorbei. Ich komme gerade von der Arbeit. Ich habe Mom gesagt, dass ich Pläne habe, aber sie hat darauf bestanden, dass ich vorbeischaue. Sie sagte mir, es wäre nicht anständig, es zu verpassen.«

Coop legte seine Hand auf Gavins Schulter. »Nun, ich bin froh, dass Sie hier sind. Ich habe heute ein paar alte Akten gefunden, und eine interessante Spesenabrechnung, die Sie eingereicht haben, zeigt, dass Sie am Tag des Brandes auf dem Jahrmarktsgelände außerhalb von Chattanooga waren. Sagt Ihnen das etwas?«

Gavin schmunzelte. »Nicht wirklich, aber Sie sind gründlich. Das muss ich Ihnen lassen. Wie ich Ihnen schon sagte, war ich in ganz Tennessee wegen Hucks blöder Inspektionen.«

»Richtig«, sagte Coop. »Ich dachte nur, es könnte Ihrem Gedächtnis auf die Sprünge helfen, da es so nahe an dem Platz in Georgia liegt und Sie sich vielleicht an etwas erinnern können. Es ist nur etwa eine Stunde entfernt.«

Gavin schüttelte den Kopf. »Das weckt immer noch keine Erinnerungen. Dax' Tod stand auf meiner Liste der denkwürdigen Ereignisse nicht weit oben. Sicher, Frank tat mir leid, aber ich war jung und auf meine eigenen Dinge konzentriert. Es hatte keinen großen Einfluss.«

Coop schaute durch den Raum zu Frank, der lachte und seinem Sohn auf die Schulter klopfte. »Nun, seine Rückkehr ist etwas, woran Sie sich sicher erinnern werden. Für Sie ist es wahrscheinlich bedeutungsvoller. Jetzt, da Sie älter sind und so, nicht wahr?«

Gavins Augen verengten sich, als er Coop anstarrte. »Ich bin schon spät dran und muss mich von Mom verabschieden. Genießen Sie den Rest des Abends.« Er schlenderte in Richtung Adele davon.

Coop wollte zurück zu AB gehen, als Dax ihm eine Hand auf den Arm legte. »Hey, Mr. Harrington. Ich habe Sie und AB vorhin gesehen, aber ich hatte keine Gelegenheit, Sie zu begrüßen. Danke, dass Sie gekommen sind.«

»AB und ich haben gerade gesagt, wie glücklich Ihr Vater aussieht. Es ist schön, das zu sehen.«

Er grinste, als er seinen Vater beobachtete. »Ja, es waren

ein paar verrückte Wochen, und ich kann immer noch nicht glauben, dass ich hier bin. Mit Lindsay zusammen zu sein, besonders an ihrem Geburtstag, und mit Dad, hat mich so dankbar gemacht. Ich weiß, dass Dads Diagnose düster ist, aber er hat zugestimmt, einen Spezialisten für alternative Medizin aufzusuchen und zu sehen, was der sagt. Ich ärgere mich, dass ich so viel Zeit vergeudet habe, weil ich nicht mutig genug war, auf ihn zuzugehen.« Er blickte auf den Boden. »Ich hätte einen Weg finden können, es zu tun, und sogar in England bleiben können. Es war einfach etwas, das mir zu schwergefallen ist, glaube ich.«

»Das ist verständlich. Wichtig ist nur, dass Sie jetzt für Ihren Vater und Lindsay da sind.«

»Gibt es neue Entwicklungen?«

Coop seufzte. »Die Polizei hat die Überreste des jungen Mannes identifiziert. Sein Name war Jacob Nathan Harris und er stammte aus Mississippi.«

Dax seufzte und schüttelte den Kopf. »Ich fühle mich so schuldig an seinem Tod. Ich weiß, dass Dad seiner Familie die Hand reichen und versuchen will, etwas für sie zu tun. Ich bin mir nicht sicher, ob das eine gute Idee ist, aber ich verstehe das Gefühl und seine Absichten.«

Coop biss die Zähne zusammen. »Vielleicht ist es das Beste, wenn wir noch ein bisschen warten, damit sie sich mit der Nachricht abfinden können.«

»Lassen Sie mich es Dad sagen. Ich will ihm heute Abend nicht die gute Laune verderben.«

Coop nickte. »Ich habe mich gestern mit Huck getroffen. Er war nicht in der Stadt und rief mich an, als er zurückkam. Ich hatte damit gerechnet, dass er der Hauptverdächtige sein würde, aber nachdem ich mit ihm gesprochen habe, glaube ich nicht, dass er etwas damit zu tun hat. Er bewahrte einige alte Unterlagen von *Royal* auf, und darunter fanden wir eine

Spesenabrechnung von Gavin vom Tag des Brandes. Er war außerhalb von Chattanooga.«

Dax' Augen weiteten sich. »Wow. Damit war er ganz in der Nähe. Er ist ziemlich distanziert, seit ich zurück bin. Ich glaube, er freut sich nicht so sehr, mich zu sehen, wie Lindsay und Dad es tun.«

»Kannten Sie sich von früher, als Adele für Ihren Vater gearbeitet hat?«

»Nicht wirklich. Ich habe ihn mal getroffen, aber wir kannten uns nicht wirklich. Adele brachte ihn zu Veranstaltungen mit, wenn *Royal* Familienfeiern und Picknicks veranstaltete, aber das war das einzige Mal, dass ich ihn gesehen habe. Ich glaube, er war auf dem College in Knoxville.«

Coop nickte. »Das ist richtig. Er scheint nur ein Problem zu haben, wenn es um Sie geht.«

»Ich glaube, Dad hat ihn als Sohn betrachtet, und jetzt, da ich zurück bin, fühlt sich Gavin wahrscheinlich wie ein Außenseiter. Ich habe das Gefühl, wenn er von Dads neuen Anweisungen für das Anwesen erfährt, wird er noch unglücklicher sein.«

»Es ist gut möglich, dass diese Nachricht auf Unmut stößt. Ich nehme an, Ihr Vater hat noch nichts gesagt?«

Dax zuckte mit den Schultern. »Das glaube ich nicht. Er hat sich auf diese Party gefreut, und ich bin mir sicher, dass er vorher keine Ängste schüren wollte. Ich vermute, er wird die Neuigkeiten nächste Woche mitteilen.«

Coops Blick wanderte zu Gavin, als dieser zur Tür ging und sich auf den Weg machte. »Hoffentlich wird es nicht zu stressig für Ihren Vater. Ich habe ihm die Informationen über die Spesenabrechnung noch nicht mitgeteilt und würde lieber bis nächste Woche warten, um der Party keinen Dämpfer zu verpassen, wie Sie vorgeschlagen haben.«

»Ich bin ziemlich beschützend, aber im Moment bin ich mir nicht sicher, ob ihn etwas aus der Ruhe bringen könnte. Er ist so glücklich, mich zu Hause und Lindsay und mich zusammen zu haben, dass er für alles andere unempfänglich ist.«

»Hoffen wir es«, sagte Coop.

Das Klirren eines Löffels auf einer Champagnerflöte unterbrach ihr Gespräch. Alle richteten ihre Aufmerksamkeit auf Frank, der mit Lindsay vor den Glastüren stand, die auf den Innenhof führten, wo die Leute von draußen hereinkamen. Dax schüttelte Coop die Hand. »Das ist mein Signal. Ich gehe besser zu ihnen.«

Coop fand den Weg zurück zu AB, und sie stellten sich an den Rand des Wohnbereichs, wo sie einen Blick auf die Gäste und die provisorische Bühne hatten, auf der Dax und Lindsay Frank flankierten.

Frank räusperte sich, und seine Augen suchten den Raum ab. »Wo ist Adele?« Wenige Augenblicke später kam sie aus dem Eingangsbereich und eilte durch den Raum. Sie schlüpfte zwischen Frank und Lindsay hindurch und legte einen Arm um das Geburtstagskind.

»Wir möchten Ihnen allen danken, dass Sie heute Abend mit uns gefeiert haben. Es ist nicht nur der Geburtstag meiner reizenden Tochter Lindsay, sondern wir freuen uns auch, meinen Sohn Dax zu Hause begrüßen zu können. Als ich heute Abend mit Ihnen allen gesprochen habe, haben Sie erfahren, was vor so langer Zeit passiert ist, und anstatt heute Abend die Vergangenheit aufzuwärmen, bin ich einfach nur dankbar, dass Dax zu Hause ist, und freue mich auf die Zukunft und die Zeit, die ich mit ihm und Lindsay verbringen kann.«

Er wandte sich an Adele und lächelte. »Mein herzlicher Dank gilt meiner reizenden Frau Adele für die Organisation dieses wunderbaren Abends und für ihre Unterstützung in den letzten fünfundzwanzig Jahren. Lassen Sie uns alle ein Glas auf Lindsay erheben, und dann singen wir für sie und essen ein Stück von diesem köstlichen Kuchen, von dem ich schon den ganzen Tag gehört habe.«

Die Gäste erhoben ihre Gläser und überschütteten Lindsay mit Liebe und Geburtstagswünschen. Adele küsste sie auf die Wange und umarmte sie. Die Caterer rollten die Torte auf einem fahrbaren Gestell herein, und die Gäste staunten über das leuchtende, mit mehreren Wunderkerzen verzierte Gebäck. Nachdem alle für Lindsay gesungen hatten, schnitt sie das erste Stück der Torte an und überreichte es ihrem Bruder.

Ein älterer Herr, der neben Frank stand, tippte auf sein Glas und sah sich im Raum um, während er darauf wartete, dass sich die Gäste beruhigten. »Für diejenigen, die mich nicht kennen: Ich bin Ed, einer von Franks ältesten Freunden, und ich kann den Abend nicht verstreichen lassen, ohne auf Dax anzustoßen. Es ist wie ein Wunder und ein wahr gewordener Traum, ihn wieder zu Hause bei seinem Vater und Lindsay zu sehen. Ich habe Frank noch nie so glücklich und so gut aussehend gesehen. Stoßen Sie mit mir auf Dax an!«

Die Gäste erhoben ihre Gläser und spendeten Beifall. Dax trat nach vorne, nachdem der Lärm abgeklungen war. »Danke, Ed. Ich bin heute Abend der glücklichste Mann im Raum und überglücklich, wieder hier in Nashville bei meinem Dad und Lindsay zu sein. Wie Ed schon sagte, es ist ein wahr gewordener Traum. Es tut mir leid, dass es so lange gedauert hat, aber ich bin so glücklich, jetzt hier bei ihnen zu sein. Danke, dass Sie gekommen sind, und alles Gute zum Geburtstag für meine kleine Schwester.«

Als das Catering-Personal Kuchenstücken an alle Gäste

verteilte, nahm Coop seinen ersten Bissen und stöhnte vor Freude über die Mischung aus Schokolade und Kaffee. Er behielt die Gäste und die Familie im Auge. Alle im Raum lächelten, einige wischten sich sogar die Tränen weg, als Dax seinen Vater und seine Schwester umarmte. Das heißt, alle, außer Adele.

KAPITEL ZWANZIG

Nach der Aufregung um die Torte und die Trinksprüche und dem weiteren Beisammensein suchte Frank AB und Coop auf und setzte sich zu ihnen ins Familienzimmer. »Ich freue mich, dass Sie beide heute Abend gekommen sind. Es war passend, dass die beiden Menschen, die mir geholfen haben, meinen Sohn zurückzubringen, an unserer Feier teilgenommen haben.«

Die Gäste holten ihre Mäntel und gingen, während Dax und Lindsay sich von ihnen verabschiedeten. Nachdem er einen Bissen von seinem Stück Kuchen genommen hatte, schaute Frank hinter sich in die Küche und senkte dann seine Stimme. »Dax sagte, Sie haben sich mit Huck getroffen. War er eine Hilfe?«

Coop nickte und erzählte ihm von seinem Besuch bei Huck. »Er scheint ein aufrichtiger Kerl zu sein. Wir werden sein Leben noch ein wenig genauer untersuchen, aber so sehr ich auch gehofft habe, dass er hinter dem Wartungsbetrug steckt, glaube ich ehrlich gesagt nicht, dass er etwas damit zu tun hat. Er wollte, dass ich Ihnen seine besten Wünsche übermittle. Er hat mir gesagt, dass er vor allem wegen Gavin gegangen ist und weil er das Gefühl hatte, dass das Unternehmen nach den Unfällen in Gefahr war. Er wollte dieses Drama vermeiden.«

Franks Lächeln verblasste ein wenig. »Ich kann das verstehen und kann es ihm nicht verübeln. Gavin hatte viele Ideen, aber er war nicht der Beste, wenn es darum ging, sie zu vermitteln oder die Geschichte des Unternehmens und alles, was Huck getan hatte, um das Geschäft aufzubauen, zu würdigen. Ich hätte es kommen sehen müssen, aber ich war in jenen Tagen nicht in Bestform, vor allem nicht nach dem Verlust von Laura Beth.«

Coop holte tief Luft. »Wir geben nicht auf und verfolgen noch immer einige Spuren. Ich habe ein paar Theorien. Vielleicht können wir nächste Woche darüber reden. Genießen Sie heute Abend einfach Ihre Familie und die Party.«

Augenblicke später kam Dax um die Ecke. »Dad, Ed und seine Frau wollen dich sehen, bevor sie gehen.«

»Ja, natürlich. Ich bin gleich da.«

Coop sah Frank an. »Wie wäre es, wenn wir uns am Wochenende oder am Montag im Büro treffen und die Sache genauer besprechen?«

Frank stand auf und nickte. »Das ist eine gute Idee. Ich würde mich gerne damit befassen. Am Montagnachmittag gehen Dax und Lindsay mit mir zu einem neuen Arzt, vielleicht könnten wir uns am Montagmorgen treffen?«

»Das passt«, sagte Coop. »Es war eine schöne Party, und ich stimme Lindsay zu, dieser Kuchen ist mehr als köstlich.«

Frank lächelte wieder und winkte ihnen zu, als er sich auf den Weg zum Eingangsbereich machte.

Die Caterer waren dabei, ihre Kisten durch eine Seitentür zu schleppen, die zur hinteren Einfahrt führte, wo ihre Fahrzeuge geparkt waren. Coop bückte sich, um einige herausgefallene Servietten aufzufangen, und beeilte sich, die Frau einzuholen. Der Abend war schön, und statt in die Küche zurückzukehren, ging er um das Haus herum, in der Hoffnung, von einem anderen Aussichtspunkt aus einen Blick auf die mit Lichtern geschmückte Terrasse werfen zu können.

Der Hinterhof war eine atemberaubende Fläche aus Rasen und gepflegten Sträuchern mit Pflanzgefäßen, die von sanften Lichtern beleuchtet wurden. Im Frühling und Sommer musste er atemberaubend sein. Wie Coop vermutet hatte, war die Terrasse von außen noch viel schöner. Er ging die Treppe hinauf und unter der Überdachung hindurch und wollte gerade nach der Tür greifen, als er eine Stimme über sich hörte.

Er ging an den Rand der Terrasse, immer noch unter dem Vordach, und als er Adeles Stimme erkannte, neigte er den Kopf, um zu lauschen.

»Frank hat mir heute Morgen gesagt, dass er die Nachlassregelung um sein Anwesen ändern will. Er hat es nicht direkt gesagt, aber ich weiß, dass sich die Dinge mit Dax' Rückkehr ändern werden, und zwar nicht zu meinem Vorteil. Ich muss Frank loswerden, bevor er das tut und mich mit nichts zurücklässt.«

Es entstand eine Pause, und Adele schwieg fast eine Minute lang. Coop erkannte, dass sie wohl telefonierte.

»Hören Sie zu, als Sie mir das letzte Mal geholfen haben, war es für Gavin, nicht für mich. Dieses Mal ist es für mich. Es muss wie ein Unfall aussehen, und es muss bald passieren. Ich habe zufällig gehört, wie Frank mit diesem störenden

Detektiv gesprochen hat, der auch Anwalt ist. Frank wird ihn am Montagmorgen treffen, und ich bin sicher, dass er ihn bitten wird, sich um den Nachlass zu kümmern.«

Nach einer langen Pause nahm Adeles Stimme einen neuen, unheimlichen Ton an. »Drohen Sie mir nicht! Denken Sie daran, dass ich viel über Sie und Ihre Vergangenheit weiß. Glauben Sie mir, das ist das letzte Mal, und es wird sich für Sie lohnen. Wenn das erledigt ist, werde ich viel Geld haben, das ich teilen kann.«

Bei dem Geräusch ihrer Absätze konnte Coop sich vorstellen, wie sie auf dem Balkon auf und ab ging.

Sie lachte, fast säuselnd. »Das werden wir noch sehen. Ich muss richtig trauern, wissen Sie.«

Nach einigen Augenblicken des Schweigens spuckte sie eine weitere Anweisung aus. »Ich will nichts davon wissen. Beauftragen Sie einfach einen Ihrer niederen Lakaien damit wie beim letzten Mal, aber sorgen Sie dafür, dass sie es richtig machen. Ich habe mich vor fünfundzwanzig Jahren darauf verlassen, dass Sie sich um die Dinge kümmern, und Sie haben es vermasselt. Diesmal keine Fehler!«

Das schwere Klopfen ihrer Absätze verschwand, und das Klicken einer sich schließenden Tür veranlasste Coop, um das Haus herum und zurück zur Seitentür der Küche zu eilen. Als er durch die Tür kam, sah er Lindsay und Dax, die bei AB standen, einen Stapel alter Fotoalben vor sich auf dem Tresen.

Lindsay aß noch ein Stück Kuchen und bot Coop eine zweite Portion an. Er schüttelte den Kopf. »Ich würde ja gerne, aber ich bin satt. Das Essen war fabelhaft.«

Sie ließ ihren Teller stehen und ging durch die Küche zu einem Stapel Kartons und wählte einen großen aus. Dann schnitt sie ein Stück Kuchen ab, das breit genug für mehrere

Portionen war. »Ich bestehe darauf, dass Sie etwas mit nach Hause nehmen und es genießen. Wir haben reichlich davon.«

AB grinste. »Coop lehnt nie ein kostenloses Dessert ab.«

Frank kam ein paar Minuten später zu ihnen, nachdem er draußen gestanden und Ed und seine Frau verabschiedet hatte. Er klatschte in die Hände. »Was für ein toller Abend, nicht wahr?« Er umarmte Lindsay. »So ein besonderer Geburtstag für mein Mädchen.«

Adele kam um die Ecke und scannte den Raum, wobei sie die Krümelspur auf dem Tresen mit zusammengekniffenen Augen betrachtete. »Nun, es sieht so aus, als ob der Caterer nicht versteht, was es heißt, die Küche sauber zu hinterlassen.«

Lindsay hielt ihre Hand hoch. »Das war ich. Ich habe gerade ein Stück Kuchen für Mr. Harrington angeschnitten und hatte noch keine Zeit, es aufzuwischen.«

Adeles Augen wurden weicher. »Oh, das ist schon in Ordnung, Süße. Ich bin nur nervös, weil einer von ihnen eine Vase zerbrochen hat, die auf der Theke gestanden hatte.« Sie seufzte. »Es war ein langer Tag und ich bin ein bisschen erschöpft.«

Frank reichte seiner Frau die Hand. »Warum gehst du nicht ins Bett, Liebes? Ich bin noch zu aufgeregt, und die Kinder und ich werden diese alten Alben durchsehen.«

Coop zog Adeles Blick auf sich. »Es war ein fabelhaftes Ereignis. Nochmals vielen Dank, dass wir dabei sein durften. Das Essen, vor allem der Kuchen, war hervorragend.«

Sie strahlte über das freundliche Kompliment. Es war genug, um ihre frühere Härte zu besänftigen. »Ich wollte, dass Lindsay einen perfekten Geburtstag hat, und natürlich die Aufregung um Dax' Heimkehr feiern. Alles in allem denke ich, dass es ein ziemlicher Erfolg war.« Sie blickte zu Frank auf. »Ich will nur nicht, dass du übermüdet bist. Du wirst morgen noch genug Zeit haben, dir die alten Fotos anzusehen.«

Frank legte seinen Arm um ihre Schulter. »Ich bin der glücklichste Mensch der Welt. Nochmals vielen Dank, meine Liebe, dass du den perfekten Abend organisiert hast.«

Coop warf Dax einen Blick zu und gestikulierte in Richtung Tür. »Nun, wir sind zu lange geblieben und müssen jetzt los.«

AB fügte ihren Dank hinzu, als sie zum Eingang schlenderten, und Lindsay holte ihre Mäntel.

Dax kam mit ihnen. »Ich begleite Sie hinaus.«

AB ging den Weg die Einfahrt hinunter. »Wir haben auf der Straße geparkt.«

Als sie den Rand des Grundstücks erreichten, blickte Coop sich um und blieb stehen. »Dax, ich will weder Sie noch Ihren Vater beunruhigen, aber ich habe heute Abend ein Gespräch mitgehört, das mich glauben lässt, dass Ihr Leben oder das Ihres Vaters oder vielleicht auch das von Ihnen beiden in Gefahr ist.«

Er schilderte schnell das Telefongespräch. »Ich werde mich heute Abend mit der Polizei in Verbindung setzen und sehen, ob sie etwas unternehmen können. Derjenige, mit dem sie gesprochen hat, war in den Vorfall vor fünfundzwanzig Jahren verwickelt. Sie weiß, dass Ihr Vater am Montagmorgen ins Büro kommt, und sie glaubt, dass er noch keine Regelungen den Nachlass betreffend getroffen hat.«

Dax schüttelte den Kopf. »Das ist unfassbar. Das wird Dad umhauen.«

»Ich weiß. Ich denke, Sie sollten es ihm oder Lindsay noch nicht sagen. Ich möchte nicht, dass sich einer von ihnen anders verhält oder verrät, dass wir wissen, dass etwas im

Busch ist. Gleichzeitig müssen wir dafür sorgen, dass Sie und Ihr Vater in Sicherheit sind.«

Dax seufzte. »Ich lasse mir etwas einfallen, um uns drei morgen früh aus dem Haus zu bekommen, und dann kommen wir in Ihr Büro.«

Coop nickte. »Das ist perfekt. AB und ich werden uns heute Abend an die Arbeit machen und versuchen, die Person am anderen Ende des Anrufs zu identifizieren. Adele sagte, sie wolle nicht wissen, was passieren wird, und auch nicht in der Nähe sein. Das sagt mir, dass – was auch immer geplant ist – es wahrscheinlich nicht im Haus passieren wird, aber wir können nicht vorsichtig genug sein.«

»Ich muss jede Faser meines Wesens einsetzen, um sie nicht verhaften zu lassen und aus dem Verkehr zu ziehen. Ich kann nicht glauben, dass sie darin verwickelt ist. Ich dachte, sie wäre nur wütend auf mich, weil ich Dad über die Jahre so viel Schmerz zugefügt habe.«

AB blickte zurück zum Haus. »Adele scheint Lindsay wirklich zu mögen.«

Dax nickte. »Ja, sie kümmert sich um sie, seit sie Dad geheiratet hat. Sie ist sehr nett und sanft zu ihr und immer um sie besorgt. Ich glaube, Lindsay findet das erdrückend, besonders jetzt, da sie erwachsen ist, aber sie ist zu nett, um etwas zu sagen.«

Coop ging auf das Auto von AB zu. »Es ist das Beste, wenn Sie wieder ins Haus gehen und sich normal verhalten. Niemand sollte sich nicht wundern, warum Sie so lange hier draußen sind. Lassen Sie Ihr Handy auf Vibrationsalarm, und ich rufe Sie an, wenn es heute Abend Neuigkeiten gibt. Ich würde mich besser fühlen, wenn Sie mir jede Stunde oder so eine SMS schreiben, nur um sich zu melden.«

Dax nickte. »Wird gemacht. Danke, dass Sie auf uns aufgepasst haben.« Er eilte über die Einfahrt zurück, während AB den Wagen startete und zurück zu Tante Camille fuhr.

»Soll ich ins Büro fahren?«, fragte sie, als sie sich der Abzweigung zum Haus näherten.

Coop nickte. »Ja, lasst uns einen Spielplan aufstellen.«

KAPITEL EINUNDZWANZIG

Coop brühte eine Kanne Kaffee, und AB sah ihn nicht von der Seite an, als er den Filter mit echtem Kaffee füllte. Es würde eine lange Nacht werden.

Kurz rief Coop noch bei Tante Camille an, um ihr mitzuteilen, dass sie länger arbeiten würden, damit sie sich keine Sorgen machte. AB kam mit zwei dampfenden Tassen Kaffee durch die Tür, nahm einen Stuhl und setzte sich an den Konferenztisch.

Coop nahm einen Schluck und zeigte auf sein Handy. »Ich frage mich, ob Dax Zugang zu Adeles Handy bekommen könnte. Ich bin mir sicher, dass es im Vertrag mit der Firma enthalten ist, und ich weiß, dass man online gehen und die Anruflisten der Anschlüsse nachvollziehen kann.«

AB nickte. »Ich bin mir sicher, dass er das kann, wenn er das Passwort bekommt. Das könnte schwierig werden, denn ich bin sicher, dass Gavin das im Versicherungsbüro regelt.«

»Ich bin mir nicht sicher, ob Ben Glück haben wird, einen Durchsuchungsbefehl zu bekommen, vor allem nicht so schnell, auch nicht nach dem, was ich gehört habe.« Er nahm sein Handy in die Hand und schrieb Dax eine SMS. »Wenn Dax die Informationen besorgen kann, soll er sie dir zukommen lassen, und wir können online danach suchen.«

AB nickte. »Wer auch immer es ist, er oder sie war vor fünfundzwanzig Jahren in Adeles Leben. Ich glaube nicht, dass es jemand ist, der bei *Royal* gearbeitet hat. Wir haben mit allen gesprochen, die dort eine Führungsposition innehatten, und es gibt nichts, was sie mit dem Brand in Verbindung bringt.«

Coop tippte eine Nachricht in sein Telefon. »Ich schreibe Ben eine SMS, um ihn über die Drohung und das, was ich gehört habe, zu informieren. Vielleicht kann er jemanden auf das Haus ansetzen, der es über das Wochenende bewacht.«

Sobald er auf Senden drückte, surrte Coops Telefon mit einer neuen Nachricht. Er las sie durch und wandte sich an AB. »Dax sagt, er kennt das Passwort nicht, hat aber die Schlüssel zum Versicherungsbüro und hat mir den Alarmcode gegeben. Er wird sich nach draußen schleichen und die Schlüssel an der Säule am Ende der Einfahrt hinterlassen.«

Coop trank ein paar Schlucke Kaffee und machte sich dann mit AB auf den Weg zurück zum Covington-Anwesen. AB verlangsamte das Tempo und ließ Coop ein paar Meter vor der Grundstücksgrenze aussteigen. Er joggte zu der Säule, wo er einen Schlüsselbund neben der Lampe auf der Spitze fand.

Er nahm die Schlüssel und eilte zurück zum wartenden Auto. AB wendete und fuhr zum Versicherungsbüro. Sie parkte auf der Rückseite des Gebäudes. Der Alarmcode funktionierte einwandfrei und Coop schloss die Tür hinter ihnen ab. Sie schalteten nicht das Licht im Büro an und gingen den Flur entlang zu Gavins Büro.

Coop nahm eine kleine Taschenlampe aus seiner Tasche

und suchte das Büro ab. Es gab keine Aktenschränke, aber im Büro von Gavins Assistentin nebenan sah er einen riesigen Schrank für die Akten. Er und AB gingen dorthin und überprüften die Etiketten. AB flüsterte: »Hier, ich glaube, es sollte in diesem hier sein.« Sie leuchtete mit der Taschenlampe auf das Schloss und las die Nummer ab. Coop fand den entsprechenden Aktenschlüssel am Ring.

Wenige Augenblicke später hatten sie ihn geöffnet und durchstöberten die Hängemappen. AB fand den Ordner für den Mobilfunkanbieter und blätterte durch die Verträge und Rechnungen, bis sie die Informationen fand. »Gavins Assistentin ist sehr gut organisiert. Hier sind alle Informationen, die wir brauchen.« AB machte mit ihrem Handy ein Foto des Dokuments und legte dann alle Papiere wieder zurück, sodass sie ordentlich und in der gleichen Reihenfolge hingen, wie sie sie gefunden hatte.

Sie schlossen den Schrank wieder und machten sich auf den Weg aus dem Büro. Als sie das Ende des Flurs erreichten, schoss Coops Arm zur Seite und hinderte AB daran, weiterzugehen. Scheinwerfer blitzten an den Fenstern auf, als ein Auto auf den Parkplatz fuhr.

Das Büro teilte sich keinen Parkplatz mit anderen Unternehmen. Coop ging nach vorne und versuchte, die Form des Fahrzeugs zu erkennen. Er flüsterte: »Lass uns zurückgehen und im Konferenzraum in Deckung gehen.«

Sie eilten in den Raum und stellten sich in eine dunkle Ecke. Sie warteten darauf, dass sich die Tür öffnete, aber nach einigen Minuten herrschte absolute Stille. Coop schlich sich auf Zehenspitzen in den Flur, um nachzusehen. Ein weiteres Auto war neben dem ersten geparkt, und zwei Personen lehnten an den Fahrzeugen und unterhielten sich.

Er atmete tief durch und ging zurück in den

Konferenzraum.»Es ist niemand. Nur ein paar Leute, die geparkt haben und sich unterhalten.«

AB nickte. »Dann lass uns von hier verschwinden! Wir können auf die Seitenstraße raus, damit sie uns nicht sehen.«

Coop tippte erneut den Alarmcode ein, um das Sicherheitssystem zurückzusetzen, und sie schlossen die Tür hinter sich und warteten ein paar Minuten, um sicherzugehen, dass kein Alarm ausgelöst wurde. AB ließ den Wagen laufen und Coop schlüpfte auf den Beifahrersitz.

Sie fuhren zurück zum Covington-Anwesen, damit Coop die Schlüssel zurückgeben konnte. Als sie wieder im Büro waren, wärmte Coop den Kaffee auf und AB loggte sich in das Handykonto der Covingtons ein. Sie scrollte durch, bis sie Adeles Anschluss gefunden hatte, und sah sich dann die Anrufliste an. Coop stand hinter ihr und beobachtete sie.

»Sie hat während der Party nur einmal telefoniert.« AB kritzelte die Nummer auf und reichte sie Coop.

Er nickte. »Das muss es sein, die Zeit passt.«

»Ich werde mal sehen, ob ich mit unserem Suchprogramm etwas finden kann. Wenn ich kein Glück habe, musst du Ben anrufen und fragen, ob er helfen kann.«

Coop griff nach seinem Handy. »Ich habe es auf lautlos gestellt, als wir in das Versicherungsbüro eingebrochen sind.« Er schaute auf das Display und nickte. »Ich habe einen Anruf von Ben verpasst.«

»Eigentlich hatten wir einen Schlüssel, also sind wir nicht eingebrochen.«

Coop grinste, als er zu seinen Kontakten scrollte. »Du hast recht, AB. Hey, kannst du aus reiner Neugier den Telefonverlauf von Adeles Telefon oder einem anderen Telefon auf ihrem Konto durchsuchen, um zu sehen, ob diese Nummer schon einmal angerufen wurde und wann?«

Die Tasten von AB flogen über die Tastatur. »Schon dabei.«

Das Gespräch von Coop mit Ben war kurz. Er beendete den Anruf und lehnte sich gegen den Schreibtisch von AB. »Ben sagte, wenn wir nichts finden, sollen wir ihm die Nummer schicken, und er wird jemanden auf das Haus der Covingtons ansetzen. Er will, dass Dax und Frank zusammenbleiben, damit sie nicht noch mehr Personal für die Überwachung der beiden aufwenden müssen.«

Während des Gesprächs schrieb er Dax eine SMS, um ihm mitzuteilen, dass die Schlüssel wieder an Ort und Stelle lagen, und bat ihn, das Wochenende über bei Frank zu bleiben, um der Polizei die Überwachung der beiden zu erleichtern.

AB schüttelte den Kopf und wandte sich vom Bildschirm ab. »Ich kann nur achtzehn Monate zurückgehen, und diese Nummer ist bei keinem Telefon des Kontos gespeichert.«

Coop betrachtete den Zettel mit der Nummer darauf.

AB zeigte auf ihren Bildschirm. »Die Vorwahl sagt mir, dass es sich um eine Mobilfunknummer aus Murfreesboro handelt.«

»Zurück nach Murfreesboro, wo Adele vor all den Jahren gelebt hat.« Coop ging zurück in sein Büro.

Er schaltete die Glastafel ein und überflog die Liste der Namen, die er gesammelt hatte. Roger Pierce war Adeles Ehemann gewesen und Jerry Corman der Freund, von dem Mrs. Davis sagte, er habe mit ihm zusammengearbeitet und Adele nach Rogers Tod geholfen.

Coop blätterte in seinem Notizbuch und blätterte ein paar Seiten zurück. Er fand, was er suchte und sagte: »Erwischt.«

AB kam durch die Tür von Coops Büro und lächelte.

»Unser zuverlässiges Suchprogramm hat einen Namen ausgespuckt.«

Coop grinste. »Lass mich raten … Jerry Corman!«

AB schüttelte den Kopf. »Warum bezahlen wir für diesen teuren Service, wenn wir dich haben?«

Er schmunzelte. »Jetzt, da wir einen Namen haben, lass ihn durch das System laufen, und wir werden ein komplettes Dossier über ihn erstellen.«

Coop starrte auf die Glastafel und sagte: »Ich will ihn nicht verraten. Ich werde Ben wissen lassen, dass er unser Mann ist, und sehen, ob er ihn auf der Grundlage meiner eidesstattlichen Erklärung darüber, was ich gehört habe, verhaften kann. Ich will Jerry keine Zeit geben, mit Adele zu reden und eine Geschichte auszuhecken.«

AB nickte. »Ganz abgesehen davon, dass wir schnell handeln müssen, bevor er Frank oder Dax etwas antut.«

KAPITEL ZWEIUNDZWANZIG

Dankbar, dass Ben es gewohnt war, zu jeder Zeit Anrufe zu erhalten, hatte Coop ihn gestern Abend spät angerufen und ihm den Namen von Jerry Corman genannt. Sie wollten so viele Informationen wie möglich sammeln und sich gleich am Samstagmorgen in Coops Büro treffen, weshalb Coop bereits um fünf Uhr morgens im *Donut Hole* war. Wenigstens hatte er die erste Wahl bei den ofenfrischen Kreationen.

Coop hatte sich sein T-Shirt für den Tag ausgesucht, und die Frau hinter dem Tresen sagte ihm, dass ihr der Spruch über dem bunten Donut – *Iss mehr ganze Lebensmittel* – sehr gefiel.

Er trug die Schachtel zum Jeep, wo Gus schon wartete, um sie zu beschnuppern. Im Büro machte er frischen Kaffee und nahm einen der von ihm geliebten Ahorn-Speck-Donuts aus der Schachtel. Er sah sich noch einmal die Akte an, die AB über Mr. Corman vorbereitet hatte.

Nach einer Ehe, die weniger als ein Jahr gedauert hatte, war Corman seit über vierzig Jahren geschieden. Er hatte keine Kinder. Seinen Job als Bewährungshelfer hatte er aufgegeben und lebte immer noch in Murfreesboro, wenn auch in einem größeren Haus. Er arbeitete ehrenamtlich als Mentor für Bewährungshäftlinge. Gute Kreditwürdigkeit, neues Auto und er ging gern in Restaurants und Bars. Er reiste viel und hatte ein bescheidenes Sparguthaben, das er aus seiner staatlichen Rente angespart hatte. Kein Vorstrafenregister, keine Verkehrsverstöße. Aber einen Waffenschein.

Gus sprang von seinem Stuhl auf und eilte den Korridor hinunter. Das bedeutete, dass AB oder Ben oder beide angekommen waren. Bens tiefe Stimme dröhnte durch das Büro, gefolgt von AB, die Gus mit ihrem üblichen süßen Ton begrüßte.

Einige Minuten später kamen beide in Coops Büro, wo AB eine dampfende Tasse Kaffee vor ihm abstellte. Coop deutete auf die rosafarbene Bäckereipackung. »Bedient euch, und dann kommen wir zur Sache.«

Ben nahm ein Blatt Papier aus der Akte, die er bei sich trug, und schob es über den Konferenztisch. »Also, ich habe deine eidesstattliche Erklärung über Adeles Anruf, den du mitgehört hast, benutzt, und das, was du über deine Ermittlungen herausgefunden hast, und es ist mir gelungen, einen Telefonmitschnitt von Cormans Telefon zu bekommen. Nachdem Adele angerufen hatte, rief er einen gewissen Levi, auch bekannt als Butch Jennings, an.«

Ben reichte Coop ein weiteres Papier. »Butch ist kein Unbekannter. Er war im Knast, hat eine Zeit lang gesessen, und du wirst nie erraten, wer sein Bewährungshelfer war.« Er nahm ein paar Bissen von seinem Donut, während er Coop Zeit zum Lesen gab.

»Da Butch derzeit auf Bewährung ist, haben Kate und

Jimmy ihm gestern Abend einen Besuch abgestattet und ihn abgeholt.«

ABs Augenbrauen hoben sich, als sie ein Stück von einem Blaubeer-Donut abbiss. »Erzähl!«

Ben lächelte, während er auf dem letzten Bissen seines Lieblingsdonuts mit Himbeergelee herumkaute. »Es brauchte nicht viel, um ihn zum Singen zu bringen wie den sprichwörtlichen Kanarienvogel. Butch erzählte ihnen, dass er seit seiner ersten Bewährungszeit, als er gerade neunzehn Jahre alt war, mit Jerry Corman zusammenarbeitete.«

Ben erklärte, dass Jerry Butch geholfen hatte, indem er nachsichtig war und gute Berichte lieferte und ihm im Gegenzug einige Gefallen schuldete, während Butch eine härtere Strafe umging. Sollte Butch zögern, drohte Corman damit, ihm das Leben schwer zu machen. Sie brachten ihn dazu, über alle möglichen illegalen Aktivitäten der letzten fünfundzwanzig Jahre zu plaudern, und er gab ihnen einige Details über einige andere auf Bewährung Entlassene, die ebenfalls für Corman arbeiteten. Dann holten sie die Akte über den Wohnmobilbrand auf dem Jahrmarkt hervor. Er gestand, den jungen Mann, den er für Dax hielt, niedergeschlagen und die Zündflamme ausgeblasen zu haben, den Wohnwagen mit Gas gefüllt zu haben und sich dann auf dem Weg nach draußen eine Zigarette angezündet zu haben. Er sagte, dass er zu der Zeit unter Drogen stand, nicht bei Verstand war und Angst hatte, ins Gefängnis zu kommen. Er hat alles ausgeplaudert, was er weiß, und hofft auf einen Deal.«

Coop trommelte mit den Fingern auf den Papieren von Ben herum. »Also, wir haben Corman, aber jetzt müssen wir ihn mit Adele in Verbindung bringen.«

Ben nickte. »Das wird ein bisschen mehr Finesse erfordern.«

Coops Finger bewegten sich nicht mehr.»Ist Butch stabil genug, um ihn mit Corman Kontakt aufnehmen zu lassen und ein Mikro zu tragen?«

Ben zuckte mit den Schultern.»Er ist nervös, aber das ist es, was wir denken. Ich denke, wenn wir ihn für Corman nutzen, wird er einen Anwalt einschalten, und das wäre das Ende des Gesprächs. Er kennt das System.«

»Wenn er nervös ist, könnte das ein guter Grund sein, ihn Corman anrufen zu lassen und ein Treffen zu vereinbaren. Er kann ihm sagen, dass er sich nicht sicher ist, ob er den Job machen soll. Hat Corman ihm gesagt, was er tun soll?«

Ben seufzte.»Butch sagt, er habe ihm gesagt, er müsse es wie einen Unfall aussehen lassen, und es müsse vor Montagmorgen passieren, aber keine Einzelheiten.«

Coop nickte.»Ich denke, das können wir zu unserem Vorteil nutzen. Butch kann sagen, dass er unsicher ist, und dann Corman um Hilfe bitten, was er genau tun soll.«

Ben nahm den mitgebrachten Aktenordner in die Hand.»Das denken Kate und Jimmy auch. Wir werden ihn vorbereiten und etwas für heute Morgen planen. Wir müssen schnell handeln, damit Corman keinen Verdacht schöpft. Kate und Jimmy schlafen ein wenig, während wir Butch ausruhen lassen. Wir wollen ihn so ruhig wie möglich haben.«

Coop schaute auf seine Uhr.»Frank, Dax und Lindsay kommen heute Morgen als Erstes zu uns.«

Ben steckte noch einen Donut in einen Stapel Servietten und machte sich auf den Weg zur Tür.»Ich halte euch auf dem Laufenden und mit etwas Glück haben wir Corman noch vor dem Mittagessen im Kasten.«

Coop und AB räumten sein Büro und den Konferenztisch auf, damit sie für ihre Kunden bereit waren, wenn die eintrafen. Während er wartete, scrollte Coop durch seine E-

Mails. Er legte den Kopf schief, als er eine von Darcy Flint sah. Er öffnete sie und las sie durch, die Fäuste und den Kiefer geballt. AB sah von einem Tuch auf, mit dem sie den Holztisch polierte, und sagte: »Oh oh. Was ist denn los?«

»Mit einem Wort. Marlene.«

Sie ließ sich auf den Stuhl vor seinem Schreibtisch fallen. »Was jetzt?«

»Miss Flint schrieb mir, dass Marlene gestern nicht zu ihrer Schicht im Seniorenzentrum erschienen ist. Sie wollte ihr bis heute Zeit geben und ging gestern Abend im Motel vorbei, um nach ihr zu sehen. Der Manager sagte, sie habe gestern Morgen ausgecheckt.«

»Ich frage mich, ob sie zurück zu Ruben gegangen ist?«

Coop seufzte. »Miss Flint dachte das Gleiche und hat bei ihm zu Hause nachgesehen, aber es war niemand da.«

»Sie hat sich also aus dem Staub gemacht?«

»So sieht es aus. Jetzt wird sie per Haftbefehl gesucht.«

»Sie ist zum Verzweifeln. Ich verstehe nicht, warum sie die Dinge so viel schwieriger macht, als sie sein müssten.«

»Sie liebt Probleme. Eins zu sein, eins zu machen, was auch immer. Ich glaube, sie blüht auf in der Dramatik.« Er lehnte sich auf seinem Stuhl zurück, die Hände hinter dem Kopf verschränkt. »Ich schätze, der Vorteil ist, dass ich mit einer bekannten Flüchtigen nicht kommunizieren kann und gezwungen sein werde, sie den Strafverfolgungsbehörden zu übergeben, sollte sie Kontakt mit mir aufnehmen. Also, wenn sie anruft, nimm es nicht an. Ich bin fertig mit ihrem Blödsinn.«

Coop zog sich ein Sweatshirt mit dem Firmenlogo über sein T-Shirt und machte mit Gus einen kurzen Spaziergang um den Block, um einen klaren Kopf zu bekommen. Er war stolz darauf, schwierige Probleme zu lösen, und seine Mutter war ein solches Dilemma, das er nie würde lösen können. Vor Jahren hatte er versucht, sanfter und freundlicher mit ihr umzugehen, aber das hatte nur zu noch mehr Kummer geführt.

Er hörte nur von ihr, wenn sie in Schwierigkeiten war und seine Hilfe oder sein Geld brauchte. Es war bestenfalls eine dysfunktionale Beziehung. Er kämpfte oft mit seinen Gefühlen für seine Mutter. Sie hatte ihm so oft das Herz gebrochen, dass er es nicht mehr zählen konnte, und sie war schrecklich zu seinem Vater gewesen. Dennoch sehnte er sich tief in seinem Inneren danach, dass sie sich änderte und die liebevolle Mutter wurde, die er aus seiner Kindheit kannte.

Vielleicht war das alles nur Fassade gewesen. Vielleicht war sie als Ehefrau und Mutter nie glücklich gewesen. Sie hatte ihn, seinen Bruder und seinen Vater im Stich gelassen und nie zurückgeblickt. Ein Teil von Coop wünschte sich, sie nie wiederzusehen, und der andere Teil fühlte sich schuldig, weil er sich so etwas wünschte.

Mit jedem Schritt löste sich die Anspannung und Coops Schultern entspannten sich. Die frische Morgenluft und Gus, der wie immer ein wenig albern war, hoben seine Laune.

Jetzt musste er einem sterbenden Mann nur noch sagen, dass seine Frau, die seit fünfundzwanzig Jahren mit ihm verheiratet war, plante, seinen Sohn zu töten, und dass sie gerade einen Auftragskiller angeheuert hatte, um ihn zu töten. Es gab noch einige unbeantwortete Fragen, und Coop wollte Adeles Motiven für ihr Handeln vor fünfundzwanzig Jahren auf den Grund gehen.

Coop begrüßte die warme Luft, als er die Hintertür des Büros öffnete. Gus streckte sich auf den kühlen Fliesen des Hintereingangs aus, während Coop sich einen Kaffee einschenkte und auf den Weg in sein Büro machte.

Er kam nicht einmal dazu, seine Tasse auszutrinken, bevor die Covingtons eintrafen. AB geleitete sie mit einem besorgten Blick herein. Coop bot ihnen Plätze an und beobachtete, wie Dax Lindsay half, sich zu setzen. Ihr Haar war nicht frisiert, und ihr Gesicht war blass und gezeichnet.

Frank sah noch schlimmer aus. Die ganze Freude der letzten Nacht war verflogen, und die graue Blässe seiner Haut machte Coop Sorgen. AB brachte ein Tablett mit heißen Getränken und einen Krug mit Wasser herein, bevor sie die Tür zu Coops Büro schloss.

Dax räusperte sich und sah Coop in die Augen. »Es war eine harte Nacht und ein harter Morgen. Gestern Abend sind wir durch die Fotoalben gegangen, und Lindsay hat ein Bild von Adele gefunden, das vor Jahren auf einer Firmenfeier gemacht wurde. Das hat sie völlig aus der Bahn geworfen. Sie war so aufgewühlt, dass wir nicht mit ihr reden konnten. Sie wollte nach Hause gehen, aber dann musste ich ihr und Dad von Adeles Anruf erzählen, den Sie mitgehört haben.«

Coop legte seine Stirn in Falten. »Was war auf dem Foto, das Ihnen so viel Kummer bereitet?«

Lindsays große Augen füllten sich mit Tränen. »Adeles Schal. Der Pfau. Ich habe mich nicht daran erinnert, bis ich gestern Abend das Bild gesehen habe, aber sie war an dem Tag, als meine Mutter starb, bei uns zu Hause.«

Sie griff nach Dax' Hand, und er erzählte ihr den Rest der Geschichte. »Lindsay war am Nachmittag nach der Schule oben in ihrem Zimmer. Sie hörte die Haustür zuschlagen und schaute aus dem Fenster. Sie sah eine Frau aus dem

Haus gehen, und der Wind erfasste ihren Schal und ließ ihn zur Seite wehen, sodass sie danach greifen musste.«

Dax erzählte, dass Adele in der Vergangenheit nie zum Haus gekommen war, um ihre Mutter zu sehen, und dass sie nur ein paar Mal dort gewesen war, um Sachen für Frank abzuliefern oder um an einem Firmenpicknick teilzunehmen, das Laura Beth jeden Sommer veranstaltet hatte. Dax fuhr fort: »Lindsay war erst zehn Jahre alt, und nach Moms Tod hatte sie eine schwere Zeit, wie wir alle. Sie sagte, dass sie sich nicht daran erinnerte, bis sie ein Foto im Album sah, auf dem Adele diesen Schal trug. Es hatte einen leuchtend blauen und grünen Pfau darauf.«

Dax drückte Lindsays Hand und nickte ihr zu. Sie sprach mit leiser, fast flüsternder Stimme. »Nachdem ich sie weggehen sah, rannte Mom in ihr Schlafzimmer und ich hörte sie weinen, aber als ich an ihre Tür klopfte, sagte sie mir nur, dass sie sich ausruhen müsse und ich spielen gehen soll.«

Franks Kopf und Schultern schüttelten sich, als er ein Schluchzen unterdrückte. »Ich verstehe nicht, warum Adele im Haus sein sollte und was sie gesagt hat, um meine Laura Beth zu verärgern. Sie hat nie erwähnt, dass sie dort war.«

Coop holte tief Luft, als seine Verachtung für Adele immer größer wurde. Er griff nach seinem Kaffee und nahm einen Schluck, um die plötzliche Trockenheit in seiner Kehle zu lindern. Da Lindsay und Frank so verletzlich aussahen, hasste er den Gedanken, ihnen noch mehr Schmerzen zu bereiten. Heute würde es noch viel schlimmer werden.

Coop räusperte sich. »Ursprünglich wollte ich mich mit Ihnen treffen, um Sie über den Fall auf den neuesten Stand zu bringen, aber nach der letzten Nacht sind die Dinge etwas komplizierter geworden.«

Frank nickte. »Dax hat uns gesagt, dass die Polizei die

Überreste identifiziert hat und dass Sie Adele am Telefon belauscht haben.« Er schüttelte den Kopf, seine Finger zitterten, als er nach seiner Tasse griff. »Ich weiß nicht, was ich von all dem halten soll. Es ist unfassbar.«

»Sagt Ihnen der Name Jerry Corman irgendetwas?«

Sie schüttelten alle den Kopf. Dax sagte: »Nein, wer ist er?«

»Der Mann, den Adele gestern Abend angerufen hat. Er ist ein pensionierter Bewährungshelfer, der mit Adeles erstem Mann zusammengearbeitet hat. Er und Adele kennen sich schon seit damals.«

Dax' Stirn legte sich in Falten. »Und sie hat ihn angerufen, um Dad töten zu lassen?«

Coop warf einen Blick auf Frank, der auf seinem Stuhl kauerte und viel kleiner wirkte als gestern Abend. »Ich fürchte, ja. Die Polizei ist involviert und wird ihn heute befragen. Wahrscheinlich, während wir hier sprechen. Sie haben bereits einen Mann verhaftet, der sich zu dem Brand auf dem Jahrmarkt bekannt hat. Er war ein junger Mann auf Bewährung, und Mr. Corman befahl ihm, zu dem Gelände in Georgia zu fahren und Dax zu töten. Er wollte, dass es wie ein Unfall aussieht, und sagte ihm, wie er die Zündflamme manipulieren konnte, um das Wohnmobil mit Propan zu füllen. Offensichtlich kontrollierte Corman diesen Mann und andere auf Bewährung Entlassene mit der Androhung härterer Behandlung und Rückkehr ins Gefängnis oder milderer Behandlung im Austausch für Gefälligkeiten.«

»Warum sollte Adele Dax töten wollen?« Franks Stimme schwankte, als er die Frage stellte.

»Ich habe eine Theorie, aber wir müssen warten, bis wir die Antwort von Adele bekommen.«

Lindsay sank auf ihrem Stuhl tiefer und näher zu ihrem Bruder, der zwischen ihr und Frank saß. »Wie konnten wir nur alle von ihr hereingelegt werden? Sie war so nett zu mir, als ich aufgewachsen bin. Ich will sie nie wiedersehen.«

Dax legte einen Arm um sie. »Wir haben letzte Nacht kaum geschlafen. Lindsay und ich haben bei Dad übernachtet, um auf ihn aufzupassen. Wir haben Adele gesagt, dass wir heute Morgen den Friedhof besuchen, damit wir ohne zu viele Fragen aus dem Haus gehen können.«

Coop sah sich die drei an. Er war sich nicht sicher, wie viel Frank und Lindsay noch ertragen konnten, ohne zusammenzubrechen. »Wie wäre es, wenn wir einen Ort finden, an dem Sie den Tag verbringen können, wo Sie sicher sind und niemand weiß, wo Sie sind? Sie können sich ausruhen, und ich gebe Ihnen Bescheid, sobald ich mehr weiß. Ich fürchte, es könnte ein sehr langer Tag werden.«

Lindsay nickte, Tränen kullerten über ihre Wangen. Dax griff nach der Hand seines Vaters. »Wie sieht es aus, Dad? Ich glaube, wir könnten etwas Ruhe und Erholung gebrauchen.«

Franks wässrige Augen trafen auf die von Coop. »Was haben Sie sich vorgestellt?«

Nachdem Coop seine Idee mitgeteilt hatte, stimmten sie zu, und er bat AB, Tante Camille anzurufen und die Situation zu erklären. Nach ein paar Minuten kam AB in Coops Büro und teilte ihnen mit, dass Camille auf dem Weg wäre und sich freuen würde, sie so lange wie nötig als Gäste zu haben. AB bot an, Franks Auto in ihrer Garage zu parken, wo es nicht zu sehen sein würde.

Coop nahm einen weiteren Schluck Kaffee. »Wir haben jede Menge Platz, und mein Vater ist gerade zu Besuch da. Tante Camille wird sich gut um Sie kümmern und wahrscheinlich im Akkord kochen, um Sie zu füttern. Gus hier …« Er warf einen Blick auf den Hund, der auf dem Ledersessel lümmelte. »Er ist ein ausgezeichneter Zuhörer und wird Ihnen Gesellschaft leisten. Ich rufe Dax an, wenn ich mehr darüber weiß, was die Polizei herausgefunden hat.«

Coop half Frank von seinem Stuhl, während Dax seine Schwester stützte. Frank hielt sich mit festem Griff an Coops Hand fest. »Das geht weit über alles hinaus, Mr. Harrington. Bitte wissen Sie, wie sehr ich Ihre Hilfe schätze. Wenn ich nicht krank wäre, würde ich gerne glauben, dass ich stärker wäre, aber das ist ein echter Schlag. Es lässt mich alles infrage stellen.«

Coop begleitete sie zur Hintertür und kurz darauf fuhr Camilles Limousine auf den Parkplatz. »Ich kann verstehen, dass Sie sich überfordert fühlen. Ich weiß auch, dass es für Sie wahrscheinlich unmöglich ist, sich zu entspannen, aber essen Sie etwas und schlafen Sie ein wenig. Ich werde heute Nachmittag oder Abend mehr wissen.«

Coop und AB schafften es, die drei und Gus in Camilles Auto zu setzen, und als die wegfuhr, fragte sie sie bereits nach ihren Lieblingsspeisen und plante das Abendessen. AB sah zu, wie das Auto um die Ecke verschwand. »Ich will nichts weiter, als diese kaltblütige Frau mit dem Rücken zur Wand zu sehen.«

Coop ging ein paar Schritte auf die Tür zu. »Ich auch, AB. Ich auch.«

KAPITEL DREIUNDZWANZIG

Coop und AB räumten die Donuts weg und spülten alle Becher ab. Sie hatten immer noch nichts von Ben gehört und konnten das Warten nicht länger ertragen. AB fuhr Franks Auto zu ihrem Haus und stellte es in die Garage, bevor sie in Coops Jeep stiegen. Da es auf die Mittagszeit zuging, hielten sie unterwegs am *Pickle Barrel* an und holten eine Auswahl an Sandwiches und Salaten, die sie mit den Detectives teilen wollten, die am Wochenende arbeiteten.

Auf dem Revier war es an einem Samstag ruhiger, die meisten Büros und Schreibtische waren leer, mit Ausnahme von Ben, Kate und Jimmy, die um einen Konferenztisch versammelt waren und auf die Bildschirme an der Wand schauten, die ihnen einen Blick auf die Befragungsräume ermöglichten. Coop stellte die Tüten auf den Tisch. »Ich dachte, ihr könntet ein Mittagessen vertragen.«

Während die fünf ihre Teller beluden, blickte Coop auf die Bildschirme, die zwei Männer in verschiedenen Räumen zeigten. »Ich nehme an, Butch und das Mikro haben funktioniert?«

Ben nickte. »Ja, es lief nicht so glatt, wie ich gehofft hatte, aber schließlich haben wir es geschafft. Wir haben uns in einem kleinen Lokal in der Nähe von Butchs Wohnung verschanzt. Butch hat Corman dazu gebracht, ihm mehr Details über den Job zu geben. Irgendwann war er so frustriert, dass er fast gegangen wäre, aber zum Glück hat er durchgehalten und ihm dann Punkt für Punkt Anweisungen für einen Autodiebstahl gegeben. Er gab ihm eine Wegbeschreibung zum Haus der Covingtons, beschrieb Franks Auto und sagte ihm, dass er versuchen würde, mit seiner Frau zu vereinbaren, dass Frank am Sonntag eine Besorgung macht. Corman machte ihm auch klar, dass er keine Zeugen zurücklassen sollte. Wenn Butch also nicht allein zu Frank gelangen konnte, sollte er Lindsay und Dax ausschalten, wenn sie bei ihm waren.«

AB wölbte die Brauen. »Was für ein Herzchen, hm?«

»Nachdem Butch Corman dazu gebracht hatte, Franks Namen und die Details zu nennen, flüchtete er schnell ins Bad und durch die Hintertür hinaus. Wir haben versucht, ihn zu überreden, wieder hineinzugehen, aber er hatte keine Lust dazu. Wir haben ihn hierhergebracht und dann Corman beschattet.« Kate griff nach einer weiteren Serviette und fügte hinzu: »Anstatt ihn gleich dort zu packen, haben wir gewartet. Mit Butchs Aussage konnte ich eine richterliche Anordnung zur Telefonüberwachung für Cormans und Adeles Telefon bekommen. Ich hoffte, einen weiteren Beweis zu bekommen, der ihn mit Adele in Verbindung bringt, und musste nicht lange warten. Als Corman zu seinem Auto zurückkehrte, rief er sie an und fragte sie, ob sie es arrangieren könne, dass Frank am Sonntagmorgen allein sei.«

Coop nickte. »Klug, das wird euch ein gewisses Druckmittel in die Hand geben.«

Jimmy deutete auf den Bildschirm, auf dem das Bild des älteren Mannes zu sehen war. »Wir haben ihn gleich danach abgeholt und ihm seine Rechte vorgelesen. Er verzichtete auf sie und sagte, er brauche keinen Anwalt.«

Ben grinste. »Er denkt, er ist schlau genug, um uns auszutricksen. Er hat das System durchschaut und weiß, wie es funktioniert. Außerdem führt er seit mindestens fünfundzwanzig Jahren ein kriminelles Unternehmen, ohne auch nur den Hauch eines Verdachts zu erregen. Ich glaube, er ist ziemlich optimistisch.«

Kate aß ihr Sandwich auf und nahm sich eine neue Flasche Wasser. »Sehen wir uns an, was Mr. Corman uns zu sagen hat, Jimmy.«

Coop und AB beobachteten zusammen mit Ben, wie Kate und Jimmy den Befragungsraum betraten. Kate kündigte ihre Ankunft und die Uhrzeit für die Aufnahme an und reichte Corman die Wasserflasche. »Nun, Mr. Corman, wie wir Ihnen bereits sagten, haben wir von einem Ihrer früheren Klienten auf Bewährung, einem Levi oder Butch Jennings, eine ziemlich alarmierende Information erhalten. Er behauptet, dass Sie ihn wegen des Mordes an Frank Covington angesprochen haben.«

Corman lehnte sich auf seinem Stuhl zurück und lächelte. »Sie kennen doch Ex-Häftlinge, oder? Sie versuchen immer, ihre Verbrechen jemand anderem in die Schuhe zu schieben. Wer wäre da besser geeignet als ihr alter Bewährungshelfer, oder?«

Jimmy öffnete einen Aktenordner. »Sie streiten also die Behauptung ab, dass Sie sich an Mr. Jennings gewandt haben, um die Ermordung von Frank Covington zu arrangieren?«

Corman lachte. »Stimmt, ich leugne es. Wem wird das Gericht wohl glauben, mir oder einem Berufsverbrecher?«

Kate blätterte eine Seite in ihrer Akte um. »Mr. Jennings gab auch an, dass Sie ihn beauftragt haben, den Mord an Dax Covington vor fünfundzwanzig Jahren auf einem Jahrmarkt im ländlichen Georgia zu verüben. Wissen Sie etwas über diese Behauptung?«

Er wölbte die Augenbrauen und schüttelte den Kopf. »Was haben Sie gegen diesen Kerl in der Hand? Er ist offensichtlich verzweifelt und spinnt sich Geschichten über mich zusammen, um sich aus der Affäre zu ziehen.«

Kate starrte ihn an. »Wie wäre es, wenn Sie die Frage beantworten, Mr. Corman. Je schneller wir der Sache auf den Grund gehen, desto schneller können Sie hier verschwinden.«

»Richtig, richtig. Alles geschäftlich. Klar doch. Ich weiß nichts von einem Brand auf einem Jahrmarkt in Georgia vor fünfundzwanzig Jahren.«

Jimmy machte sich eine Notiz. »Sie streiten also auch den Tatvorwurf ab, den versuchten Mord an Dax Covington und den Mord an Jacob Nathan Harris auf dem *Royal-Amusement*-Gelände in Walker County, Georgia, im August fünfundneunzig arrangiert zu haben?«

Corman nickte. »Das ist richtig, ich bestreite diese Behauptung.«

Kates Augen verengten sich. »Wir haben Frank und Dax Covington erwähnt. Kennen Sie einen dieser Männer?«

Er schüttelte den Kopf. »Nein, Ma'am.«

Sie warf einen Blick auf ihre Notizen. »Was ist mit Adele Covington?«

Seine Stirn legte sich in Falten. »Ich kenne den Namen nicht, tut mir leid.«

Jimmy tippte mit seinem Stift auf seinen Notizblock. »Ah, ich glaube, ich kenne das Problem. Vielleicht kannten Sie sie als Adele Pierce? Sagt Ihnen das etwas?«

Cormans Augen weiteten sich.»O ja, Adele. Sie war mit einem Kollegen verheiratet. Der arme Kerl ist vor Jahrzehnten gestorben. Ich habe keinen Kontakt mehr zu Adele.«

Kate nickte.»Ist das der Fall? Sie haben keinen Kontakt zu der Frau, die Sie als Adele Pierce, jetzt Adele Covington, kannten? Wann haben Sie sie das letzte Mal gesehen oder mit ihr gesprochen?«

Corman blinzelte einige Male.»Wow, das ist schon lange her. Sie und ihr Sohn wohnten einige Jahre in Murfreesboro, und ich glaube, das war das letzte Mal, dass ich sie gesehen habe. Das muss so um die dreißig Jahre her sein, schätze ich.«

Kate holte einige Papiere aus ihrer Mappe.»Also, wie erklären Sie sich die jüngsten Telefonate zwischen Ihnen und Adele Covington?«

Corman blinzelte auf das Papier, auf das Kate zeigte und auf dem zwei Zeilen mit Zahlen gelb unterlegt waren. Er setzte seine Lesebrille auf und studierte das Papier. Sein Lächeln verblasste.

Kate drückte eine Taste auf einer Fernbedienung. »Vielleicht interessieren Sie sich auch für ein paar Gespräche, die Sie heute Morgen geführt haben.« Sie spielte die Aufnahme seines Gesprächs mit Butch im Diner ab und dann die Aufnahme des Anrufs, den er mit Adele geführt hatte.

Er schwieg und blickte über den Tisch hinweg auf die beiden Detectives.

»Seltsame Sache, Mr. Corman. Wir haben das Feuer nie erwähnt, als wir Sie über den Mord in Georgia befragt haben. Ich bin sicher, Sie wissen inzwischen, was wir haben«, sagte Kate.»Genug, um Sie wegen Anstiftung zum Mord und Mordes an dem jungen Mann in Georgia anzuklagen, der erst kürzlich identifiziert wurde. Wir werden in jedem Winkel Ihres Lebens graben, und ich habe das Gefühl, dass wir noch mehr Ex-Häftlinge als nur Butch finden werden, die Ihnen einen Gefallen getan haben. Der einzige Hoffnungsschimmer, den Sie haben, ist, dass Sie uns alles erzählen, was Sie über Adele wissen, und wie Sie zu dem Mann wurden, den sie angerufen hat, um ihre Wünsche zu erfüllen. Wir werden ein gutes Wort für Sie einlegen, und vielleicht können Sie den Rest Ihres Lebens in einem der besseren Bundesgefängnisse verbringen, da Ihre Aktivitäten über die Staatsgrenzen hinweg eine Bundesanklage garantieren.«

Corman trommelte mit den Fingern auf dem Tisch und seufzte nach einigen Minuten. »Ich glaube, ich nehme jetzt den Anwalt.«

Kate und Jimmy sammelten ihre Papiere ein und schlossen die Akten. »Ich habe das Gefühl, dass Adele Ihnen das alles vor die Füße werfen wird, also wäre jetzt der richtige Zeitpunkt zum Reden, aber wenn Sie den Weg über einen Anwalt gehen wollen, ist das Ihre Entscheidung.«

Die Detectives standen auf und gingen zur Tür, aber Corman blieb stumm.

Kate und Jimmy kehrten in den Konferenzraum zurück und knallten ihre Mappen auf den Tisch. Kate schritt am Rand des Raumes umher. »Tut mir leid, Boss. Ich war mir sicher, dass er alles ausplaudern würde.«

Ben starrte auf den Bildschirm an der Wand. »Lassen wir ihn ein wenig Zeit allein und sehen, was passiert. Wir können Adele mit dem, was wir haben, einweihen. Er würde es nur vereinfachen, wenn er sie verraten hätte.«

Coop warf seinem alten Freund einen Blick zu. »Er ist besorgt und weiß nicht, was er tun soll. Er dachte, er könnte sich herausreden, und ohne die Aufnahmen hätte er vielleicht genau das tun können.« Er neigte seinen Kopf zum Bildschirm. »Es ist schwer, am Wochenende einen Anwalt zu bekommen. Das kann Stunden dauern.« Coop blinzelte, stand auf und klopfte Ben auf die Schulter.

Coop und AB folgten Ben zurück in sein Büro, während er Kate und Jimmy zurückließ, um Butch und Corman über die Videoschirme zu überwachen.

Nachdem die Tür zu Bens Büro geschlossen war, erzählte Coop ihm, dass Frank und seine Kinder bei Tante Camille in Sicherheit waren. Er erzählte ihm auch von Lindsays Erinnerung an den Tag, an dem Adele zu Besuch im Haus war, was die drei dazu veranlasste, alte Fotoalben durchzusehen.

Bens Augen verengten sich. »Denkt sie, dass sie ihrer Mutter etwas angetan hat und es vielleicht kein Selbstmord war?«

Coop schüttelte den Kopf. »Das glaube ich nicht. Frank sagte, dass es für Adele keinen Grund gab, an diesem Tag im Haus zu sein, und Lindsay weiß nur, dass ihre Mutter, nachdem Adele gegangen war, weinte und untröstlich war. Laura Beth sagte ihr, sie wolle sich hinlegen, und wies das Kind an, in ihrem Zimmer zu spielen.«

Ben tippte auf einige Tasten seiner Tastatur und starrte auf den Bildschirm. »Der Bericht über ihren Tod zeigt, dass Frank sie gefunden hat, als er von der Arbeit nach Hause kam. Er kam kurz vor sieben Uhr an und war überrascht, dass Laura Beth noch nicht unten war und noch nicht mit dem Abendessen begonnen hatte. Um sechs Uhr neunundfünfzig rief er den Notruf und sagte, er habe leere

Pillenflaschen und Wodka in ihrem Zimmer gefunden. Es wurde nie ein Abschiedsbrief gefunden.«

Coop nickte. »Frank sagte, Laura Beth habe Schlaftabletten und Medikamente gegen Angstzustände verschrieben bekommen. Sie hatte seit den Unfällen auf den Jahrmärkten mit sich zu kämpfen. Sie hat nicht getrunken, deshalb war er über den Wodka überrascht.«

»Es wurde kein falsches Spiel vermutet. Der Gerichtsmediziner hat es als Selbstmord eingestuft.«

»Ich bezweifle nicht, dass es Selbstmord war, aber ich weiß, dass Adeles Besuch an diesem Tag sowohl Lindsay als auch Frank großen Kummer bereitet hatte. Ich möchte der Sache auf den Grund gehen, damit sie ein paar Antworten bekommen.«

»Hast du eine Idee, wie wir das machen können?«, fragte Ben.

»In der Tat, das tue ich.« Coop nahm vor Bens Schreibtisch Platz.

KAPITEL VIERUNDZWANZIG

Am Samstagabend lag Frank im Krankenhausbett seines Privatzimmers im Vanderbilt University Medical Center auf den Kissen. Als Adele durch die Tür kam, waren seine Augen geschlossen, und das Zimmer war ruhig und nur von einer sanften Lampe in der Ecke beleuchtet.

Sie sah auf den leeren Stuhl neben seinem Bett und schüttelte den Kopf. »Wo ist Lindsay?«

Sie stellte ihre Handtasche ab, ließ sich auf den Stuhl fallen und sah ihren Mann an. »Wie geht es dir, mein Schatz?«, flüsterte sie.

Seine Augenlider flatterten. »Müde, Adele, sehr müde.«

»Als Dax mich abholte, sagte er, Lindsay sei bei dir. Sie hätte dich nicht allein lassen dürfen.«

»Sie wollte mir nur ein paar Eiswürfel holen.«

Adele ärgerte sich. »Man sollte meinen, bei all der Unterstützung und den Spenden, die wir diesem Ort über die Jahre geleistet haben, müsste deine Tochter dir kein Eis holen. Diese Krankenschwestern müssen aufmerksamer sein.« Sie tätschelte seine Hand. »Ich bin jetzt hier, mein Schatz, keine Sorge. Dax sagte, dass sie dich voraussichtlich mehrere Tage behalten werden.«

Sie lehnte sich auf dem Stuhl zurück und sah zu, wie der Beutel mit der Flüssigkeit in den intravenösen Zugang in Franks Hand tropfte. »Dax sagte, du wärst auf dem Friedhof fast zusammengebrochen. Ich habe dir gesagt, dass du zu viel unternommen hast. Die Party war zu viel.«

Franks Augen öffneten sich und richteten sich auf sie. »Warum bist du am Tag von Laura Beths Tod in unserem Haus gewesen?«

Adeles Augen wurden groß. »Wovon redest du, Liebster? Ich fürchte, was immer sie dir verabreicht haben, hat dich ins Delirium versetzt.«

»Lindsay hat sich an dich erinnert, nachdem sie gestern Abend ein Foto im Album gesehen hat. Das Foto, auf dem du diesen leuchtenden Pfauenschal trägst. Sie hat dich an dem Tag im Haus gesehen und sich an den Schal erinnert. Du warst dort, Adele. Ich will wissen, warum.«

Sie strich einen Fussel von ihrer Jacke. »Ich bin mir nicht sicher, warum dich das beschäftigt, Frank.«

Er seufzte. »Ich habe nicht mehr viel Zeit, Adele. Ich glaube, du bist mir eine Erklärung schuldig. Warum warst du an diesem Nachmittag bei Laura Beth?«

Sie stand auf, griff nach den Kissen hinter seinem Kopf und glättete die Kissenbezüge. »Ich wusste, dass sie mit den Unfällen zu kämpfen hatte, und ich wusste, dass es für dich und die Kinder eine Belastung war.«

»Wie ging es ihr, als du sie am Nachmittag verlassen hast?«

»Besser, dachte ich. Offensichtlich …« Ihre Stimme verstummte, ohne ihre Gedanken zu Ende zu führen.

»Sie hat nicht unkontrolliert geweint, als du sie an diesem Nachmittag verlassen hast? Denke gut nach, Adele. Lindsay hat sich jetzt ganz genau an diesen Tag erinnert.«

Ihre Augen verengten sich und ihre Kiefer verhärteten sich, als sie ihren Mann ansah. Mit Gift in der Stimme sagte sie: »Ich bin zu ihr gegangen, um ihr zu sagen, dass sie schwach ist. Viel zu schwach für dich. Du und die Kinder brauchten eine starke Frau und Mutter. Eine Frau, die euch unterstützt und nicht unter dem Druck einknickt und verwelkt.«

Tränen liefen aus Franks Augen, als er zu Adele aufsah. »Warum hast du das getan? Sie war in einem schwachen Zustand.«

Adele zuckte mit den Schultern. »Ich sagte ihr, sie müsse sich zusammenreißen oder aufhören, das Unvermeidliche hinauszuzögern. Ich habe ihr gesagt, dass sie das alles beheben kann, und dass es ganz einfach wäre. Genau wie das Einschlafen.« Adeles Lippen verzogen sich zu einem finsteren Lächeln.

»Du ... du hast ihr den Wodka gegeben, stimmt's?«

Sie strich ihm mit einer Hand über die Stirn. »Ja, mein Lieber. Aber ich habe es für dich, Dax und Lindsay getan. Laura Beth wäre nie in der Lage gewesen, zu funktionieren. Sie hätte euch alle ausgelaugt, je länger es gedauert hätte.« Sie seufzte und setzte sich wieder hin. »Ich war da und wusste, dass ich die Scherben auflesen und mich gut um dich und Lindsay kümmern konnte. Dax war erwachsen, aber Lindsay war noch ein Kind und brauchte eine Mutter, die sich um sie kümmerte. Sie verwöhnte.«

Frank schluckte schwer. »Du hattest kein Recht dazu, Adele. Das war meine Familie.«

Sie tätschelte erneut seine Hand. »Kein Grund, sich

darüber aufzuregen, mein Lieber. Das ist eine alte Geschichte. Alles wird gut werden.«

Franks Schultern bebten, als er ihrer distanzierten Stimme lauschte.

»Ich werde Mr. Harrington anrufen und ihm sagen, dass du im Krankenhaus bist und den Termin am Montag nicht wahrnehmen kannst. Ich bin sicher, er wird es verstehen.«

Das Schloss einer Innentür an der Wand gegenüber dem Bett klickte, und Coop und AB traten in das Zimmer. Coop sah Adele in die kalten Augen. »Das ist nicht nötig, Mrs. Covington. Frank hat sich bereits mit mir getroffen und die Änderungen an seinem Testament und Nachlass vorgenommen. Alles ist geregelt.«

Sie stand auf, schaute von ihrem Mann zu Coop und ließ ihren Blick mit offenem Mund zwischen den beiden hin und her schweifen. »Was meinen Sie?«

»Frank hat darauf gewartet, Ihnen von den Änderungen zu erzählen und was das für Sie und Ihren Sohn bedeutet. Er wollte Lindsay nicht den Geburtstag verderben und wollte es Ihnen an diesem Wochenende sagen, aber dann kamen diese furchtbaren Fragen über den Tag von Laura Beths Tod auf.«

Sie drehte ihren Kopf wieder zu Frank. »Was hast du getan?« Sie spuckte die Worte aus wie eine wütende alte Frau. Vorbei war die Illusion jugendlicher Schönheit und jeder Anschein, sich um den Mann zu kümmern, der fünfundzwanzig Jahre lang ihr Ehemann gewesen war.

Coop machte ein paar Schritte auf sie zu. »Er hat nur dafür gesorgt, dass sein Geschäft und sein Vermögen bei seiner Familie bleiben. Bei seinen Kindern. Dax und Lindsay. Er hatte auch Vorkehrungen für Sie und Gavin getroffen, aber das könnte jetzt kompliziert werden. Wir mussten erst heute ein paar Anpassungen daran vornehmen.«

Sie richtete ihre Wut auf Coop. »Inwiefern kompliziert?« Spucke floss aus ihrem Mund, als sie ihre Stimme erhob.

Kate und Jimmy kamen durch die Tür des Krankenhauszimmers und gingen auf Adele zu. Kate türmte über der Frau und sagte: »Adele Covington, Sie sind verhaftet wegen Anstiftung zum Mord an Jacob Nathan Harris sowie wegen versuchter Anstiftung zum Mord an Frank Covington.« Jimmy legte ihr die Handschellen an und las ihr die Rechte vor, die ihr vom Gesetz garantiert wurden.

Coop blickte auf die Metallmanschetten an ihren Handgelenken. »Deshalb kompliziert.« Er wandte sich Adele zu. »Oh, Frank trägt auch ein Aufnahmegerät, und wir haben alles aus dem Nebenzimmer beobachtet. Ich denke, das gesamte Video Ihres Gesprächs mit Ihrem sterbenden Ehemann wird einen starken Eindruck auf die Geschworenen machen.«

Adeles Augen wurden kalt, und sie sah ihren Mann an, dann Coop und AB. »Das ist absurd. Mein Anwalt wird mich im Nullkommanichts rausholen und Sie alle wegen Verleumdung verklagen.«

Als Jimmy sie aus dem Raum führte, sagte Coop: »Sie werden wahrscheinlich einen Pflichtverteidiger brauchen, Adele. Mr. Jennings und seine Kanzlei sind Franks Anwälte, und Sie haben keinen Zugriff mehr auf seine Bankkonten oder andere Vermögenswerte der Covingtons.«

Nachdem Kate und Jimmy mit Adele gegangen waren, kamen Dax und Lindsay durch die Tür und liefen zum Bett ihres Vaters. Sie umarmten ihn beide, und er klopfte Lindsay auf den Hinterkopf, murmelte ihr zu und versicherte ihr, dass alles in Ordnung käme.

Dax klingelte nach der Krankenschwester, und kurz darauf kam sie durch die Tür und entfernte den Kochsalzlösungsschlauch aus Franks Hand. Lindsay und AB traten in den Flur, während Dax und Coop bei Frank blieben, um ihm zu helfen, seine Sachen zusammenzusuchen und sich anzuziehen.

Frank war nicht erfreut gewesen, einen Krankenhauskittel zu tragen, aber Coop hatte ihm gesagt, dass Adele überzeugt werden musste, dass er krank wäre. Wenn man sich seine blasse Hautfarbe ansah, brauchte man sich nicht viel einzubilden.

Franks Arzt, der meinte, Frank wäre etwas dehydriert und könnte etwas Kochsalzlösung gebrauchen, kam seiner Bitte gerne nach, das Privatzimmer für ein paar Stunden zu benutzen. Während Frank dort war, untersuchte der Arzt ihn und stellte zwar keine Fragen, erinnerte Frank aber daran, dass Stress nicht gut für seinen Zustand wäre und er wollte, dass er sich ausruhe.

Als Frank wieder auftauchte, angezogen, aber weniger gebrechlich aussehend als im Krankenhausbett, legten Dax und Lindsay jeweils einen Arm um ihn. »Lass uns nach Hause gehen, Dad«, sagte Dax.

»Ruhen Sie sich aus und wir melden uns morgen wieder, um Sie auf dem Laufenden zu halten«, sagte Coop.

Frank drehte sich um, bevor er zum Ausgang ging. »Nochmals vielen Dank und danken Sie Camille von mir. Es war eine schöne Abwechslung, den Tag mit ihr und Ihrem Vater zu verbringen.«

Coop nickte und warf einen Blick auf AB. Er legte einen Arm um ihre Schulter und sagte: »Lass uns zu Abend essen, bevor wir zum Revier fahren. Tante Camille wird auf uns warten.«

»Ganz zu schweigen davon, dass sie unbedingt wissen will, wie es mit dem Fall weitergeht.« AB lachte, als sie die Flure zum Parkplatz entlangliefen.

»Weißt du, ich dachte, Marlene wäre die schlimmste

Mutter der Welt, aber ich glaube, Adele gewinnt diesen Preis.«

Sie stieß ihre Schulter an seine. »Marlene ist die Zweitplatzierte in diesem Wettbewerb, schätze ich. Es ist schwierig, jemanden zu schlagen, der so kaltherzig ist wie Adele.«

KAPITEL FÜNFUNDZWANZIG

Nach einem schnellen Abendessen und vielen Fragen schickte Camille die beiden zurück zum Revier, beladen mit Essensbehältern für die Kriminalpolizei. Gus begleitete sie auf dieser Reise und nachdem er von den Beamten und Detektiven viele Streicheleinheiten bekommen hatte, eilte er in Bens Büro, wo er sich auf das Hundebett legte, das Ben in der Ecke stehen hatte.

Ben, Jimmy und Kate stürzten sich auf den Auflauf mit Hühnerfrikassee, den Tante Camille geschickt hatte, zusammen mit dem Salat, den frischen Brötchen und den Keksen, die sie in den Korb gelegt hatte. Coop ließ sie essen, während er und AB in der Arbeitsmappe lasen, die Ben über den Tisch geschoben hatte.

Wie Coop und Ben vorausgesagt hatten, hatte Corman nach ein paar Stunden nachgegeben und gesagt, er wollte eine Erklärung abgeben und nicht auf seinen Anwalt warten. Er schilderte seine Beziehung zu Adele, die auf einer Verliebtheit in sie beruhte, die vor Jahren begonnen hatte, als er mit ihrem Mann zusammenarbeitete. Er war bereit, alles zu tun, um ihr nach Rogers Tod zu helfen. Er bestätigte, was die Nachbarin Coop erzählt hatte, dass er den Rasen gemäht und sich um das Haus gekümmert hatte. Er hatte auf eine romantische Beziehung mit ihr gehofft und versuchte, sie für sich zu gewinnen.

Er hatte die Hoffnung verloren und den Kontakt zu ihr abgebrochen, als sie Frank heiratete und aus Murfreesboro wegzog. Er gab zu, dass er, als Adele ihn vor fünfundzwanzig Jahren um Hilfe gebeten hatte, so sehr darauf bedacht war, von ihr zu hören, dass er zu allem bereit war. Corman hatte in der Tat ein kriminelles Unternehmen geleitet, bei dem er Personen auf Bewährung erpresste, damit sie zumeist geringfügige Straftaten begingen, während Corman für die Koordinierung der Operation Geld kassierte.

Im Laufe der Jahre hatte er einen beträchtlichen Geldbetrag angehäuft. Bei der Durchsuchung seiner Wohnung wurden mehrere zehntausend Dollar in bar sowie zahlreiche Gold- und Silbermünzen sichergestellt. Corman legte eine Liste mit Dutzenden von Ex-Häftlingen vor, die er in den letzten Jahrzehnten benutzt hatte.

Adele hatte ihm fünfhundert Dollar für seine Rolle bei der Organisation des Brandes und des Todes von Dax gezahlt. Damals war sie völlig durcheinander und wollte ihren Sohn aus den Schwierigkeiten heraushalten. Sie hatte Corman erzählt, dass Gavin die Schausteller unter Druck gesetzt hatte, um bei der Instandhaltung zu sparen. Er war jung, wollte sich beweisen und hatte Fehler gemacht. Wie Mrs. Davis schon zu Coop gesagt hatte, würde sie alles für ihren geliebten Jungen tun. Sogar für ihn töten.

Als Adele ihn dieses Mal angerufen hatte, war Corman nicht so erpicht darauf gewesen, ihre Wünsche zu erfüllen, und verlangte viel mehr Geld, um den Mord an Frank zu arrangieren. Er hatte ihr auch gesagt, dass sich der Preis verdoppeln oder verdreifachen würde, wenn er nicht allein wäre. Sie versprach ihm alles, was er verlangte, und er legte bei ihm einen Hoffnungsschimmer, dass sie zusammenkommen würden, wenn die Sache vorbei war.

Coop schüttelte den Kopf und AB schob den Ordner von sich weg. Sie gab ein würgendes Geräusch von sich und sagte: »Ich habe das Gefühl, dass ich eine Dusche brauche, nachdem ich das gelesen habe. Ich kann mir nicht vorstellen, mit diesem Widerling im selben Raum zu sitzen.«

Kate verdrehte die Augen. »Er ist ein Charmeur, aber zumindest hat er uns alles über Adele gesagt, was wir brauchen.«

Jimmy aß den letzten Bissen. »Adele ist die gefühlloseste und kaltherzigste Frau, die ich je befragt habe.«

Kate nickte. »Ja, es tut meinem Herzen gut, dass wir sie an einem Wochenende verhaftet haben. Kein Richter vor Montag, also wird sie einige Zeit hinter Gittern verbringen. Sie ist der Inbegriff eines seelenlosen Narzissten.«

Ben nahm einen Keks aus dem Plastikbehälter. »Sie war selbstbewusst und arrogant, bis wir ihr das Video von Corman vorspielten, in dem er uns die ganze Geschichte erzählt hat. Das hat ihr den Wind aus den Segeln genommen. Am Ende bettelte sie um einen Deal, aber der Staatsanwalt sagte ihr, sie sei nicht in der Position für einen Deal. Er sagte ihr, dass sein Büro die Todesstrafe in Erwägung zieht.«

ABs Augen weiteten sich. »Ich wette, das hat die alte Fledermaus zum Schweigen gebracht.«

Ben nickte. »Wir haben Gavin zum Verhör geholt, und nachdem wir ihm gesagt hatten, dass seine Mutter wegen Mordes und Anstiftung zum Mord verhaftet worden war, änderte sich auch seine Einstellung. Er gestand den Plan, auf dem Jahrmarkt Geld sparen zu wollen, der zu den Unfällen führte. Er sagte, Adele habe ihm gesagt, er solle sich keine

Sorgen machen, sie würde sich um alles kümmern und ihn decken.«

Kate griff über den Tisch nach den Keksen. »Die Sache ist die, ich glaube, er wusste nicht, dass seine Mutter den Mord an Dax arrangiert hatte. Er war wirklich schockiert und angewidert davon. Als wir ihm von ihrem Plan, Frank töten zu lassen, erzählten, brach er zusammen.«

Coop zog die Stirn in Falten. »Lindsay und Dax sagten, Adele hätte sie erdrückt, als sie noch jünger gewesen waren. Ich frage mich, ob Gavin tief im Inneren dasselbe über sie dachte. Sie schienen einander treu ergeben zu sein, aber dass seine Mutter für ihn töten würde, um seine idiotischen Geschäftsmethoden zu vertuschen, würde diese Loyalität auf eine neue Stufe heben.«

Ben nickte. »Ja, ich glaube, er fand es abstoßend und wird wahrscheinlich eine Art Therapie brauchen. Er murmelte immer wieder, seine Mutter habe ihm gesagt, dass keiner der Unfälle seine Schuld sei. Sie schob alles auf die Schausteller und den Druck, den Huck bei der Arbeit auf Gavin ausübte. Er hat nicht darum gebeten, sie zu sehen, oder sich nach einer Kaution oder etwas anderem erkundigt. Er ist einfach wie betäubt von hier weggegangen.«

Coop schüttelte den Kopf. »Was für ein Albtraum. Ich bin nur froh, dass es uns gelungen ist, Franks Testament und seinen Nachlass wieder zu ändern. Frank hat immer noch eine Schwäche für Gavin, selbst nachdem wir ihm gesagt haben, dass unsere Ermittlungen uns zu der Annahme geführt haben, dass Gavin derjenige war, der die Anweisung gegeben hat, auf Boni zu verzichten und die Ausgaben zu kürzen. Er mag die Unfälle nicht absichtlich verursacht haben, aber er trägt die Verantwortung. Frank macht sich Vorwürfe, weil er nicht besser auf ihn geachtet hat. Er hat sich dafür entschieden, ihn in seinem Testament zu belassen, aber Adele geht leer aus, abgesehen von dem Vermögen, das sie bei der Eheschließung hatte, wie es in ihrem Ehevertrag festgelegt war. Frank hatte zugestimmt, Adele eine beträchtliche Menge Geld und Eigentum zu überlassen, aber als er die Wahrheit erfuhr, überzeugten ihn Dax und Lindsay, diese Regelung zu ändern.«

Coop seufzte. »Ich habe auch die Scheidungspapiere aufgesetzt. Wir werden uns morgen mit ihm treffen, um sie und alles andere durchzugehen. Ich habe versprochen, Dax heute Abend anzurufen, aber Frank braucht jetzt etwas Ruhe und Frieden.«

Ben lehnte sich auf seinem Stuhl zurück. »Armer Kerl. Das alles zusätzlich zu seinem Gesundheitsproblem bewältigen zu müssen, kann nicht einfach sein.«

Tante Camille bestand darauf, das Sonntagsessen für die Familie Covington zu kochen. Coop versuchte, sie davon abzubringen, aber sie wollte nichts davon hören. Sie rief Lindsay an, und innerhalb von zwanzig Minuten war es beschlossene Sache.

Coop lud AB ein, und sie kam früher, um Coop beim Aufräumen und Reinigen seines Büros zu helfen. Sie begrüßten Frank mit seinen Kindern an der Seite, und nachdem er sie über den Fall, den die Polizei gegen Adele hatte, und die Wahrscheinlichkeit, dass sie bis zu ihrem Prozess im Gefängnis bleiben würde, informiert hatten, ging Coop die Scheidungsunterlagen durch. *Harrington and Associates* bearbeitete normalerweise keine Scheidungen, aber in Franks Fall machte Coop eine Ausnahme.

Dax räusperte sich. »Wir verstehen, dass Dad dafür sorgen will, dass Gavin etwas im Testament bekommt, aber

Lindsay und ich wollen ihn nicht in der Firma haben. Ich habe heute Morgen die Schlösser auswechseln lassen, und wir haben seine persönlichen Sachen eingepackt und per Boten zu ihm nach Hause bringen lassen. Ich werde mehr Zeit brauchen, vielleicht sogar sehr lange, um ihm zu verzeihen. Er hat mit all dem angefangen. Wir haben seinetwegen unsere Mutter verloren, und ich bin nicht bereit, ihn in meiner Nähe zu haben.«

Dax warf einen Blick auf seinen Vater. »Ich hoffe, dass ich ihm mit der Zeit verzeihen kann, so wie Dad es getan hat, aber im Moment ist es noch zu frisch. Zu schmerzhaft. Was Adele betrifft, bin ich mir nicht sicher, ob einer von uns jemals die Kraft finden wird, ihr zu vergeben. Sie ist nichts weiter als ein niederträchtiger Mensch mit dem kalten Herzen einer Mörderin.«

Lindsay sagte nichts, sondern nickte nur, während Dax sprach.

Coop stimmte ihnen zu. »Ich mache Ihnen keinen Vorwurf. Ich denke, was sie getan hat, ist unverzeihlich, aber ich bin zuversichtlich, dass die Gerechtigkeit siegen wird. Ich vermute, ihr Fall wird nicht vor Gericht kommen. Die Beweislage ist erdrückend, und mit den Geständnissen von Butch und Corman hat sie keine Verteidigung. Ich bin sicher, dass ihr Anwalt sein Bestes tun wird, um eine Strafe für sie auszuhandeln, aber ich stelle mir vor, dass sie den Rest ihres Lebens im Gefängnis verbringen wird.«

AB fing Franks Blick auf. »Wichtig für Sie ist, dass Sie sich auf Ihre Gesundheit konzentrieren und die Sache hinter sich bringen. Wir werden uns um alle rechtlichen Angelegenheiten kümmern und unser Bestes tun, um die Zeit, in der Sie vor Gericht erscheinen müssen, auf ein absolutes Minimum zu beschränken. Wir wollen, dass Sie und Dax und Lindsay Ihr Leben leben und die verlorene Zeit nachholen.«

Frank lächelte, und Dax griff nach der Hand seines Vaters. »Unser einziges Ziel ist es, Dad gesund zu machen. Wir gehen morgen zu diesem neuen Arzt, und Ed, Dads Freund, den Sie auf der Party kennengelernt haben, er und sein Sohn, der gerade zurück nach Nashville gezogen ist, werden sich für uns um das Versicherungsbüro kümmern, bis wir wieder auf die Beine kommen.«

»Das sind tolle Nachrichten«, sagte Coop. »Lebenslange Freunde sind schwer zu finden und wertvoller als alles andere.« Er blickte über den Schreibtisch hinweg zu AB. »AB und ich sind lebenslange Freunde und würden alles füreinander tun. Ohne sie wäre ich verloren, deshalb bin ich froh, dass Sie Ed haben und er bereit ist zu helfen.«

Frank lächelte und zwinkerte AB zu. »Ich würde sagen, Sie haben Glück, sich zu haben.«

Tante Camille rief, dass das Abendessen fertig wäre. Frank unterschrieb die Scheidungspapiere an der Stelle, an der AB die Klebefähnchen angebracht hatte, und schob sie zu Coop. Er winkte seinen Kindern zu. »Ihr zwei geht schon mal vor. Ich muss nur kurz mit Mr. Harrington sprechen.«

AB folgte ihnen aus Coops Büro und schloss die Tür hinter sich.

Frank zog einen Umschlag aus seiner Jackentasche. »Ich kann mich nie für all das revanchieren, was Sie für mich getan haben … für meine Familie.« Tränen glitzerten in seinen Augen. »Ich stehe immer noch unter Schock wegen dem, was Adele getan hat. Ich lasse die letzten fünfundzwanzig Jahre in meinem Kopf Revue passieren und mache mir Vorwürfe, dass ich nicht gesehen habe, was sich direkt vor meiner Nase abgespielt hat. Dax sagt, er sei sich nicht sicher, ob er Gavin oder Adele jemals verzeihen wird. Ich bin mir nicht sicher, ob ich mir jemals verzeihen kann.«

Er winkte mit der Hand vor sich her. »Abgesehen davon schulde ich Ihnen mehr als nur einen Scheck. Sie haben mir meinen Sohn zurückgegeben und die Chance, den Rest meiner Tage in Frieden zu leben. Ich verdanke Ihnen wirklich mein Leben. Ich habe Ihrem Honorar einen kleinen Bonus hinzugefügt, um meine Dankbarkeit und Wertschätzung zu zeigen.« Er reichte Coop den Umschlag.

»Oh, eine Sache noch.« Frank griff in seine Tasche und zog einen Schlüsselbund heraus. »Das ist der Schlüssel zu unserer Eigentumswohnung in Florida. Wir nutzen sie nur ein paar Wochen im Jahr und im Moment habe ich keine Pläne, sie in absehbarer Zeit zu nutzen. Meine Sekretärin wird Ihnen alle erforderlichen Informationen per E-Mail zusenden, und wann immer Sie oder AB oder Ihre Familie die Wohnung nutzen wollen, gehört sie Ihnen. Der Kalender ist online verfügbar, sodass wir nie doppelt buchen können. Ich hoffe, dass Dax und Lindsay davon Gebrauch machen werden, aber wie sie schon sagten, konzentrieren wir uns im Moment auf diesen neuen Behandlungsplan.«

Coop starrte den Schlüssel an und war sprachlos. »Ich weiß nicht, was ich sagen soll. Sind Sie sich da sicher? Das ist so großzügig und nicht nötig.«

Frank grinste und lachte. »Ich bin mir sicher. Ich möchte, dass Leute, die Spaß daran haben, es auch benutzen.«

Coop lächelte und verstaute den Schlüssel in seiner Schreibtischschublade. »Damit wird AB die glücklichste Frau auf dem Planeten sein. Sie hat es dort geliebt und wollte gar nicht mehr weg. Vielleicht schenke ich ihr ein paar Tage Urlaub und ein Ticket nach Tampa als Belohnung für all die Arbeit, die sie in Ihrem Fall geleistet hat.«

Frank legte Coop eine Hand auf die Schulter. »Das, mein

Junge, ist das Klügste, was Sie heute Abend gesagt haben.« Er ging mit Coop zur Tür. »Wissen Sie, Mr. Harrington, einige der erfolgreichsten Ehen sind die zwischen besten Freunden. So hat es bei Laura Beth und mir auch angefangen.«

Coop kicherte, als er Frank den Flur entlang führte. »AB und ich sind beste Freunde, und wir arbeiten so gut zusammen. Ich glaube nicht, dass ich das jemals vermasseln möchte.«

»Sagen Sie niemals nie, Mr. Harrington.«

KAPITEL SECHSUNDZWANZIG

Zwei Monate später

Coop und AB kümmerten sich um das Gepäck und ließen Charlie und Tante Camille aus dem Fenster auf die Skyline von Tampa blicken. Es hatte mehrere Tage gedauert, Charlie davon zu überzeugen, dass der neunzigminütige Flug von Nashville schmerzlos und lohnenswert sein würde, sobald er die Küste gesehen hatte. Der Abschied von Gus fiel Coop schwerer als erwartet, aber Ben versprach, sich gut um ihn zu kümmern, und erinnerte Coop daran, dass sie nur ein paar Tage weg sein würden.

Wie schon bei ihrer ersten Reise nach Clearwater Beach hatte AB einen Shuttleservice organisiert, und schon bald waren sie vom Flughafen aus über die Bucht gefahren. Tante Camille hörte während der ganzen Fahrt nicht auf zu plaudern und fragte den Fahrer nach jeder Sehenswürdigkeit, an der sie vorbeikamen.

Der setzte sie am Resort ab, und Coop dankte ihm für seine Geduld mit einem kräftigen Trinkgeld. AB führte sie in die Lobby, wo sie an der Rezeption eincheckten und mit dem

Aufzug in den siebten Stock fuhren. Sie steckte den Schlüssel in die Tür und hielt sie für Charlie und Tante Camille auf, die beide über den atemberaubenden Blick auf das Meer und den Strand staunten.

Charlie nahm seine Baseballkappe ab und wedelte mit ihr vor seinem Gesicht herum. »Es ist wunderschön hier, aber ich weiß nicht, ob ich die Luftfeuchtigkeit aushalte. Ich würde es im Sommer nie aushalten, wenn es Anfang April schon so ist.«

»Nach ein paar Tagen wirst du dich daran gewöhnen, Dad. AB wird dich am Strand unter einen Sonnenschirm setzen oder deine Zehen in den Pool tauchen und an einem kalten Getränk nippen lassen, und du wirst das alles vergessen.«

Tante Camille saß auf dem Balkon, genoss die Aussicht und beobachtete, wie die Wellen an den weißen Sandstrand schlugen. Coop trug ihr Gepäck in das Zimmer, das sie sich mit AB teilen würde, und schleppte seine Tasche und die seines Vaters in das andere Schlafzimmer.

Coop zog sich eine Badehose zu seinem weichen grauen Lieblings-T-Shirt an, auf dem stand *Vor dem Kaffee: urteilend und sarkastisch, nach dem Kaffee: urteilend und sarkastisch, aber schneller.* Im Handumdrehen zogen sich die anderen ihre Strandkleidung an und machten sich auf den Weg nach unten, um im Restaurant am Pool zu Mittag zu essen. Nach einer schnellen Mahlzeit führte AB sie zu dem herrlichen Pool. Tante Camille war nicht gerade eine Schwimmerin, aber sie trug ein lockeres *Mu'umu'u* mit tropischem Muster und sah zufrieden aus, als sie unter einem riesigen Sonnenschirm saß und ihre Nase in ein Buch steckte, das sie für ihren Buchclub zu beenden versuchte.

Das Personal versorgte sie mit Limonade und Eistee, und Charlie, der eigentlich kein großer Fan von Schwimmbädern war, freute sich darüber, wie gut sich das Wasser und die Bewegung darin in seinem Knie anfühlten. Nach mehreren Stunden Schwimmen und Faulenzen trockneten sie sich ab und machten einen Spaziergang zum Strand, wo sie alle ihre Zehen ins Meer tauchten.

Da Charlie in Nevada lebte, kam er nicht oft ans Meer, aber sein Grinsen verriet Coop, dass er glücklich war. Coop genoss die sanften Wellen, die seine Füße und Knöchel umspülten, und fand das Gefühl und die Weite des Wassers vor ihm faszinierend. Charlie stand neben ihm und starrte auf den Ozean. »Ich verstehe, warum du mich gedrängt hast, mitzukommen. Die Aussicht hier ist wirklich bemerkenswert. Ich habe noch nie so weißen Sand gesehen.«

Coop gluckste. »Ich weiß. Ich wollte nicht, dass du etwas verpasst. Wenn du uns wieder besuchen kommst, planen wir einen weiteren Ausflug. In den Wintermonaten ist es toll.«

Charlie grinste. »Vielleicht nehme ich dich beim Wort. Es war wunderbar, bei dir und Camille zu sein. Und AB und Gus natürlich. Ich bin so stolz auf dich, Coop. Du bist ein guter Mann, und trotz des gelegentlichen Dramas mit deiner Mutter hast du ein glückliches und erfülltes Leben. Ich hätte mich bemühen sollen, dich öfter zu besuchen.«

Coop drehte sich zu seinem Vater um. »Weißt du, wir würden uns freuen, wenn du öfter kommst und länger bleibst. Ich meine es ernst mit der Idee, die Hälfte des Jahres bei uns zu verbringen. Ich weiß, du würdest Jack und die Enkelkinder vermissen, aber du könntest den späten Frühling und den Sommer zu Hause verbringen und dann vielleicht im späten Herbst und Winter hierherkommen. Tante Camille wäre überglücklich, und ich auch.«

Charlie lächelte und legte einen Arm um die Schulter seines Sohnes. »Das hört sich gut an. Ich muss mir darüber Gedanken machen und herausfinden, wie ich es anstellen kann. Franks Bedauern darüber zu sehen, dass er all die Jahre mit Dax verpasst hat, rückt das Leben in die richtige Perspektive, nicht wahr?«

Coop drückte die Schultern seines Vaters. »Das stimmt, Dad.« Sie gingen einige Meter am Strand entlang, während AB und Camille Fotos machten.

»Apropos Frank«, sagte Charlie, »wir sollten wahrscheinlich wieder nach oben gehen, um uns für das große Ereignis zurechtzumachen.«

Coop drehte sich um, und sie machten sich auf den Weg zum Strand und zurück zu AB und Tante Camille. Da es in der Wohnung zwei Bäder gab, dauerte es nicht lange, bis sie geduscht und angezogen waren.

Tante Camille und AB trugen Kleider, die sie für diesen Anlass gekauft hatten, und die Besitzerin der Boutique in Nashville hatte ihnen versichert, dass sie perfekt für Florida wären – leger und kosmopolitisch. Was immer das auch heißen mochte.

Das Beste, was Charlie und Coop auftreiben konnten, waren hellbeige Khakihosen und tropische Hemden. Coop dachte, sie sähen aus wie Hawaii-Touristen, aber AB sagte ihnen, das wäre perfekt für das Wetter und die Resort-Atmosphäre.

Coop, der keinerlei Sinn für Mode hatte, vertraute voll und ganz auf AB und führte sie den Flur hinunter zur Wohnung der Covingtons. Dax öffnete die Tür und begrüßte sie mit einem breiten Lächeln. »Oh, ich bin so froh, dass Sie alle hier sind. Ich hoffe, die Wohnung, die wir für Sie besorgt haben, ist gemütlich.«

AB nickte. »Sehr schön. Danke, dass Sie das für uns getan haben.«

»Kommen Sie herein, lernen Sie alle kennen und richten Sie sich ein. Lindsay ist mit Dad für ein paar

Minuten an den Strand gegangen, aber sie werden bald hier sein.«

Er führte sie durch den Flur zu dem offenen Bereich, den Coop von seinem letzten Besuch in Erinnerung hatte. Im Essbereich war ein riesiges Buffet aufgebaut, und im Wohnzimmer und auf dem Balkon saßen mehrere Leute bei einem Drink zusammen. AB stieß Coop mit dem Ellbogen an und zeigte auf drei Männer, die sich unterhielten und alle tropische Hemden und khakifarbene Hosen trugen. »Was habe ich euch gesagt?«

Sie hatten gerade ihre Getränke geholt, als Dax ankündigte, dass Lindsay und sein Vater aus der Lobby nach oben kämen. Er drängte alle in eine Ecke, um so viele Leute wie möglich zu verstecken, und sie warteten schweigend.

Ein paar Minuten später öffnete sich die Tür, und Frank kam um die Ecke, woraufhin die Gäste »Überraschung!« riefen. Franks Augen wurden groß, er trat ein paar Schritte zurück und grinste dann.

»Ah, ihr zwei.« Er suchte Dax und griff nach Lindsays Hand hinter sich. »Ihr habt mich erwischt. Ich dachte, wir hätten uns auf eine ruhige Geburtstagsfeier geeinigt.«

Dax umarmte seinen Vater und blickte dann auf die Gäste, die alle nach Florida gereist waren, um Frank zu überraschen. »Das ist nicht nur eine Geburtstagsfeier, es ist viel mehr. Lindsay und ich wollten dieses Jahr etwas Besonderes machen. Dad hatte letzte Woche ein paar Tests und einen Besuch bei seinem Arzt, und wir haben die besten Nachrichten bekommen, die wir uns erhoffen konnten.«

Dax' Augen füllten sich mit Tränen, als er seinen Vater ansah. »Die Behandlungen schlagen an. Dads Blutwerte sind großartig, und obwohl der Arzt das Wort Heilung nicht gerne benutzt, sagte er uns, er sei optimistisch und erwarte, dass Dad in den nächsten Monaten stärker und gesünder werde.«

Die Gäste jubelten und applaudierten angesichts der wunderbaren Nachricht.

Dax reichte Frank ein Glas Limonade, und er nahm einen langen Schluck, bevor er den Raum betrachtete. »Ich bin so glücklich, dass ich diese beiden wunderbaren Kinder und Sie alle in meinem Leben habe. Die letzten paar Monate waren eine Achterbahnfahrt der Gefühle. Jetzt, da Dax wieder zu Hause ist und die schrecklichen Tragödien von vor Jahrzehnten aufgeklärt sind, bin ich dankbar für Sie alle und Ihre Unterstützung. Es war, gelinde gesagt schwierig, aber eure Liebe und Freundschaft hat es mir leichter gemacht. Danke, dass Sie heute hier sind. Das bedeutet mir mehr, als Sie je wissen werden.«

Seine Stimme überschlug sich, als er seinen Satz beendete, und frische Tränen traten auf seine Wangen. Ein paar andere Leute erhoben ihre Gläser und stießen auf Frank und seine Familie an und wünschten ihm für die kommenden Jahre nichts als Glück.

Nach den Ehrungen lud Lindsay alle ein, sich am Buffet zu bedienen, und versprach einen besonderen Geburtstagskuchen zum Nachtisch. Coop mischte sich unter die Gäste und knabberte an den gegrillten Schweinefleischstückchen und Nachos. Nach einigem Zureden überredete AB ihn schließlich, die Mini-Fisch-Tacos zu probieren, und er gab es nur ungern zu, aber sie schmeckten ihm.

Als er einen davon gegessen hatte, kam Frank auf ihn zu. »Ich bin begeistert, dass Sie alle den Weg hierher gefunden haben. Dax und Lindsay haben einen großen Coup gelandet. Ich hatte keine Ahnung, dass sie das alles geplant hatten.«

»Wir sind so froh, dass es Ihnen besser geht und Sie so

gute Nachrichten vom Arzt erhalten haben. Ich bin sicher, dass der Fall Adele abgeschlossen ist, das hilft gegen den Stress. Ich bin froh, dass es vorbei ist und dass es keinen Prozess gab. Keiner von Ihnen muss dieses Trauma noch einmal erleben.«

Der Schmerz blitzte in Franks Augen auf wie ein Film, den er wegblinzeln musste. »Es ist das Beste. Ich habe schon viel zu viel Zeit damit verbracht, zurückzublicken. Die Schuldgefühle können überwältigend sein, aber mit Dax und Lindsays Hilfe kann ich mich auf die Zukunft konzentrieren. Ich muss mit dem Rest abschließen, sonst werde ich noch verrückt. Ich habe beschlossen, Adele nicht im Gefängnis zu besuchen. Ich habe beschlossen, dass sie mich zum letzten Mal manipuliert hat. Ich habe mich mit Gavin getroffen. Er hat sein Haus verkauft und zieht nach Kalifornien. Ich beneide ihn und seine Dämonen nicht.«

Frank nahm einen Schluck von seinem tropischen Eisgetränk. »Der gute Bericht des Arztes hat mir sehr geholfen. Jetzt habe ich das Gefühl, dass ich einige Pläne machen kann, und es wird nicht vergeblich sein oder nur eine Beschwichtigung für meine Kinder.«

Coop nickte und schaute quer durch den Raum zu AB, Tante Camille und Charlie, die alle lachten. »Das ist das Beste am Leben. Zeit mit denen zu verbringen, die man liebt.«

Die Ankunft der Geburtstagstorte, einer mit Erdbeeren und Sahne überzogenen und mit Glitzer verzierten Torte, unterbrach ihre Unterhaltung. Lindsay holte Frank, und gemeinsam gingen sie zu Dax, und die drei standen mit verschränkten Armen hinter der festlichen Torte, während alle für Frank sangen.

Coop sah zu, wie Frank das erste Stück abschnitt und grinste wie ein kleines Kind, als er einen Bissen davon nahm.

AB stellte sich neben Coop und stieß mit ihrer Schulter gegen seinen Arm. »Fühlt sich gut an, nicht wahr?«

Er wandte sich ihr zu. »Was?«

»Wir haben dazu beigetragen, dass sie alle zusammen und glücklich sind. Ich hatte während des Falles einige Male meine Zweifel, aber hier zu sein und die drei jetzt zu sehen, macht mein Herz glücklich.«

Er legte einen Arm um sie. »Du hast recht, AB. Das haben wir gut gemacht.« Die vier nahmen ihren Kuchen mit auf den Balkon und sahen zu, wie die Sonne in den Golf von Mexiko eintauchte. Ein Band aus Gold und Orange hing über dem Wasser.

Coop lehnte sich näher an AB und flüsterte: »Vielleicht sollten wir hier unten eine Filiale eröffnen.«

Sie zwinkerte und hob ihr Glas. »Was für eine tolle Idee.«

EPILOG

Kalter Mörder ist das vierte Buch der Cooper-Harrington-Detective-Reihe. In jedem Buch der Serie werden Sie einen neuen Fall entdecken, aber die Charaktere, die Sie kennengelernt haben, werden in der Serie weiterleben. Tammy plant, diese Reihe fortzusetzen, bis ihr die Fälle für Coop ausgehen. Die Bücher müssen nicht der Reihe nach gelesen werden, aber es macht mehr Spaß, wenn man es tut, da man im Laufe der Reihe mehr über Coops Hintergrundgeschichte erfährt. Wenn Sie die Bücher von Coop zum ersten Mal lesen, sollten Sie sich die anderen Romane der Reihe nicht entgehen lassen.

Falls Sie etwas verpasst haben, finden Sie hier die Links zur gesamten Serie in der richtigen Reihenfolge.

Mörderische Musik
Tödliche Verbindung
Tödlicher Fehler
Kalter Mörder

DANKSAGUNG

DANKSAGUNGEN

Es ist schon so lange her, dass ich Zeit mit Coop, AB, Gus und Tante Camille verbracht habe, und das Schreiben dieses Buches fühlte sich an wie ein Besuch bei alten Freunden. So geht es mir auch mit den Figuren in meiner Hometown-Harbor-Serie. Ich vermisse die Figuren, wenn ich von ihnen getrennt bin und an anderen Projekten arbeiten muss.

Mein Lieblingsteil beim Schreiben von Romanen ist die Erschaffung von Charakteren, und dieses Buch bot mir einige großartige Möglichkeiten. Coops Mutter hat einen weiteren Auftritt in *Kalter Mörder* und ist wie immer eine Herausforderung. Coops Vater Charlie wohnt immer noch bei ihm, während er sich erholt. Charlie in der Reihe der Charaktere zu haben, hat Spaß gemacht und die Geschichte bereichert.

Wie immer bin ich dankbar für meine ersten Leser, die meine Manuskripte fleißig lesen. Mein Vater ist nach wie vor mein größter Experte in Sachen Kriminalität, denn er ist seit über dreißig Jahren im Polizeidienst tätig. Wir haben uns mehrmals über das Was-wäre-wenn unterhalten, das diese Bücher immer wieder anregt. Dieses Buch basiert auf einem seiner ungeklärten Fälle von vor Jahrzehnten.

Ich liebe die neuen Cover, die ich von Elizabeth Mackey Graphic Design verwende. Sie ist äußerst talentiert und enttäuscht mich nie. Gus sagte mir, er erwarte viele zusätzliche Kekse für das ganze Posing beim Fotoshooting für die neuen Cover. Vielen Dank an meine Lektorin Susan, die mir geholfen hat, an der Geschichte zu feilen.

Ich bin dankbar für die Unterstützung und Ermutigung meiner Freunde und Familie, während ich meinen Traum vom Schreiben weiter verfolge. Ich danke allen Lesern, die sich die Zeit genommen haben, eine Rezension auf Amazon, BookBub oder Goodreads zu schreiben. Diese Rezensionen sind besonders wichtig für die Förderung zukünftiger Bücher, wenn Ihnen also meine Romane gefallen, sollten Sie eine Rezension hinterlassen. Ich empfehle Ihnen auch, mir bei den großen Buchhändlern zu folgen, damit Sie als Erster über Neuerscheinungen informiert werden.

Vergessen Sie nicht, meine Website unter http://www.tammylgrace.com zu besuchen und meinen Newsletter zu abonnieren, um zu meinem exklusiven Leserkreis zu gehören. Folgen Sie mir auf Facebook unter www.facebook.com/tammylgrace.books und bleiben Sie mit mir in Kontakt. Ich würde mich freuen, von Ihnen zu hören.

EIN BRIEF VON TAMMY L. GRACE

Vielen Dank, dass Sie das vierte Buch der Cooper-Harrington-Detektivromane gelesen haben. Diese Reihe kann als eigenständige Geschichte gelesen werden, aber ich empfehle, sie in der Reihenfolge zu lesen, da Sie mehr über die Charaktere erfahren und verstehen werden, wenn ihre Hintergründe in den nachfolgenden Romanen enthüllt werden. Wenn Ihnen die Serie gefällt und Sie ein Fan von Frauenromanen sind, sollten Sie auch meine Hometown-Harbor-Reihe lesen, in der es um die komplexen Beziehungen von Freundschaft und Familie geht. Sie spielt auf den malerischen San-Juan-Inseln in Washington und bringt Sie mit einer eng verbundenen Gruppe von Freunden und deren miteinander verwobenen Leben voller Herausforderungen und Freuden in Kontakt. Im Mittelpunkt jedes Buches der Reihe stehen eine andere Frau und ihre Reise zur Selbstfindung. Laden Sie sich unbedingt die kostenlose Novelle HOMETOWN HARBOR: THE BEGINNING herunter. Es ist eine Vorgeschichte zu FINDING HOME, die Ihnen sicher gefallen wird.

Ich hoffe, dass Sie sich mit mir in den sozialen Medien vernetzen. Sie können mich auf Facebook finden, wo ich eine Seite und eine spezielle Gruppe für meine Leser habe, und mir auf Amazon und BookBub folgen, damit Sie wissen, wenn ich eine Neuerscheinung oder ein Angebot habe.

Wenn Ihnen dieses Buch oder eines meiner anderen Bücher gefallen hat, wäre ich Ihnen dankbar, wenn Sie sich ein paar Minuten Zeit nehmen würden, um eine kurze Rezension auf Amazon, BookBub, Goodreads oder einem anderen von Ihnen verwendeten Anbieter zu hinterlassen.

Als Dankeschön für die Teilnahme an meinem exklusiven Leserkreis sende ich Ihnen gerne mein exklusives Interview mit den hündischen Begleitern aus der Hometown-Harbor-Serie. Folgen Sie diesem Link, um sich anzumelden unter https://wp.me/P9umIy-e.

WEITERE BÜCHER VON TAMMY L. GRACE

Cooper-Harrington-Detektivgeschichten (deutsche Fassung)

Mörderische Musik
Tödliche Verbindung
Tödlicher Fehler
Kalter Mörder

Englische Romane:

Hometown-Harbor-Reihe

Hometown Harbor: The Beginning
Finding Home
Home Blooms
A Promise of Home
Pieces of Home
Finally Home
Forever Home
Follow Me Home

Weihnachtsgeschichten

A Season for Hope: Christmas in Silver Falls Buch 1
The Magic of the Season: Christmas in Silver Falls Buch 2
Christmas in Snow Valley: A Hometown Christmas Novella
One Forgettable Christmas: A Hometown Christmas Novella

Christmas Sisters: Soul Sisters at Cedar Mountain Lodge

Christmas Wishes: Soul Sisters at Cedar Mountain Lodge

Christmas Surprises: Soul Sisters at Cedar Mountain Lodge

Christmas Shelter: Soul Sisters at Cedar Mountain Lodge

Glass-Beach-Cottage-Reihe

Beach Haven

Moonlight Beach

Beach Dreams

The-Wishing-Tree-Reihe

The Wishing Tree

Wish Again

Overdue Wishes

Sisters-of-the-Heart-Reihe

Greetings from Lavender Valley

Pathway to Lavender Valley

Bücher von Casey Wilson:

A Dog's Hope

A Dog's Chance

Tammy freut sich über den Kontakt mit ihren Lesern in den sozialen Medien und hofft, dass Sie sie auf Ihrer Lieblingsplattform finden. Vergessen Sie nicht, sich in ihre Mailingliste einzutragen, um ein exklusives Interview mit den Hunden aus ihren Büchern zu erhalten, das nur für Leser auf ihrer Mailingliste zugänglich ist. Folgen Sie diesem Link, um sich anzumelden unter https://wp.me/P9umIy-e.

ÜBER DIE AUTORIN

Tammy L. Grace ist eine USA Today-Bestsellerautorin und preisgekrönte Autorin der Cooper-Harrington-Detektivromane, der Bestseller-Serie Hometown Harbor und der Glass Beach Cottage-Serie sowie mehrerer süßer Weihnachtsromane. Tammy schreibt auch unter dem Pseudonym Casey Wilson für Bookouture und Grand Central Publishing. Sie finden Tammy online unter www.tammylgrace.com, wo Sie ihrer Mailingliste beitreten und Teil ihrer exklusiven Lesergruppe werden können. Verbinden Sie sich mit Tammy auf Facebook unter www.facebook.com/tammylgrace.books oder auf Instagram unter @authortammylgrace.

Printed in Germany
by Amazon Distribution
GmbH, Leipzig